KB260498

조선시대 선비이야기

'미암일기를 통해 과거와 현재를 보다'

송재용

제이앤씨
Publishing Company

조선시대 선비이야기

‘미암일기를 통해 과거와 현재를 보다’

초판 1쇄 발행　2008년　7월 22일
　　2쇄 발행　2009년　5월 30일

저자 송재용
발행 제이앤씨
등록 제7-270

주소 서울시 도봉구 창동 624-1 현대홈시티 102-1206
전화 (02) 992 / 3253
팩스 (02) 991 / 1285
URL http://www.jncbook.co.kr / 제이앤씨북
E-mail jncbook@hanmail.net

ISBN 978-89-5668-618-9 93810　　정가 12,000원

조선시대 선비 이야기

미암일기를 통해 과거와 현재를 보다

▌서 문▌

본서는 조선 선조(宣祖) 때의 대표적인 학자요, 명신(名臣)이었던 미암(眉巖) 유희춘(柳希春 : 1513-1577)의 『미암일기(眉巖日記)』<보물 제 260호>를 중심으로 과거와 현재를 연관시켜 쓴 책이다. 그동안 한문으로 기록된 고전들은 대부분 국역 위주이거나, 현대에 맞게 고쳐 기술한 책들이다. 물론 대부분 국역본이고, 이는 꼭 필요한 것이기도 하다. 그러나 저자는 새롭게 시도하고 싶었다. 그것은 한문 원문은 국역하되 단순하게 국역으로만 끝나는 것이 아니라, 과거와 현재를 언급하면서 이를 통해 서로 연관시켜 해석하고 의미를 부여하는 방식으로 쓰는 것이었다. 일본의 경우 예를 들어 중국의 고전을 번역과 함께 현대에 맞게 의미를 부여하여 쓴 책들이 많다. 이러한 책들은 고전을 현대와 관련시켜 확대 해석함으로써 현대인들의 인생과 실생활, 직장생활 등에 도움을 주고 있다. 그러나 우리나라의 경우 이 같은 책들을 접하기가 그리 흔치 않다. 그래서 저자는 『미암일기』를 중심으로 항목별, 소제목별로 나누어, 먼저 소제목과 연관된 현재의 실상을 간략하게 언급하고, 다음으로 『미암일기』의 내용을 통해 당시(조선왕조 선조 때)의 역사적 사실과 진실을 밝힌 후, 현재와 관련시켜 기술하는 방식을 택하였다. 기술 과정에서 고전(주로 사서오경)의 내용도 간단히 예를 들어 제시함으로써 독자들의 이해를 높이고자 하였다. 누군가 '역사는 반복 된다'는 말을 했듯이, 「미암일기」를 통해 과거와 현재의 모습을 관련시켜 서로 비교해 보고, 이를 통해 반성과 경계를 삼으려는 의도도 담겨 있다.

그런데 이러한 과정에서 제약이 있었음을 밝힌다. 그것은 다름이 아니라 본서는 단국대학교 「단대신문」(주간 신문)에 매주 1회씩(제목 : 조선시대 선비이야기) 약 2년 반 동안(2003년 8월 26일<1099호>~2006년 1월 3일<1164호>) 게재한 글들을 모아 엮은 책이다. 그러다 보니 내용과 지면에 제약이 있었다. 특히 대학신문에 실리는 글로 대학생들을 상대로 쓰다 보니 그 내용을 전문적으로, 또 심도 있게 언급할 수 없었을 뿐 아니라 지면도 200자 원고지 13~15매 정도로 쓸 수밖에 없었다. 이 점은 아쉽지만 그럼에도 불구하고 나름대로 어느 정도는 대략 언급하였을 뿐만 아니라 새롭게 시도하였다는 점에서 의의가 있다고 하겠다. 종래의 한문 원전들은(특히 한문 일기 류) 거개가 국역 일색이다. 이 또한 매우 필요하다. 극히 일부이기는 하지만 현대적으로 소설식으로 각색한 책도 있다. 그러나 국역본은 몰라도 소설식으로 각색한(사실

태반은 소설이 아니라 이도 저도 아니게 어정쩡하게 기술함) 책은 오히려 원본을 왜곡할 수 있는바 동의할 수 없다. 그러므로 저자는 이런 점 등을 감안하여 새롭게 쓰고 싶었다. 아쉬운 것은 「단대신문」에 실렸던 내용들을 책으로 출판할 때 대학생뿐만 아니라 일반 대중 독자들, 그리고 전공 학자들까지 염두에 두고 수정 보완하지 않았다는 점이다. 단지 게재 기간이 2~5년 전이라 이 부분과 오자와 잘못 쓴 일부분만 수정하였다. 이는 저자의 나태함 때문이다. 반성과 함께 앞으로 이런 종류의 책을 출판할 기회가 생긴다면 앞에서 언급한바와 같이 좋은 책을 쓸 것을 약속한다. 그럼에도 불구하고 본서는 저자가 의도했던 바를 태반은 시도하였으므로 그 의미가 있다고 하겠다.

본서가 책으로 출판될 수 있었던 것은 「단대신문」에 2년 반 동안 게재한 것이 계기가 되었다. 「단대신문」에 글쓰기를 권유했던 분은 당시 단대신문사 주간이었던 선배 강재철(姜在哲) 교수였다. 처음엔 망설였지만 강재철 교수가 써보라고 권유와 함께 격려를 해주었다. 그래서 대략 2년 반 동안 60회를 썼다. 2년 반 동안 쓰면서 일간지에 매일 소설을 연재하는 소설가들의 심정이 어떠했을까? 이해할 수 있었으며, 한편으로 이들이 존경스럽기도 하였다. 그러면서 계속 쓰는 것이

싫증나고, 또 어느 정도 썼다고 생각이 들어 신문 연재를 그만 두었다. 그리고 이런 종류의 글쓰기가 학술 논문을 쓰는 것만큼 만만하지 않다는 것도 깨달았다.

본서가 책으로 출판되기까지에는 여러 사람의 격려와 도움이 있었다. 이 자리를 통해 그 분들께 감사의 마음을 표한다. 특히 이 책이 출판될 수 있게 계기를 마련해 준 강재철 교수와 학교에 감사를 드린다. 아울러 올해 환갑인 강재철 교수께 축하의 말씀도 함께 전한다.

그리고 금년에 팔순(八旬)이신 은사 황패강(黃浿江) 선생님과 정년퇴임(停年退任) 하시는 임선묵(林仙默) 선생님께 보잘 것없는 이 책을 바친다. 부족한 제자를 항상 끝없는 사랑으로 격려해주시고 이끌어주시는 두 분 은사님의 은혜를 언제 갚을 수 있을지…… 황패강 선생님과 임선묵 선생님의 만수무강(萬壽無疆)과 만복장락(萬福長樂)을 기원한다.

끝으로 단대신문사 편집국장 권항주(權恒周) 선생과 단대신문사에 원고를 보낼 때마다 미리 일독하고 조언을 해 준 후배 김호연(金瑚然) 동양학연구소 연구교수, 제자 이현우(李玄雨) 박사에게도 고마움을 표한다. 그리고 출판을 흔쾌히 허락해 준 제이앤씨 사장님과 관계자 여러분에게도 감사의 마음을 전한다.

독자들이여! 상식과 기본이 통하지 않는 오늘의 세상에서 이 책을 통해 자성(自省)과 계세징인(戒世懲人)의 계기를 삼기 바란다. 저자 또한 본서를 출판하면서 그렇게 할 것을 다시 한 번 다짐해 본다.

2008년 3월
죽전캠퍼스 연구실에서 송재용 씀

▌목 차▌

제1부 시로 주고받는 부부 사랑

제2부 전하! 공부를 게을리 하지 마소서

제3부 백성들의 생활상이 비참 하구나!

제4부 언로(言路)를 막지 마소서

제5부 말을 아끼되 필요할 때는 하라

시로 주고받는 부부 사랑

부인을 임질에 걸리게 하다

성은 과거·현재·미래를 막론하고, 우리 인간들의 관심의 대상이다. 신부님과 스님 등 성직자를 제외하고는 이에 대해 이의를 제기하는 사람은 아마 거의 없을 것이다. 만약에 있다면 그 사람은 비정상적인 사람일지도 모른다.

그런데 공자(孔子)님 말씀처럼 '남녀 간의 정상적인 성관계(부부관계 : 正始)'라면 문제될 것이 없지만, 비정상적인 성관계가 항상 말썽의 소지가 된다. 부적절한 성관계도 잘못이지만, 더욱 심각한 것은 이로 인해 얻게 되는 상처뿐인 영광(?), 이른바 성병이 문제이다. 하기야 색욕은 식욕·물욕과 함께 3욕의 하나라 하지 않았던가. 그러니 성병이 없을 리 만무하다.

『균여전(均如傳)』에 보면, '고려 광종(光宗)의 부인인 대목황후(大穆皇后)의 생식기에 부스럼이 났었다.'는 기록이 있다. 이로써 짐작하건대 우리나라도 성병이 오래전부터 있었던 것으로 보여 진다.

아무튼 화류병, 소위 성병은 조선시대에도 흔했던 것 같다. 유교윤리를 신봉하고 성인지도(聖人之道)를 지향하며, 도덕군자(道德君子)가 되기 위해 노력했던 사대부들, 이들 역시 유감스럽지만 성병의 굴레에서 벗어나기가 쉽지 않았던 것으로 보인다.

조선시대의 경우, 중앙 관청의 관리가 지방 관청으로 공무를 보러 가면, 지방 관청에서는 으레 적으로 관기에게 수청을 들게 한다. 중앙 관청의 관리가 잠자리를 허락하면 성관계를 갖게 되는데, 이때 성병에 걸리는 경우가 흔했던 것으로 보인다. 뿐만 아니라 기루의 기생들과의 성관계를 통해 성병에 걸리는 경우도 있다. 그리고 일부 사대부들은 성병에 걸린 사실을 모르거나, 아니면 대부분 체통 때문에 이를 감추는데 급급했던 것 같다. 설령 알았다고 하더라도 체면이나 격식을 따지는 당시의 사대부들이 이를 기록으로 남겨 놓았을 리 없다.

그러나 유희춘(柳希春)은 달랐다. 그는 자신의 잘못이나 실수, 부끄럽고 창피한 일 등을 포함한 온갖 사실들을 숨기지 않고 『미암일기』에 기록하였다. 그러므로 그는 자신이 임질에 걸린 사실을 솔직하게 고백하였다. 그것도 잘 나갔던 전라

감사 시절 임질에 감염된 사실을 기록으로 남겼다. 뿐만 아니라 임질을 치료하고자 한 사실도 기록으로 남겼다. 그 내용을 국역하여 소개하면 다음과 같다.

> "내가 임질(淋疾)의 증세가 있음을 느꼈다. … 저녁에 임질 때문에 향유차전자(香薷車前子)를 가미한 오령산(五笭散)을 먹었다. 심약(審藥) 김복희가 지은 것이다. … 임질 때문에 오줌 누는데 고통을 느껴 오령산을 계속 복용하고 있다. … 음경이 아프고 염증이 있다."

이처럼 임질 감염사실을 솔직하게 고백하고 있다. 관청의 수청관기와 성관계를 가져 임질에 걸린 것으로 보인다. 더욱이 사랑하는 아내 송덕봉(宋德峯)의 임질 감염사실까지도 기록으로 남겼다. "해남에서 온 편지를 보니 부인이 혈림(血淋 : 피오줌이 나오는 임질)을 앓는 모양이다. 이는 전일(前日) 나의 임질에서 감염이 된 것이다." 이 얼마나 적나라한 기록인가? 유희춘이 부인에게 어떻게 해명하였는지는 알 수가 없다. 다만 '순행(巡行)을 할 때 오랫동안 오줌을 못 누고 참았기 때문에 걸린 병'이라고 둘러대는 것으로 미루어 짐작컨대, 부인에게도 이와 같이 해명했던 것 같다. 당시 사대부가의 부인들 중 성병에 대해 아는 여자는 소수에 불과했던 것으로 생각된다. 따라서 유희춘도 이 같은 해명으로 위기를 넘긴 것이 아닐까? 평생의 반려자이자 지우·시우(知友·詩友)였던 사랑하는 부인 송덕봉에게 임질을 감염시킨 유희춘의 심정이 어떠하였는지는 독자들의 상상에 맡긴다.

이처럼 진솔하게 자신을 고백하고 있는 기사(記事)에서 유희춘의 인간적 면모를 엿볼 수 있다. 이 같은 사실을 기록한 『미암일기』야말로 우리 삶의 실제적 증언이며 문학적 감동을 불러일으킨다고 하겠다. 그러므로『미암일기』는 체면이나 격식을 따지는 조선시대 사대부들이 쓴 일기와는 그 차원이 다르다.

예나 지금이나 그리고 앞으로도 외도는 삼가야만 한다. 그것은 부부 사랑·존중의 약속과 법도에 위배되는 것이기 때문이다. 그러나 이를 지키는 부부도 많지만, 그렇지 않은 부부도 있다. 특히 우리나라도 요즈음 혼외정사·성병 등이 늘어가는 추세이다. 이러한 현실에서 필자를 포함한 성인 남녀 모두 각자 자신을 되돌아보고 반성할 필요가 있다.

<참고>

미암(眉巖) 유희춘 (柳希春 : 1513～1577)은 선조(宣祖) 때의

대표적인 학자요 당대 제일의 경연관이었다. 유희춘은 관리로서 충절을 지키다 을사사화와 양재역벽서사건에 무고하게 연루되어 제주·종성(19년)·은진 등에서 21년 동안 유배생활을 하였다 그는 유배지나 유배에서 풀려나 관직생활, 특히 중앙 정계의 핵심 직책을 맡아 매우 바빴음에도 불구하고, 별세하기 이틀 전까지 하루도 빠짐없이 일기를 썼다.

여기서 우리나라의 대표적 일기의 하나인 『미암일기』(眉巖日記)<보물 제 260호>에 주목할 필요가 있다. 『미암일기』는 당시의 한 지식인이 겪었던 관리·학자·문인으로서의 삶의 모습을 사실적으로 그리고 있어 감동을 주고 있다. 유희춘은 『미암일기』에 개인의 일상사뿐만 아니라 왕조사회의 상층부에서 국사(國事)를 논의한 사실까지 사실적으로 가식 없이 진솔하게 기록하고 있다. 이와 같은 사실 기록의 진실성 때문에 후일 『선조실록』 편찬 시 『미암일기』가 사초(史草)처럼 채택되었던 것이다. 뿐만 아니라 당시의 모든 면을 총체적으로 담고 있어 진정한 의미에서의 일기요, 일기다운 일기이다. 특히 자신의 잘못이나 부끄럽고 창피한 일 등을 포함한 온갖 사실들을 숨기지 않고 진솔하게 고백하고 있어 유희춘의 인간됨을 엿볼 수 있다. 이 같은 일기야말로 삶의 진실된 증언이라 할 것이며, 바로 이 점이 감동을 불러일으킨다고 하겠다. 그러므로 『미암일기』는 체면이나 격식을 따지는 조선시대 사대부들이 쓴 일기와는 그 격이 다르다.

영감! 여자를 멀리하고 홀로 지냈다고 자랑 마오

언제부터인가 우리 사회에 '기러기 아빠'라는 신조어가 생겨나 사람들 입에 오르내리고 있다. 기러기 아빠란 아내와 자식을 외국에 보내고 자신은 국내에 남아 있는 사람을 말한다. 사랑하는 아내와 자식을 외국에 보내고 자신은 한국에 홀로 남아 있으니 그 심정이 어떠하겠는가? 필자가 아는 사람들 중에도 기러기 아빠들이 몇 명 있어 그 외로운 심정을 어느 정도 안다. 귀여운 자식들은 외국에 조기 유학 보내고, 또 사랑하는 마누라는 자식들을 뒷바라지 한다고 따라갔으니 어찌 마음이 편할 수 있겠는가? 자식이 유능하다면 조기 유학을 보낼 수도 있다. 그러나 자기 자식이 능력도 없는데, 남도 보내니까 나도 보내겠다는 식의 무분별한 조기 유학은 찬성할 수 없다. 하기야 내가 돈이 있어 자식을 조기 유학 보내겠다는데 무슨 상관이냐고 하면 할 말은 없다. 게다가 우리의 교육현실까지 들먹거리면 별로 할 얘기가 없다. 이렇게 된 가장 큰 원인은 잘못된 교육정책과 제도 때문이다.

그런데 부부가 서로 떨어져 있는 동안 이상전선(?)이 생겨 심각한 상황을 초래하는 경우도 있어 문제이다. 이역만리 낯선 타국에 있다 보니 그 외로움 이루 말할 수 없을 것이다. 그래서 외로움을 달래려고 어찌 어찌 하다 보니 젊은 유학생이나 현지 동포들과 눈이 맞아 불륜을 저지르는 아내들도 있다고 한다. 이런 일이 어디 아내 뿐 이겠는가? 남편들도 국내에 혼자 있다 보니 외로움을 달랠 길이 없어 바람을 피우는 사람도 있다고 한다. 결국 이 일로 인해 가정파탄이 일어나 부부가 이혼하는 사례도 있다고 하니 참으로 문제가 아닐 수 없다. 물론 그렇지 않은 부부도 많지만, 이러한 이혼사례 또한 적지 않으니 결코 가볍게 생각할 일은 아니다. 부부란 떨어져 있는 것 보다 검은 머리가 파뿌리 될 때까지 평생을 같이 있는 것이 좋다. 『예기(禮記)』에 보면 '예는 부부 사이에 삼가는 데서부터 시작한다.'는 말이 있다. 부부간에는 언제나 조심하여 삼가는 데서부터 예가 시작된다. 부부간이란 가장 가까운 사이지만, 예를 지키지 못하면 크게 파탄이 일어날 수 있음을 잊어서는 안 될 것이다.

조선시대에도 '향처경첩(鄕妻京妾)'이라는 말이 있었다. 그 때는 사대부치고 첩을 두지 않았던 사람은 거의 없었던 시절이었다. 특히 한양에서 관직생활을 하는 경우, 대부분 본처는 고향에서 부모님을 봉양하고, 첩은 한양으로 따라와 뒷바라지를 하였다. 그런데 이때에도 이유야 어찌 되었던 한동안 첩 없이 아들 내외나 딸 내외와 함께 한양에서 관직생활을 한 사람도 있었다. 『미암일기』에 이와 관련된 내용이 있어 소개한다.

"엎드려 편지를 보니 갚기 어려운 은혜를 입은 줄 알라고 자랑하셨는데 감사하기 그지없습니다. … 3∼4개월 독숙(獨宿)한 것을 가지고 고결하신 체하여 은혜를 베푼 기색이 있다면 결코 담담하거나 무심한 사람이 아닐 것입니다. 안정하고 결백하여 밖으로 화채(華采)를 끊어버리고 안으로 사념(私念)이 없다면 어찌 꼭 편지를 보내 공(功)을 자랑해야만 알 일이겠습니까? 곁에 나를 아는 벗이 있고 아래로 권속과 노비들이 있어 십목(十目)이 보는 바이니, 공론(公論)이 자연히 퍼질 것이거늘 애써 편지를 보낼 것까지 있겠습니까? 이렇게 본다면 당신은 아마도 겉으로 인의(仁義)를 베푸는 척하는 폐단과 남이 알아주기를 서두르는 병폐가 있는 듯합니다. 제가 가만히 살펴보니 의심스러움이 한량이 없습니다. 저 또한 당신에게 잊지 못할 공이 있습니다. 소홀히 여기지 마십시오. 당신은 수개월 동안 독숙을 하고서 매양 붓끝의 글자마다 그 공을 자랑했지만, 60이 가까운 몸이 그렇게 독숙을 하는 것이 당신의 건강을 유지하는데 크게 이로운 것이지, 결코 저에게 갚기 어려운 은혜를 베푼 것이 아닙니다. … 저는 옛날 시어머님이 돌아가셨을 때 사방에 돌봐주는 사람이 없었고, 당신은 만리 밖에 있어서 그저 하늘을 향해 부르짖으며 통곡만 했습니다. 그래도 저는 예를 갖추어 성의껏 장례를 치르며 남에게 부끄럽지 않게 했습니다. 그래서 곁에 있는 사람들이 묘를 쓰고 제사를 지냄이 비록 친자식일지라도 이보다 더할 수는 없다고 했습니다. 3년 상을 마치고 또 만 리 길을 나서서 멀리 험난한 곳에 있는 당신한테 찾아갔는데 이를 누가 모르겠습니까? … 당신이 수개월 독숙한 공을 제가 한 몇 가지 일과 비교한다면 어느 것이 가볍고 어느 것이 무겁겠습니까? 원컨대 영감께서는 영원히 잡념을 끊고 건강을 보전하여 수명을 늘리도록 하십시오. 이것이 제가 밤낮으로 바라는 바입니다. 제 뜻을 이해하고 깊이 살펴주시기를 엎드려 바라옵니다."

유희춘은 홍문관 부제학에 제수되자, 한양으로 올라와 수개월동안 여색을 삼가며 홀로 관직생활을 하고 있었다. 그래서 그는 아내 송덕봉에게 은혜를 입은 줄 알라고 자랑하는 내용의 편지를 보냈다. 이에 송덕봉은 남편 유희춘에게 힐난하는 내용의 편지를 보냈다. 편지를 받아 본 유희춘은 자신의 어리석음을 인정하였다. 부부금슬이 좋았던 두 사람이었지만, 살다 보면 이런 경우도 있는 법이다. 그러나 이 같은 실수는 서로 안하는 것이 좋다.

부부사이라도 책(責) 잡혀서 좋을 것은 없다. '열 효자 보다 악처가 더 낫다.'라는 말도 있지만, 부부가 서로 존중하고 아끼며 사랑하면서 살아가는 게 좋은 것 아닌가?

시로 주고받는 부부 사랑

혼인은 인륜 도덕의 시원이요, 만례(萬禮)의 근원으로 신성한 것이다. 그러므로 혼인을 하면 부부가 서로 존중하고 아끼고 사랑하면서 해로(偕老)를 하는 것은 당연하다. 그러나 부부가 살다 보면 부득이 하게 헤어지는 경우도 간혹 있는 법. 마땅히 검은 머리가 파뿌리 될 때까지 함께 해야 함에도 불구하고 이혼을 하는 부부들이 있으니 안타까운 일이다. 더구나 요즈음 우리나라 이혼율이 선진국 수준에 도달할 정도로 높아져 사회문제가 되고 있다 하니 걱정이 아닐 수 없다. 게다가 황혼 이혼도 심심치 않다 하니 어쩌다 우리나라마저 이 지경에 까지 이르렀는지……. 우리 모두 반성할 필요가 있다.

이혼 얘기가 나온 김에 사족을 좀 달까 한다. ‘옷섶 잘라 갈라선 부부’라는 옛 말이 있다. 이혼했다는 뜻이다. 조선시대 평민들 사이에 주로 행해졌는데, 자신의 옷섶을 잘라 상대방에게 줌으로써 혼인관계를 끝내는 것이다. 잘라낸 옷섶을 '수세'라고 했는데, '수세 잘라준다', '수세 베어낸다'라는 말은 민간에서 이혼을 뜻하는 말이었다. 원래는 양반들 사이에서 남편이 아내에게 써주는 사사로운 이혼 문서를 '휴서(休書)'라고 불렀는데, 이 말이 와전되면서 평민들 사이에서 '수세'로 변한 것이다. 그런데 옷섶으로 '휴서'를 대신하는 것도 나름대로 그럴듯한 의미가 있다. 본래 옷의 겉섶과 안섶은 옷을 여밀 때 서로 겹쳐져 옷 앞부분이 벌어지지 않게 하는 부분이다. 헌데 겹쳐져야 할 겉섶과 앞섶 중에 한 쪽을 잘라냄으로써 마치 서로 붙어 있어야 할 부부가 갈라서는 것을 상징적으로 표현한 것이다. 얼핏 보면 흥미로운 것 같지만, 당사자로써는 얼마나 가슴 아픈 일이겠는가? 이런 일이 없었으면 좋겠다. 부부가 서로 위하고 사랑하며 살다가 한날한시에 죽는다면 이처럼 행복한 부부도 없을 것이다. 부부 사랑 참으로 좋은 말이다. 『미암일기』에 보면 유희춘·송덕봉 부부의 시로 주고받는 사랑 얘기가 실려 있다. 이를 소개한다.

"① 눈 내리고 바람 더욱 차가우니
　　냉방에 앉아 있는 당신이 절로 생각나오.
　　이 술이 비록 하품(下品)이기는 하지만

당신의 언속을 덥히기엔 족할 것이오.
② 국화잎에 비록 눈발 날리오나
은대(銀臺)에 따뜻한 방이 있겠지요.
차가운 방에서 따뜻한 술을 받아
창자를 채우니 그 고마움 그지없어라.
③ 높이는 여악(廬嶽) 3천 길과 같고
맑기는 소상강(瀟湘江) 8·9월 가을 같네.
다시 양춘(陽春)의 생물(生物)하는 뜻이 있어야
바야흐로 군자의 강유(剛柔)가 덕을 이룬다네.
④ 당신의 시 자랑 겸양이 없는데
맑기가 어떻게 상수(湘水)의 가을 같습니까?
젊은 시절 색욕을 없애버리고
사물에 무심하면 과연 짝이 없을 것입니다."

①의 시는 유희춘이 모주(母酒) 한 동이를 집에 보내며 지은
시이고, ②의 시는 송덕봉이 이에 화답한 시다. 눈 내리고
차가운 늦가을, 6일 동안이나 집에 가지 못했던 유희춘은
집에 있는 부인에게 모주 한 동이와 시 1수를 지어 보냈다.
유희춘은 객지인 한양에 와서 자신을 뒷바라지하는 부인에
게 할 말이 없었다. 한양에 집 한 채 장만 못하고 빌려 사는
신세, 더구나 며칠 동안 부인 혼자 있었으니 방은 더욱 추울

수밖에. 그래서 유희춘은 자신 때문에 평생 고생만하는 아내에게 미안함과 함께 사랑의 뜻이 담긴 시 1수를 지어 보냈던 것이다. 이에 대해 송덕봉은 차가운 날씨에 은대(승정원)에서 입직(入直 : 숙직)하고 있는 남편의 건강을 걱정하는 한편, 술을 보내준 남편에게 고마움을 시로써 표현하였다. 시작(詩作)을 통해 부부애가 각별했음을 알 수 있다.

③의 시는 유희춘, ④의 시는 송덕봉이 지은 것이다. 유희춘이 송덕봉에게 자신을 과시하자, 이를 송덕봉이 시로써 희롱하였다. 유희춘의 과시와 은근히 허를 찌르고 있는 송덕봉, 여기서 유희춘·송덕봉 부부의 자별한 사이를 엿볼 수 있다. 이처럼 부부가 실생활에서 있었던 일을 시로써 수창하면서 부부의 정도 더욱 돈독해졌다.

『빈 방에 달빛 들면』이라는 책을 보면, 조선조 사대부들이 아내에 대한 사랑을 진솔하게 기록한 글들이 있다. 그 중 하나를 일부만 간단히 소개한다. '얼굴은 까맣게 타들어가 옛날의 꽃다운 모습을 다시 볼 수 없게 되었는데도 내가 어리석어 근심 걱정도 하지 않고, 마구 화를 내고 욕을 하며 마치 원수나 해충 보듯 왜 안 죽나 하기 까지 했소……'라는 내용이 있다. 남존여비가 철저했던 조선시대에 근엄하기만 한 사대부들도 먼저 간(죽은) 아내가 그리워 한숨짓고 생전에 못해준 바를 눈물로 후회하고 있다. 우리의 심금을 울리는 내용이다. 아무리 자식들이 잘한다고 해도 부부만 못한 법이다. 특히 늙으면 더욱 그렇다. 살아있을 때 서로 원 없이 아껴주고 사랑하자.

사랑하는 아내여! 당신이 자랑스럽구려

‘부부 일심동체(一心同體)’·‘부부 동고동락(同苦同樂)’이라는 말을 모르는 사람은 없을 것이다. 그런데 요즈음 들어 세태 때문에 그런지 어렵고 힘들 때 부부가 함께 고생하며 극복하려는 마음가짐이나 의지가 예전보다 못한 것 같다.

자고(自古)로 훌륭한 남편 뒤에는 훌륭한 아내가 있기 마련이다. 예컨대 제(齊)나라 재상 안영(晏嬰)의 마부(馬夫)는 그의 아내의 분발 촉구로 후일 대부(大夫)가 되었는가 하면, 진(晋)나라 공자(公子) 중이(重耳)는 아내 강씨(姜氏)의 권유로 고난의 망명의 길을 떠나 19년 만에 왕위에 올랐다. 이때 강씨가 한 유명한 말이 ‘지재사방(志在四方 : 뜻이 사방에 있다)’이다. 이런 훌륭한 아내들이 있었는가 하면, 남편이 무능하다고 박대하며 헌신짝처럼 차버렸던 주(周)나라 강태공(姜太公 : 呂尙)의 아내 마씨(馬氏)나, 한(漢)나라 주매신(朱買臣)의 아내 등도 있었다. 사실 강태공이나 주매신은 가정을 돌보지 않았던 사람들이다. 강태공은 위수(渭水)에서 10년간 곧은 낚시질만 했었고, 주매신은 50세까지 글만 읽었다. 이랬으니 부인들이 바가지를 긁었던 것도 이해는 간다. 아마 요즘 같으면 1~2년 안에 이혼했을 것이다. 그러나 고생스럽고 힘들더라도 남편을 이해하고 믿고 기다렸다면, 그리고 조금만 참아달라는 남편의 간청을 귀담아 듣고 응해주었다면, '복수불반분(覆水不返盆 : 엎질러진 물은 그릇에 담을 수 없다. = 覆水難收)'의 한을 남기지 않았을 것이다.

반면 포사(褒姒)의 미색(美色)에 혹하여 정실이었던 신후(申后)를 폐하였던 주(周)나라 유왕(幽王)이나, 아내를 내쫓고 기생첩 난정(蘭貞)을 정실부인으로 삼았던 윤원형(尹元衡) 같은 남편들도 있었다. 예나 지금이나 '조강지처(糟糠之妻 : 술지게미와 겨를 먹던 시절 함께 고생한 아내)'를 버렸던 남편들이 있다. 그러나 후한(後漢) 광무제(光武帝) 때 송홍(宋弘)처럼 조강지처를 버리지 않았던 남편들이 훨씬 더 많다. 송홍의 경우, 광무제의 과부 누님인 호양공주(湖陽公主)가 당시 사람들에게 존경을 받았던 송홍에게 시집을 가고 싶어 동생인 광무제에게 중매를 요청하자, 광무제가 송홍을 불러 자기 누님과 혼인을 하라고 권했다. 황제의 누님이니 아마 웬만한 사람 같으면 흔쾌히 받아 들였을 것이다. 그러나 송홍은 단호하게 천자(天

子)인 광무제에게 꾸짖듯이 이렇게 말했다. '가난하고 어려웠을 때에 사귀었던 친구일수록 잊어서는 안 되며, 술지게미와 겨를 먹고 어려움을 함께 헤쳐 왔던 아내를 저버릴 수는 없습니다.' 참으로 멋있는 말이요, 십년 묵은 체증이 쑥 내려가는 느낌이다. 이런 일은 우리나라에도 많다. 성종(成宗) 때 장원 급제했던 권경희(權景禧)는 수찬관(修撰官)이 되자, 간관(諫官)들은 그의 아내 김씨(金氏)가 미천한 집안의 출신이라 수찬관이 될 수 없다고 상소를 하였다. 그래서 그의 아버지는 며느리 김씨를 버리고 문벌 좋은 집안으로 새 장가를 갈 것을 아들에게 권했다. 이때 효자였던 권경희는 '자신의 부귀를 위해 아내를 버리느니 차라리 부귀를 버리고 사람다운 사람이 되겠다.'라고 하면서 절대 새 장가를 갈 수 없다고 하였다.

『미암일기』를 보면 유희춘이 21년간 귀양살이를 하는 동안 홀로 시어머니 봉양과 집안 살림을 도맡아 했을 뿐 아니라, 평생 동안(남편의 귀양살이, 해배·복직 등) 남편 뒷바라지에 열과 성을 다했던 아내 송덕봉에 관한 이야기가 있다. 여기에 그 내용 일부를 소개한다.

“아침 식사를 한 뒤 누님을 찾아가 뵙고 작별을 고하는데, 박진원(朴珍原)의 어머니가 와서 자리를 같이 하며 내 아내가 어질다고 극찬하였다. … 전주(全州)에서 부윤(府尹) 노진(盧禛)이 가마를 하나 내주면서 ‘딸도 태우라.’고 했으나, 아내는 강력히 사양하며 ‘가옹(家翁 : 남편)의 뜻이 아닙니다.’라고 했다 한다. 그래서 부윤이 세 번이나 청했지만 끝내 듣지 않자 노공이 탄복했다고 한다. 폭쇄별감 정언신(鄭彦信)도 한양에서 여러 번 칭송을 했다고 한다. … 변백윤(邊伯胤)의 처 이씨는 추(樞)의 여동생이다. 이 달 초하룻날 부인의 부름을 받아 여기에 왔다. 부인이 옹색함을 도와주려고 옷을 주었다. 그녀는 옷을 가지고 가서 매양 일가집의 여종들이 찾아오면 자주 옷을 내보이며 부인의 현숙함을 감탄했다고 한다. … 서녀 해성(海成)이 어제 왔다가 오늘 저녁에 갔다. 부인이 여종을 시켜 호송하게 했다. 모든 서녀들을 어루만지고 사랑하기를 상곡부인(上谷夫人)과 다르지 않다.”

유희춘의 아내 여류문인 송덕봉은 효부요, 현모양처였다. 유희춘은 이런 아내가 있었기에 관직생활 뿐 아니라 학문에도 전념할 수 있었고, 또 21년간의 억울한 유배생활도 참고 견딜 수 있었다. 송덕봉이 시어머니 3년 상을 마치고 남편의 유배지 종성(鍾城)으로 가는 도중 지은 시가 있다. 이 시는 후일 인구에 회자(膾炙)되어 높이 평가받았다. 그 시의 내용은 이렇다. "가고 또 가서 드디어 마천령에 이르니 / 동해는 끝이 없어 거울처럼 평평하네 / 부인이 만 리 길을 무슨 일로 왔는고 / 삼종(三從) 도리 무겁고 한 몸은 가볍구나" 부도(婦道)의 모범을 보이고 있는 송덕봉의 진면목을 엿볼 수 있다.

2005년 모 방송국 TV 드라마 '장밋빛 인생'의 주인공 맹순이와 반성문이 화제였다. 조강지처 버리고 잘된 인간 없다. 부부가 어떠한 경우라도 서로 사랑하고 위해 주고 의지하면서 살아갔으면 좋겠다.

아내의 효심이 지극하구나!

부모님의 은혜는 태산보다 높고 하해(河海)보다 깊다는 말이 있듯이, 그 은혜는 끝이 없는 것이다. 부모님의 은혜를 어찌 필설(筆舌)로 다 표현할 수 있겠는가? 그런데도 우리는 부모님께 어떻게 하고 있나? 연로하신 부모님을 모시지 않으려는 자식이 있는가 하면, 부모님을 구박하는 자식, 심지어는 부모님을 굶기거나 구타하는 자식, 시해(弑害)하는 자식도 있다. 이들은 부모님의 지독지정(舐犢之情 : 어버이가 자식을 생각하는 사랑<정>이 어미소가 송아지를 핥아주는 사랑과 같다는 말)을 모르는 금수만도 못한 자들이다. 이러한 자들이 점점 늘어나고 있으니 기막힌 세상이다. 하기야 2001년 외국의 모 단체에서 아시아 각국의 젊은이들에게 설문조사를 한 결과, 우리나라가 부모 효도와 어른 공경에서 꼴찌를 했다고 하니 더 말해 무엇 하랴 ……. 그때 매스컴에서는 이제 동방예의지국의 간판을 내려야 할 때라고 떠들썩한 적이 있었다. 그런데 그것도 그때뿐이었다. 사실 이에 대한 범국민적인 각성도 대책도 없었다. 그러니 이후 더 나아질리 만무하다. 이러한 얘기는 첨단정보화시대·핵가족시대에 살고 있는 우리들에게 고리타분하고 진부하게 들릴지도 모른다. 그러나 이는 우리가 매일 호흡하는 공기의 소중함을 잊고 살아가는 것과 똑같다.

『사자소학(四字小學)』에 보면 '부모님의 은혜는 높기가 하늘과 같으시고, 은덕은 두텁기가 땅과 같으시니 사람의 자식된 자가 어찌 효도를 하지 않으리오.'라는 구절이 있다. 참으로 옳은 말이다. 효(孝)라는 글자는 아들(또는 자식)이 늙은 부모를 섬기는 뜻이요, 늙은 부모를 아들이 업고 있는 형상이다. 이러한 효에는 양지(養志 : 마음에서 우러나온 진정한 효)와 양구 또는 양구체(養口體 : 물질적인 효)가 있다. 우리가 부모님에게 용돈을 드리거나 효도관광을 보내드리는 것은 '양구체'에 해당된다. 요즈음 '양지'는 고사하고 '양구체'도 못하는 자식들이 수두룩한데 더 이상 언급해 무엇하리요 ……. 학생들은 부모님께 걱정 끼쳐 드리지 않고 각자 자기중심을 잡고 열심히 공부하는 것이 효도하는 것이다. 이것이 '양지'의 하나라고 본다.

『효경대의(孝經大義)』에 보면 '사람의 행동에 효도보다 더 큰 것이 없다.'고 하였다. 그런데 '인의예지신' 중 '인(仁)'이 그 근본이라 할 수 있다. '인'이란 사랑하는 것이 그 핵심의 하나이다. 사랑 가운데 부모를 사랑하는 것보다 더 큰 것은 없다. 그런 까닭에 효도가 덕의 지극한 것이 되는 것이다. 또한 '오륜'이 모두 '도(道)'이기는 하지만, 친히 낳아 무릎아래서 기른 것이 행동의 제일 먼저이기 때문에, 자식이 부모에게 효도하는 것이야 말로 '도'의 가장 중요한 것이 된다.

『미암일기』에는 효와 관련된 내용이 많다. 여기서는 유희춘의 부인 송덕봉이 남편에게 보낸 편지의 내용 일부를 소개한다.

"진실로 뒤늦게나마 부모님께 효도하고 싶은 마음이 있으면서도 힘이 부족해서 소원을 이루지 못한 사람이 있으면 어진 사람과 군자가 모두 유념해서 구해주고자 하였습니다. 제가 비록 어리석고 미련하지만 어찌 그 강령을 모르겠습니까? 그래서 부모님께 효도하려는 마음을 옛사람을 좇아 따르고자 합니다. … 그러나 제가 홀로 생각하며 잠 못 이루고 가슴을 치며 속상해 하는 것은 옛날 친정아버지께서 항상 자식들에게 말씀하시기를, '내가 죽은 뒤에 모름지기 성심을 다해서 내 묘의 곁에 비석을 세우도록 하라.' 하셨는데, 그 말씀이 지금도 귀에 쟁쟁하게 남아있기 때문입니다. 그런데도 지금까지 우리 아버지의 소원을 이루어 드리지 못했으니 매양 이를 생각하면 슬퍼서 눈물이 눈에 가득합니다.

… 당신은 저한테 편지하기를 '동복(同腹)끼리 사비(私費)로 하면 내가 그 밖의 일을 도와주겠소.' 라고 하니 이 무슨 마음입니까? 당신의 맑은 덕행에 누가 될까봐 그런 것입니까? 처 부모에게 차등을 두어서 그런 것입니까? 아니면 우연히 살피지 못해서 그런 것입니까? … 동복끼리 사비를 들여 하라는 말은 크게 불가합니다. … 만약 친정집에서 마련할 힘이 있다면야 저의 성심으로 더 일찍 해 버렸을 것입니다. 어찌 꼭 당신한테 구차하게 부탁하겠습니까? … 시어머님이 돌아가셨을 때(이때 유희춘은 종성에서 유배생활을 했음) 진심으로 힘을 다해 예법에 따라 장례를 지냈고 제사도 예법대로 지냈으니 며느리로서 도리에 부끄러운 것이 없습니다. 당신은 어찌 이런 뜻을 생각하지 않습니까? 당신이 만약 저로 하여금 평생의 소원을 이루지 못하게 한다면, 제가 비록 죽더라도 지하에서 눈을 감지 못할 것입니다. 이 모두 지성에서 느껴 나온 말이니 글자마다 자세히 살피시기 바랍니다."

아내 송덕봉이 당시 전라감사로 있던 남편 유희춘에게 친정아버지 묘에 비석세우는 마지막 작업을 도와달라고 청했으나, 유희춘은 사비를 들여 하라고 거절하였다. 그러자 송덕봉은 애통한 심정으로 다시 한 번 간곡하게 부탁하였다. 이에 유희춘은 아내의 효심이 지극함을 깨닫고 도와준다. 『명심보감(明心寶鑑)』에 '내가 부모님에게 효도하면 내 자식

또한 나에게 효도하나니, 내가 부모님에게 효도하지 않는다면 내 자식이 어찌 나에게 효도하리오.'라는 구절이 있다. 우리는 이를 명심할 필요가 있다.

솔직히 필자도 불효막심한 자식이다. 어리석고 미련한 자식을 위해 일주일에 한 번씩 강에 가서서 자라를 방생하셨던 돌아가신 어머니와 끝없는 사랑을 베풀어주시는 인자하신 아버지께 너무나 죄송스럽다. 반성 또 반성하면서 생존해 계신 아버지께 만이라도 늦게나마 더욱더 효도하리라 다짐해 본다. 부모님이 살아계실 때 효도해야지 돌아가신 뒤에는 아무 소용이 없다. 우리 모두 부모님이 살아계실 때 효도하자.

자식을 위해서라면

정상적인 사고를 지닌 부모치고 자기 자식을 사랑하지 않는 부모는 없다. 그러나 유감스럽게도 이 세상에는 자기 자식을 사랑하지 않는 비정상적인 부모도 있다. 특히 어린 자식을 학대하거나 나쁜 짓을 시키는 부모도 있어 우리를 가슴 아프게 한다. 우리는 매스컴을 통해 상반된 유형의 부모들의 이야기를 종종 접하게 된다. 자식을 구하고 자신을 희생한 어머니, 대구 개구리소년들의 부모, 잃어버린 딸을 찾기 위해 중국 중경에서 홍콩까지 간 아버지의 이야기가 있는가 하면, 딸을 구타하여 숨지게 한 비정한 아버지, 어린자식들을 목 졸라 죽인 잔인한 어머니에 대한 이야기도 보도를 통해 접했던 기억이 난다. 같은 부모라지만 이처럼 너무나도 차이가 나 우리의 가슴을 아리게 하고 슬프게 할 뿐만 아니라, 한편으로는 우리를 화나게 하기도 한다.

자식에 대한 사랑은 예나 지금이나 동서양을 막론하고

변함이 없다. 자식에 대한 무한한 사랑을 어찌 필설로 다 표현할 수 있겠는가? 부모 입장에서는 이 세상의 그 어떤 자식보다도 자기 자식이 가장 귀엽고 사랑스러운 것이다. 필자 역시 예외일 수는 없다. 그러나 자식을 진정으로 사랑한다면 올바르게 훈육하는 것이 중요하다. 『명심보감(明心寶鑑)』에도 '자식을 사랑하면 매를 많이 들고, 자식을 미워하면 밥을 많이 먹여라'는 구절이 있지 않은가? 정말로 자식을 사랑하고 위한다면 자식의 요구를 무조건 받아주기 보다는 때론 자식을 엄하게 다루어야 한다는 뜻일 것이다. 그런바 자식을 참되고 바른 사람으로 만들기 위해서는 자애로움과 엄함의 조화가 필요하다고 본다.

헌데 요즈음은 어떠한가? 부모들 가운데에는 자식에게 무조건적인 사랑을 쏟아 붓는, 그 도가 지나친 일부 극성 부모들을 볼 수 있다. 바로 이러한 부모들이 문제가 되는 것이다. 이들 중에는 심지어 아들의 병역문제까지 부정한 방법으로 해결하려다가 병역비리로 구속되어 사회적인 물의를 일으키는 부모도 있다. 그 가운데에는 정치인이나 고위공직자, 재벌 등, 소위 사회지도층 인사들이 있어 문제가 아닐 수 없다.

이러한 자식에 대한 문제는 조선시대에도 예외는 아니었다. 유희춘은 관리 가운데 청빈한 편이었지만, 자식에 대한

사랑만은 남 못지않았다. 이와 관련된 내용을 소개하면 다음
과 같다.

"감사 홍서주의 아들 홍반이 찾아왔기에 내가 '말 한 필을 줄
테니 해성(서녀)을 속신시켜 달라'고 간청을 했더니, 홍반이 허락
하여 매우 기쁘다. … 새벽에 홍반이 해성을 방매(放賣)한 문서를
만들어 나에게 보내주니, 이는 십분 빛이 나게 구제해준 것이다.
골육의 기쁨을 이길 수 없어 쌀 한말과 생선, 말린 민어 두 마리를
노비 편에 홍군에게 보냈다. … 전라우후 이원명이 와서 하직을
고하므로 나는 '서자녀들을 보살펴 달라'고 말했다. … 저녁에
이구의 사위 이정이 해복(서녀)의 방매문건을 가지고 와서 주었
다. 비상한 은혜를 어떻게 갚으리오. 부채 하나로 우선 사례하고
내가 틈이 나면 찾아가서 사례할 작정이다. … 신시에 윤흥경에
게서 사출(斜出 : 관의 인증표)된 해복의 매매문자가 왔다. 기쁨을
금할 수 없다. 다시 단자의 공함(空緘)에 이름을 써서 양인(良人)이
되게 해주는 공사(公事)를 입계할 참이다. … 내년 봄에 경렴(아들
임)으로 하여금 음사(蔭仕)의 취재(取才)가 되게 할까 생각을 해보
았다. … 영릉참봉의 망(望)에 경렴이 첫 번째로 들었고, 강회경·
홍일민이 두 번째·세 번째로 들었는데 경렴이 낙점을 받았다.
가문의 경사가 이보다 클 수 없다. 이 애가 지난해부터 바라던
것인데, 이제 얻었으니 주상의 은혜가 지극히 중하거니와 판서
정대년과 참의 허엽이 도모해준 덕도 적지 않다."

이상에서 보는 바와 같이, 유희춘은 아들뿐만 아니라 서녀(원래는 첩이 노비 출신이므로 얼녀임)들을 지극한 관심과 사랑으로 대하였다. 그는 아버지로서 하나뿐인 아들을 음직(蔭職)으로 벼슬길에 나갈 수 있도록 하기 위하여 친구들에게 청탁도 마다하지 않았다. 특히 서녀들을 속신(贖身)시키고자 자신을 굽히고 간청하는 모습에서 그의 남다른 부정(父情)과 인간적 면모를 확인할 수 있다. 이러한 청탁은 당시의 관리들 사이에서는 흔한 일이었고 별문제도 되지 않았다. 그러나 결코 옳은 방법은 아니다.

어쨌든 자식을 위해 애쓰는 유희춘을 통해 이 세상 부모들의 자식에 대한 일면을 엿볼 수 있다. 그럼에도 불구하고 유희춘의 이 같은 청탁은 분명 잘못된 것이다. 여기서 우리는 이러한 사실을 『미암일기』에 숨김없이 기록한 유희춘의 마음과 자세를 이해하고 평가할 필요가 있다. 비리를 저지르고도 안했다고 오리발을 내미는 요즘의 일부 인사들과 비교할 때, 유희춘은 이들과 본질적으로 다른 인물이라 하겠다.

자기 자식에 대한 관심과 사랑을 탓할 생각은 추호도 없다. 오히려 이를 탓하는 사람이 이상한 사람인지도 모른다. 하지만 자기 자식을 올바른 사람으로 키우려고 한다면, 부모로서 어떻게 하는 것이 좋은 것인지 그 방법을 모색하여 실행에 옮겨야 할 것이다. 필자도 자식이 있는 부모의 한사람으로서 어떻게 하면 내 자식들을 반듯하고 바르게 키워야할지 항상 고민이다. 부모들의 심정은 모두 이러한 것이 아닐까?

자식의 혼사(婚事)에 욕심을 부리다니

요즈음은 예전과 달리 혼인(결혼은 남존여비적인 말로 혼인이 맞음)을 늦게 하는 추세인 것 같다. 경제적 문제 때문인지 아니면 또 다른 이유 때문에 그런지는 몰라도 혼인 연령이 갈수록 높아진다는 것은 좋은 현상은 아닌 듯하다. 특히 부모 입장에서는 자식의 나이가 30대 · 40대인데도 미혼이라면 얼마나 신경이 쓰이고 애가 타겠는가? 더구나 자식이 혼인할 능력이 있고 독신주의가 아닌데도 혼인할 생각을 별로 하고 있지 않다면 그 부모의 심정은 오죽할까?

요새 ‘연애 따로 혼인 따로’라는 말이 있다. 연애할 때에는 외모, 혼인할 때에는 능력이나 성격 등을 본다고 한다. 어쨌거나 짚신도 짝이 있고 백지장도 맞들면 낫다는데, 두 사람이 서로 마음이 맞고 이해하고 사랑하다면 혼인을 해 가정을 이루는 것이 좋지 않을까? 너무 요모조모 재기보다는 부부가 합심해서 열심히 노력하며 사는 것도 행복이 아닐까? 그런데 이런 생각은 예전엔 통했지만, 요즘처럼 현실적이고 이기적인 세상에서는 통할지 의문이다. 그만큼 세상이 각박해졌다는 얘기이다. 어쩌다 이렇게 되었는지……. 이런 세태 풍조가 야박하기만 하다. 그러다보니 혼담이 오가거나 혼사를 결정할 때에는 이것저것 따지기 일쑤이다. 그래서 속된 말로 수지타산이 맞으면 혼인을 하고, 그렇지 않으면 혼인을 안 하는 경우도 흔하다. 특히 중매의 경우가 그렇다. 이때 등장하는 인물들이 중매쟁이인데, 이들은 신랑과 신부될 사람의 자격과 조건 등을 따져보고 중매를 한다. 그리고 혼인이 성사되면 중매비를 옛날처럼 술 석 잔을 얻어 마시는 것이 아니라 현금으로 받는다고 한다. 90% 이상이 혼인관도 정립되지 않은 상태에서 혼인을 하는 판국에 뭐하는 짓들인지 모르겠다. 하기야 자기 자식이 남부럽지 않게 잘 살고 행복하게 살기를 바라지 않는 부모는 없을 것이다. 그 심정 이해는 가나 구태여 이렇게까지 할 필요가 있을까?

필자가 조교를 했던 27년 전의 일이다. 그때 큰 부자였던 모 교수가 있었는데, 자기 딸 혼수비용으로 2억이 들었다는 얘기를 들은 적이 있다. 그 얘기를 들은 사람들은 모두 입이 벌어졌다. 그 당시 잠실의 13평짜리 주공아파트 가격이 700~800만원 할 때였으니 독자들의 상상에 맡긴다.

『논어(論語)』에 보면 '잘났거나 못났거나 자기 자식에 대한 정은 마찬가지이다.'라는 구절이 있다. 자기 자식이 재주가 있든 없든 간에 부모는 자식을 귀하게 여기는바, 제 자식 본위로 생각하는 것이 인지상정이란 뜻이다. 이처럼 자식에 대한 부모의 사랑과 욕심은 끝이 없는 것이다. 그러나 과유불급(過猶不及)이란 고사성어도 있듯이, 도가 지나치면 곤란하기 십상일 뿐만 아니라 결국 문제가 생기기 마련이다. 이와 관련된 내용이 『미암일기』에 있어 소개한다.

"송정수(宋廷秀)가 노비 노적(露積)을 보내 왔다. 박사(博士) 조경중(曺景中)과의 혼사를 묻기 위해서이다. 비록 나이는 많이 차이가 나지만 벼슬이 7품(品)이고, 또 가풍(家風)이 좋아서 하려고 한다고 한다. … 아침에 조굉중(曺閎中)이 와서 말하기를 '동생 박사 조경중이 송씨 집안과의 혼인이 아주 좋다 하며 혼사를 가을로 기약을 하자'고 한다기에, 내가 말하기를 '송씨 집안에서는 반드시 4월로 기약을 하려고 할 것이다.'라고 했다. 송정수의 집이 부자이고 두 딸만 있는데, 나이가 젊은 상당한 사위를 맞을 수가 있는데도 꼭 조정에서 벼슬한 사람을 사위로 삼으려 하고, 나이가 많아 배우자가 못 된다는 것은 헤아리지 못한다. 전일(前日)에 우리 부부가 강력하게 안 될 일이라고 말을 했는데도, 송정수가 이제 기어이 조군을 사위 삼으려 하니 역시 그 식견의 낮음을 알 수가 있다. 만약 조군이 장수라도 하여 아들을 얻는다면 장래의 복이라도 누릴 수 있다지만, 이것도 알 수 없는 노릇이 아닌가?"

처남이 조정에서 벼슬하는 관리, 그것도 나이 많은 관리를 사위로 삼으려고 하자, 유희춘 부부가 나이가 많은 것을 이유로 반대한 내용이다. 그런데 유희춘 부부의 우려대로 혼인한 지 얼마 안 돼 처남의 사위인 조경중이 죽고 말았다. 부모의 욕심 때문에 결국 딸은 과부가 되고 말았다. 지금은 재혼을 할 수 있지만, 당시는 재가 불가, 재혼 금지의 시대였다. 욕심이 지나치다 보면 이런 법이다.

부모는 '자식이 용이나 봉황이 되기를 바란다.'라는 옛말이 있지만, 지나친 욕심은 금물이다. 이 점을 명심하고 앞으로 혼인을 할 학생들은 혼인관을 정립한 후, 연애·중매를 막론하고 혼인여부를 결정할 때에는 상대방이 절대 눈치 채지 못하게 3~4번 냉정하게 테스트한 다음에 심사숙고하여 결정하기 바란다. 왜냐하면 눈에 콩깍지가 끼이면 아무 것도 보이지 않듯이, 특히 연애할 때에는 상대방의 나쁜 점도 좋게 보이고, 또 대부분 좋은 점만 보이기 때문이다. 절대 헷갈리지 마라.

혼인은 ‘인륜지대사(人倫之大事)’라고 했듯이, 자신의 인생 중대사이다. 결코 우(愚)를 범하지 말라. 그리고 혼인을 했으면 서로 이해하고 존중하고 사랑하면서 백년해로를 하라.

혼인은 책임과 의무, 사랑과 약속을 바탕으로 한다는 것을 명심하고 부디 욕심 부리지 말고 행복하게 살았으면 하는 바람이다.

가정의 화목을 위하여

5월은 근로자의 날(1일), 어린이날(5일), 어버이날(8일), 스승의 날(15일), 성년의 날(16일), 5·18 민주화운동 기념일(18일) 등 각종 기념일이 많은 달이다. 이렇게 기념일이 많다 보니 여러 가지 행사가 뒤따르기 마련이고, 그 행사도 다채롭게 한다. 행사를 다채롭게 하는 거야 그리 나쁠 것은 없지만, 과연 그 본질과 의미를 제대로 알고 행하는 것인지 한 번쯤 생각해 볼 필요가 있다. 이런 얘기를 구태여 끄집어내는 것은 각종 기념행사가 형식적인 측면으로 치우치지 않나 하는 노파심 때문이다.

5월은 가정의 달이다. 인심이 점점 더 각박해져가는 현실에서 자신의 가족과 가정에 대하여 진지하게 숙고할 필요가 있다. 어린이날·어버이날이라 부모로서 자식으로서 마지못해 체면치레를 해왔던 것은 아닌지 자성할 필요가 있다. 그렇지 않아도 요즈음 부모 자식 간의 관계나 부부관계가 예전과 같지 않다고 하니 걱정이 아닐 수 없다.

2005년 3월 15일자 중앙일보에 실려 있는 성균관대 서베이리서치센터가 2003, 2004년 실시한 '한국종합사회조사(KGSS)'와 '국제사회조사기구(ISSP)의 설문조사 자료' 비교를 보면, 우리나라의 경우 '기혼자 중 부모와의 동거 비율은 미국·일본 등 29개국의 평균보다 낮고, 부모를 만나는 횟수도 다른 나라의 절반 이하'라고 한다. 특히 '부모를 만나는 횟수는 29개국 가운데 최하위'라고 한다. 충격이 아닐 수 없다. 이처럼 우리는 지금 가족의 정체성에 혼란을 겪고 있는 것이다.

그리고 여성부가 2004년 9~12월 혼인 중이거나 이혼 경력이 있는 성인 남녀 6,156명을 조사한 결과, '남성 10명 중 3명은 부인으로부터 비아냥 등 정신적 폭력을 당했다.'고 응답했다 한다. 남편들 셋 중 하나는 아내에게 구박당하는 셈이다. 물론 아내의 경우가 더 심하겠지만, 이제 전통적 가장의 의미는 점점 사라져 가고 남성 우위에서 남녀평등으로 바뀌어 가는 것 같다. 그러다 보니 혼란이 있는 것 또한 부인할 수 없다.

그런데 2005년 모 일간지에 '2년 전 명예퇴직한 뒤 생계를 부인에게 맡기고 가사를 책임지고 있는 48세의 심 모씨가 저녁때면 집을 나와 편의점에서 혼자 끼니를 때우는데, 이유인 즉 돈 못 버는 남편 꼴 보기 싫다며 부인이 식탁에 함께 앉기를 거부하기 때문'이라는 기사를 읽은 적이 있다. 이런 사람은 극히 일부이겠지만, 이 기사를 읽고 참담함을 금할 수 없었다. 우리 사회가 어쩌다 이 지경에까지 이르렀는지……. '부부 일심동체요 동고동락(同苦同樂)'이란 말은 옛말이 되어 버린 것은 아닌지. 부디 그렇지 않기를 바랄 뿐이다. 아버지는 아버지답고 어머니는 어머니다워야 하며, 남편은 남편답고 아내는 아내다워야 하지 않겠는가? 게다가 2005년 여성부에서 인터넷 홈페이지 '평등 어린이 세상' 코너를 통해 '아빠와 엄마의 차별' 사례 19가지를 게재하였다가 네티즌의 항의와 비판이 거세지자, 4월 29일 해당 메뉴를 삭제하고 사과한 일이 있었다. 본래의 취지와는 다르겠지만, 하는 짓이 어찌 이렇게 치졸한가? 아버지들을 몰아붙이는 듯한 표현방식은 분명 잘못된 것이다.

『명심보감(明心寶鑑)』에 보면, '자식이 효도하면 부모가 즐겁고, 집안이 화목하면 만사가 이루어진다.'라는 구절이 있다. 너무나도 옳은 말이다. 우리는 이 말을 잊지 말자.『미암일기』에 가정의 화목과 관련된 내용이 있어 소개한다.

“부인이 중구(重九 : 중양절)의 명절이라 간소한 잔치를 베풀고 죽매와 말덕을 시켜 해금을 타게 하자, 경렴(景濂)·관중(寬中)·변간(邊澗)이 차례로 일어나서 춤을 추었다. 우리 부부는 매우 즐거워했고 모자(母子)도 역시 즐거워했다. 관중이 짤막한 시 한 편을 지었는데, 그 시에 이르기를 ‘어버이 모신 잔치 자리에 / 가을바람 산들거리고 햇빛 비치네 / 거문고 가락 노랫소리 흥겨우니 / 이 모임 백년 두고 기약을 하세’라 하였고, 경렴이 차운(次韻)하기를 ‘당상(堂上)의 백발 양친 함께 모시고 / 때때옷 입고 춤을 춥니다 / 온 집안이 한없이 즐거우니 / 이밖에 또 무엇을 기대하리요’라 하였고, 내가 차운하기를 ‘임금의 은혜를 받드는 이 날 / 국화를 술에 띄우는 때로세 / 5·6 명의 지친(至親)이 한 회당(會堂)에 모여 / 함께 태평세월 즐기누나’라 하였고, 부인이 차운하기를 ‘남북으로 나뉘던 그날 / 이때가 있을 줄 어찌 알았으리요 / 중구라 좋은 철에 모이고 보니 / 천리 밖 약속이나 있는 것 같네’라 하였다. 대개 경렴이나 변간이 모두 천리 밖에서 온 때문이었다. 해가 저물어서야 마침내 파했다.”

유희춘의 가족들이 중양절(9월9일)에 모여 시를 지으며 즐겁게 보낸 내용이다. 유희춘이 가족을 사랑하고 가정의 화목을 중시하고 있음을 엿볼 수 있다.

『안씨가훈(顔氏家訓)』에 '부부가 있은 뒤에 부자(父子)가 있고, 부자가 있은 뒤에 형제가 있으니 한 집안의 친족은 이 세 가지뿐이다. 이로부터 나아가 9족(九族)에 이르기까지 모두 이 3친(三親 : 부부, 부자, 형제)에 근본 하였다. 그러므로 인륜에 있어 가장 중요한 것이니 돈독하게 하지 않을 수 없다.'라는 구절이 있다. 가슴에 새겨두기를 바란다.

가족들이 서로 아끼고 사랑하면서 화목하게 지낸다면 이보다 더 좋은 것이 어디 있겠는가? 우리 모두 가정의 화목을 위해 노력하자.

남들이 별로 탐내지 않는 벼슬자리 있소?

자고로 인사 청탁은 어느 시대나 있었다. 그리고 이로 인한 문제가 수없이 발생해왔다. 요즈음도 TV나 신문 등 매스컴을 통해 인사 청탁과 관련된 보도를 종종 접할 수 있다. 이런 일이 언제쯤 없어지려는지……. 문제는 능력과 자질, 경험도 없는 사람을 자리에 앉히려고 청탁을 하는데 있다. 이렇게 무리를 해서 자리에 앉히니 일이 제대로 돌아갈리 없다.

그런데 우리가 경계해야 할 것은 관직으로 남에게 은혜를 베푸는 행위이다. 이런 행위는 돈을 받고 관직을 파는 행위보다 깨끗한 것 같지만, 사실 이 둘은 같은 행위에 불과하다. 관직으로 남에게 인정을 베푸는 행위, 이를테면 어떤 사람이 예전에 자기에게 은혜를 베풀었는데 아직도 그 사람의 은혜를 갚지 못했기 때문에, 이번에는 그에게 관직을 마련해줌으로써 마음의 빚을 갚는다는 것은 문제가 아닐 수 없다. 그 심정은 이해가 가나 도리에 어긋나는 일이다. 특히 이런 일은 대통령 선거를 통해 새로운 정부가 들어설 때마다 더욱 그러했다. 자기를 도와준 사람들 중 능력과 자질이 있고 해당 분야에 대해 식견과 경험이 있는 경우라면 문제될 것이 없지만, 그렇지 않은 경우에는 문제가 심각하다. 그만큼 적재적소에 적임자를 기용한다는 것은 결코 쉬운 일이 아니다. 김영삼 전 대통령이 '인사는 만사'라고 했지만 말 뿐이지 실제로는 그렇지 못했다. 그래서 실패하고 말았다. 더구나 인사 청탁을 통해 사람을 쓰는 경우 십중팔구는 실패하고 만다.

『미암일기』에 인사 청탁과 관련된 내용이 있어 소개한다.

"이 날 병조판서 강사상(姜士尙)과 가까이 앉아 있다가 병조참의가 와서 청하는 일이 있음을 보고 내가 묻기를, '권관(權管)의 자리로 남들이 별로 탐내지 않는 곳이 있소?' 강공(姜公)이 '있지요.' 하면서 다시 묻기를 '영공(令公)이 천거하고 싶은 사람이 있소?' 하였다. 내가 말하기를 '고향 먼 친족으로 내금위(內禁衛)를 지내고 있는 나수(羅袖)라는 사람이 있는데 집은 가난하지만 청렴합니다. 일찍이 곡포권관(曲浦權管)이 되어 군졸들을 잘 어루만졌는데 이제 나더러 권관이 되게 해달라고 간청을 합니다. 그래서 내가 말하기를 '다른 사람들이 원하는 곳이라면 할 수 없지만, 남들이 탐내지 않는 곳이라면 도모해 보겠다'고 했습니다.' 했더니 강공이 '알았습니다.' 하고 즉시 기록을 했는데, 강공이 다시

손수 '부제학이 정사일(政事日)에 과차(課次 : 순차임명)를 고해 달라 청하다.'라고 써서 서리에게 주었다. 내가 나수의 일을 부인과 관중(寬中)에게 말했더니 크게 기뻐하였다. … 아침에 광릉참봉(光陵參奉) 이대유(李大有)와 첨지(僉知) 이원록(李元祿)의 조카 이정(李瀞)이 찾아와 인사를 하기에 내가 술대접을 했다. 이정에 대해서는 새 판서가 나온 뒤에 미관말직이라도 의망케 해달라는 그의 숙부 편지에 내가 판서에게 힘써 보겠다고 약속을 해주었다. 본시 이정의 숙부 이원록은 죄 없이 오랫동안 귀양살이를 하다가 돌아왔고, 또 사람을 신구(伸救)한 공로도 있으니 그 자제라도 벼슬을 제수케 하여 보답해 주어야 하기 때문이다."

유희춘이 병조판서에게 친척의 벼슬자리를 부탁하고, 옛 동료의 조카에게 인사 청탁을 약속한 내용이다. 비록 미관말직의 벼슬자리를 청탁한 것이지만 옳지 못한 일이라 하겠다. 그런데 당시에는 미관말직의 벼슬자리에 대한 인사 청탁이 흔했던 것으로 보이며, 또 이를 대수롭지 않게 여겼던 것 같다. 그러나 이는 분명 잘못된 것이다.

역사를 상고해 보면 고위직에 있으면서 인사 청탁을 받지 않았던 사람도 많았다. 반면 재상의 자리에 있으면서 이를 악용하여 자신의 심복을 요직에 앉혀 놓고 국정을 제멋대로 좌지우지했던 인물도 많았다. 그 대표적인 인물이 이임보(李

林甫)이다. 이임보는 중국의 사가(史家)들이 중국 역사상 가장 음흉한 간신으로 꼽았던 인물이다. 이임보는 당(唐) 현종(玄宗) 때 재상을 지냈던 인물로, 19년 동안 정권을 장악하여 자기 마음대로 했다. 그래서 당 현종이 황제 노릇을 했는지, 아니면 이임보가 황제 노릇을 했는지 모를 정도로 그의 위세는 황제를 능가했다. 인사 청탁을 해서 사람을 잘못 쓰면 이임보 같은 간신이 나올 수 있다.

인사 청탁이 극심하면 나라가 망하는 법이다. 어디 망하는 것이 나라뿐이겠는가? 학교나 기업체들도 마찬가지이다.

공직자나 정치가가 되면 일생동안 사회의 주시 속에서 살아야 하며, 죽고 난 뒤에도 많은 사람들의 평가를 받을 것이다. 사람들이 철저하게 감시할 수는 없겠지만, 역사의 평가는 무게가 있는 법이다. 그런바 공직자나 정치가들은 이를 명심하고 인사 청탁을 하지 말기 바란다. 오직 할 일은 국가와 국민을 위해 열심히 일하고 봉사하는 것뿐이다. 특히 요즘처럼 경제가 어려운 상황에서는 더욱 그렇다.

처갓집 재산 문제를 처리해 주다

예나 지금이나 재산 싸움이 항상 문제이다. 그것도 부모님이 피 땀 흘려 모은 재산을 자식들이 한 푼이라도 더 차지하려고 혈안이 되어 싸움질하는 경우를 종종 접할 수 있다. 그래서 급기야는 법정 싸움으로 까지 번지는 경우도 있으니 참으로 가관이라 아니할 수 없다. 부모님이 재산을 물려주시면 감사히 받고 잘 지키면 될 텐데 왜 그리 욕심들이 많은지 모르겠다. 이럴 바에야 차라리 자식들에게 재산을 물려주지 않는 것이 더 나을 것이다. 그러나 자식들이 고생하지 않고 살기를 바라는 마음에서 재산을 물려주려고 하는 것이 부모님의 마음인 것을……. 그러한 마음을 제대로 안다면 재산 싸움을 하지 않을 것이다. 필자 주변에도 수백 억대의 재산을 가진 분이 있었다. 그런데 이 분이 갑자기 죽게 되자, 자식들 간에 재산 싸움이 일어나 급기야 법정으로까지 가게 되었다. 이 와중에 사위들이 더 날뛰었다고 하니 기가 막히고 어이가 없다. 아무리 견물생심(見物生心)과 탐욕이 발동해도 그렇지 도저히 인간으로서 할 수 없는 짓을 하다니 용서할 수 없는 일이다. 더구나 삼우제(三虞祭) 때 장인의 영정을 묘 앞에서 사위가 내팽개쳤다니……. 그것도 지하에 누워 계신 망자(亡者) 앞에서 말이다. 그렇데 그 사위는 소위 뼈대 있는(?) 집안의 자식으로 명문대를 졸업하고 외국에서 대학원까지 나왔다 하니 금수만도 못한 인간말종이 아닐 수 없다. 돌아가신 분은 생전에 부모가 물려주신 재산을 잘 지켰을 뿐만 아니라 쌀 한 톨도 귀하게 여겼던 분이었다. 그런 분의 자식들과 사위들이 이렇게 개판(?)을 쳤다니 할 말을 잃어 버렸다. 이런 부류의 인간들은 극소수이겠지만, 세상이 갈수록 왜 이 모양인지 모르겠다. '의롭지 못한 방법으로 부하고 귀하게 되는 것은 나에게는 뜬 구름과 같다'고 한 공자(孔子)의 말은 이제 옛 말이 되어버린 것 같다. 『대학(大學)』에 보면 '거슬리어 들어온 재물은 역시 거슬리어 나간다.'라는 구절이 있다. 도리에 벗어난 방법으로 들어온 재물이나 재화는 도리에 맞지 않게 나가게 되는 법이다. 부디 사람의 도리를 행하면서 살아 갔으면 좋겠다.

『미암일기』를 보면 처갓집 재산 문제를 유희춘이 처리해 주는 내용이 있어 소개한다.

"제사를 마치고 밥을 먹은 뒤에 송군직(宋君直) 부처(夫妻)와 중량
(仲良)의 후실(後室)과 송진(宋震)이 모두 왔다. 나는 중량의 후실(後
室) 안씨(安氏)에게 청하기를 '송진의 어머니 조씨(趙氏)의 전답(田
畓) 중에서 사들인 전답을 도로 송진에게 줘서 벌어먹게 하시기
바랍니다.' 하자, 안씨가 그 말을 따르겠다고 하고 전일(前日) 일단
주었던 논 3석(石) 8두락 지기와 금전(錦田) 1두(斗) 5승(升) 지기까
지도 주겠다고 모두 허락을 했다. 가히 어진 계모라고 할 수
있다. 그런데 송군직이 화를 내어 원망하는 말을 많이 하고 나가
버리고 모든 내실(內室)들도 밥도 안 먹고 가버렸다. 그래서 아내
가 몹시 괘씸하게 여겼다. 송군직이 어두워질 무렵에 다시 와서
말을 잘못했다고 사죄를 하여 서로 풀고 갔다. … 아들 경렴이
우리 부부의 명을 받아 안씨가 허락한 전답의 문기(文記)를 갖고
안씨에게 찾아가 수결을 해줄 것을 여쭈었더니 안씨가 따라주었
다. 안씨가 송군직의 말에 현혹되지 않고 선(善)을 따르기를 물
흐르듯 하니 현모(賢母)라고 할 수 있다."

유희춘이 처갓집 둘째 처남의 아들인 처조카에게 먹고
살 방도를 마련해주기 위해 처갓집 식구들을 설득하여 전답
을 주자고 간곡히 권하였다. 이 과정에서 일부 처갓집 식구들
의 반발이 있었지만, 결국 이를 무리 없이 처리하였다. 이처

럼 유희춘은 처갓집 재산문제 처리에 관여를 하지만 합리적
으로 해결하려고 노력하였다. 특히 유희춘은 돌아가신 장인
이 자신을 끔찍이 아껴준 것을 항상 감사하게 여겼을 뿐
아니라, 처갓집 일에 많은 도움을 주기도 하였다. 사위로서의
도리를 다하고자 했던 것이다.

요즈음 사위들 중에는 처갓집에 빌붙어 사는 경우도 허다
한가 보다. 물론 형편이 어려워서 그런 경우도 있을 것이요,
또 사위도 자식이기 때문에 그럴 수 있다. 그러나 자기가
충분히 살 방도가 있는데도 처가에 의지하려 한다면 마땅치
않다고 본다. 이는 자기 본가도 역시 마찬가지이다. 부모나
장인·장모는 자기 자식이나 사위 내외가 행복하게 잘 살기
를 바란다. 그런데 아무런 이유도 없이 이를 빙자하여 본가나
처가의 신세를 지려고 한다면 도가 지나친 것이요, 자식으로
서 사위로서 떳떳하지 못하다. 그리고 자기가 잘 살면 능력
범위 안에서 본가와 처가를 돌보는 것은 당연하다. 그런데
개중에는 자기 부모를 나몰라하는 부부도 있다. 이는 자식의
도리가 아니다. 자신을 존재하게 해준 부모를 잊어서는 안
된다. 하기야 요즈음의 세태가 부모·형제야 어찌 되었든
본인만 편하게 안주하려는 세상이다 보니 더 말해 무엇 하겠
는가?

『명심보감(明心寶鑑)』에 보면 '황금이 상자에 가득함이 자식에게 한 경서를 가르치는 것만 같지 못하고, 자식에게 천금을 물려주는 것이 자식에게 한 가지 기예를 가르치는 것만 같지 못하다.'라는 구절이 있다. 이 말의 의미를 가슴 깊이 새겨두기 바란다. 그리고 본가나 처가를 막론하고 자식으로서 사람으로서의 도리를 다하자. 죽어서 돈 싸들고 가는 사람 없다.

풍수지리(風水地理)에 관심이 많구나!

한때 육관대사·최창조씨 등 풍수지리가들이 쓴 풍수지리 관련 책들이 불티나게 팔렸던 적이 있었다. 지금도 이런 책들이 적지 않게 팔리는 것 같다. 그래서 그런지 교보문고나 영풍문고 등 대형서점에 가보면 풍수지리 관련 서적이 꽂혀있는 서가에 사람들이 북적거린다. 어디 풍수지리 책뿐인가? 사주·관상·작명 등과 관련된 책들이 꽂혀있는 서가에도 사람들이 붐빈다. 난세이거나 세상이 혼탁하거나 어수선할수록 사람들은 이런 책들을 더 찾기 마련이다. 특히 풍수지리는 예나 지금이나 사람들에게 큰 관심거리이다. 그것은 명당, 이른바 좋은 묏자리를 원하기 때문이다.

이처럼 사람들이 명당을 선호하는 것은 효에서 비롯된 조상숭배와 발복(發福)을 통한 부귀·복록 때문이다. 그러나 실제적으로는 자신과 자손들이 잘되기를 바라는 마음에서 일 것이다.

그러므로 많은 사람들, 그 중에서도 부유층 사람들은 명당자리를 얻기 위해 돈을 아끼지 않는다. 이런 사람들은 거금을 주고 명당자리를 구할 뿐 아니라, 이런 자리를 잡아준 지관(地官)들에게도 많은 돈을 주고 사례를 한다. 그러다 보니 명당터를 구하는데 혈안이 된 사람들의 경우, 풍수 지리적으로 괜찮은 땅이라면 물불을 가리지 않고 구입하기 일쑤이다. 그렇지 않아도 묘지 때문에 문제인데……. 이 뿐만이 아니다. 집터 역시 마찬가지이다. 그러나 예부터 자기가 들어갈 묏자리는 정해져 있다고 하였다. 억지로 되는 것이 아니다. 좋은 자리에 들어가려면 생전에 덕을 많이 쌓아야 한다. 그리고 묏자리를 잡아준 대가로 거액의 돈을 요구하거나 받는 지관은 지관으로서 자격이 없다. 지관이 묏자리를 잡아준 대가로 수천만 원에서 수억 원을 요구하거나 받았다면, 그 지관은 사이비이거나 사기꾼과 다름이 없다. 실제로 이처럼 거액의 돈을 받은 지관들이 있기 때문에 하는 얘기이다. 절대 있을 수 없는 일이다. 적당히 사례금을 받으면 된다. 천기를 함부로 누설하는 것도 죄요, 게다가 행여 묏자리를 잘못 쓰면 그 집안과 자손에게 해를 입힐 수도 있는데, 장사꾼도 아니고 비록 풍수지리를 업(業)으로 할지라도 이래서는 안 된다. 풍수지리는 도(道)를 닦는 자세로 행해야 한다. 필자도 풍수지리를 아는

관계로 주변의 가까운 사람들의 청을 거절할 수가 없어 어쩔
수 없이 음택(陰宅 : 묘터)이나 양택(陽宅 : 집터)을 잡아주고 있지
만, 이럴 때마다 느끼는 것은 태반은 욕심이 과하다는 것이다.
이런 사람들 중에는 사주나 작명까지 요청을 하는 경우가
종종 있어 필자를 곤혹스럽게 만든다. 인간관계 때문에 활인
공덕(活人功德)을 쌓는다는 마음으로 돈을 받지 않고 음택이나
양택을 잡아주고 있지만, 때론 내가 어쩌다 이런 공부를 했는
지 후회한 적이 한 두 번이 아니다.

그런데 조선시대 선비들 중에는 풍수지리를 아는 사람들이
흔했다. 『미암일기』에 이와 관련된 내용이 있어 소개한다.

"장인의 제수는 담양에서 준비해 준 것이다. 이강매(李强邁)가 지
리(地理)를 보더니 '간산(艮山)으로서 별도로 묘의 뒤에 시위(侍衛)를
하고 있는 것이 가장 좋다.'고 했다. … 옛 운점사(雲岾寺)의 중
해운(海雲)이 나의 덕으로 솥 등의 물건들을 찾았다고 와서 사례를
하였다. 또 절을 지을만한 땅을 청하므로 나는 '덕기(德奇)의 십왕
현(十王峴) 근처에서 잡아보라.'고 했더니, 해운이 대답하기를 '그
곳은 본래 옛 터가 있었으니 삼가 명하신대로 하겠습니다.' 하였
다. … 중 정안(靜安)을 시켜 서문 밖 새터에 패철을 놔보게 했더니
'간좌(艮坐) 곤향(坤向)에 신파(辛破)로 가장 길지(吉地)입니다.'라고

하였다. … 꿈에 해남의 선영 옆에 갔더니 물이 콸콸 흐르고 있고, 옆에 어떤 사람이 있어 하는 말이 '이 묘소가 본래 물이 없었기 때문에 자손이 빈궁했는데 이제 물이 있으니 이는 형통하고 성대해질 징조요.' 했다."

풍수지리는 직접 확인하는 것이 중요하다. 위의 내용들을 보면, 해석에 있어 지나친 면이 없지 않다. 예컨대 간좌 곤향에 신파를 가장 길지라고 한 것이라든지, 묘 옆에 물이 있어 형통하고 성대해진다는 것은 과장으로 보여 진다. 내용으로 보아 좌향(坐向)과 파법(破法)만을 가지고 논한 것으로 보인다. 또 물이 흐르는 경우도 수법(水法)이나 파법 등에 맞아야 한다.

유희춘은 풍수설에 대해 관심이 많았고, 이에 대한 지식도 어느 정도 있었던 것으로 보인다. 이처럼 유희춘이 풍수지리에 관심을 기울였던 것은 조상숭배와 발복을 통해 후손들의 영세복록(永世福祿)을 염원했기 때문인 것 같다.

요즈음 정부에서도 화장(火葬)이나 납골당, 수목장 등을 권장하고 있다. 풍수지리학에서도 화장하면 무해무덕하다고 했다. 더구나 요즘처럼 부모님 봉양을 소홀히 여기는 세상에서 죽은 뒤에 자손들이 잘 모실 수 있으리라 보는가? 아마 갈수록 더 할 것이다. 그럴 바에야 차라리 시신을 해부용으로 병원에

기증하거나, 아니면 화장을 해 유골을 납골당에 안치하거나
망자(亡者)와 인연이 있는 곳에 유골을 뿌리게 하는 것이 어떨
지? 죽으면 모든 것이 끝나는 법, 미련을 갖지 말자.

건강에 관심이 많은 데는 이유가 있다네

옛날이나 지금이나 자신의 건강상태에 대해 신경을 쓰지 않는 사람은 없다. 특히 나이가 들수록 더욱 그렇다. 그런데 사람에 따라 다르겠지만, 대개 40대 초반까지는 건강에 신경을 덜 쓰는 것 같다. 그 이유는 건강에 대해 과신을 하거나, 아니면 생존경쟁시대에 살아남기 위해 건강에 신경을 쓸 여유가 별로 없기 때문일 것이다. 그러다가 병원에 입원하거나 체력의 한계를 심각하게 느끼게 되면 마치 뜨거운 물에 덴 것처럼 깜짝 놀라 그때부터 건강에 신경을 쓰는 것이 일반적인 추세이다. 그러나 이는 소 잃고 외양간 고치는 격이다. 항상 건강에 신경을 써야만 한다. 그러기 위해서는 정기적인 건강진단과 함께 몸과 마음을 강건(强健)하게 해야 한다. 하지만 하루하루 살아가기 바쁜 세상에서 어디 그러한가? 문제는 본인의 결심과 실천여부에 달려 있다. 『미암일기』에 건강과 관련된 내용이 있어 소개한다.

"신은 어려서부터 족질(足疾)이 있어 잘 걷지를 못했었는데, 장년기에 조정에 있을 적에는 오히려 견딜 만하더니, 지금은 노쇠하다 보니 걸음 걷기가 매우 곤란합니다. … 사장(辭狀)에 쓰기를 '신은 젊어서부터 고질병인 냉증이 있습니다. 작년 겨울 성묘를 하려고 남쪽을 가고 오고 하면서 오랫동안 찬바람을 맞은데다가, 지난밤부터 찬바람을 쐬었더니 머리도 무겁고 사지도 쑤시고 아프며 정신과 기운도 어지럽고 하여 열흘 사이에는 쉽게 낫지 않을 것 같습니다.' 하였다. … 어제 명의 나사균이 내 두 손의 맥을 짚어보더니 감탄하여 말하기를 '완고하면서 늘어지게 뛰니 가장 수(壽)할 징조입니다.' 하였다. … 내가 말하기를 '큰 병을 앓고 난 몸은 주색을 삼가고 찬바람을 피하고, 식후에 걸어야 하며 열을 나게 하는 고기는 먹지 말아야 한다.'고 했다. 상공(相公 : 이탁)이 '참으로 옳은 말이라.' 하며, '영공(令公)의 몸을 조섭하는 방법을 들어 봅시다.' 하므로, 내가 '20년 전부터 얼음을 먹지 않아 지금껏 40년 동안 뱃속의 병이 없었다.'고 하였다. 상공이 또 나의 침식을 묻기에 대답하기를 '48세부터 비록 겨울밤일지라도 땅거미가 질 무렵 즉시 눕고, 음식은 젊어서부터 늙도록 4~6홉에 지나지 않는데, 가감이 없고 밥맛이 좋다.'고 했더니, 상공이 '영공은 반드시 장수할 것이요.' 하였다. … 내가 진언하기를 '임금의 도리는 심덕을 기르는 것보다 더 큰 것은 없사옵고 기체(氣體)를 기르는 것보다 더 급한 것은 없습니다. 춘하추동

네 계절 중 오직 여름이 조섭하기 어렵습니다. … 대개 여름에는 양이 밖에서 치열하고, 음이 속에 엎드려 있으므로 뱃속이 매우 찹니다. 그러므로 냉수나 빙수 같은 것은 절대로 마시지 말고 항상 더운 물을 마셔 뱃속을 덥게 하면 저절로 병이 생기지 않습니다. 또 옛사람이 이르기를 식후에는 반드시 운동을 해야지 그렇지 않으면 경락의 막힌 기운이 통하지 않는다 하였으니, 지금 비록 백보까지는 안 걸을지라도 마땅히 조금씩 걸어서 혈기를 유통하게 하오면 모든 병이 생기지 않을 것입니다. 원컨대 유념하소서.' 하였다. … 내가 어제부터 얼굴의 좌측에 종기가 생겨 허준의 말을 듣고 지렁이 즙을 발랐다."

유희춘은 족질과 냉증으로 고생하였기 때문에 항상 건강에 신경을 썼다. 그럼에도 불구하고 20여 년 동안 종성에서 유배생활을 하였기 때문에 건강상태가 그리 썩 좋은 편이 아니었다. 따라서 그는 누구보다도 더 건강에 신경을 썼으며, 양생법이나 의술에 관심도 많았고 그 지식도 상당한 편이었다. 그래서 그는 이를 실행에 옮겼다. 물론 대부분 의원의 진맥과 처방을 받고 행하였다. 뿐만 아니라 가까운 친구나 동료, 젊은 임금인 선조(宣祖)에게 건강과 섭생에 대하여 자신의 경험과 지식을 알려주기도 하였다. 이처럼 자신의 건강에 비상한 관심을 가졌던 그였던지라, 몸에 이가 많으면 건강하고 오래 산다는 속신까지 믿었다. 다소 황당한 면도 없지 않지만, 유희춘이 건강에 남다른 관심을 가졌고 건강하고자 노력하였다는 점을 명심할 필요가 있다. 이 때문인지 유희춘은 당시로는 비교적 장수의 나이에 속하는 65세까지 살았다.

조선시대 사대부들 태반은 양생법을 기록으로 남겼다. 그 대표적인 인물이 이황(李滉)이다. 유희춘 역시 양생법을 기록으로 남겼다. 이처럼 우리 선인들도 건강에 신경을 썼다. 하물며 의학이 발달하고 의료보험제도가 시행되고 있는 오늘날이야 더 말할 나위가 없다. 앞으로 여러 가지 제도적 장치가 보완되겠지만, 지금은 조선시대와는 확실히 다르다. 자신의 건강문제는 본인에게 달려 있다. 유희춘이 그러했듯이 우리도 병원에 가서 수시로 자신의 건강상태를 체크할 필요가 있다.

필자도 40대 중반까지 건강을 과신하고 돌보지 않아 지천명(知天命)의 나이가 된 뒤부터는 건강이 그리 좋지 않다. 앞으로 운동도 열심히 하고 병원에도 수시로 가서 몸 상태를 체크해 보려고 한다. 건강이 재산이다. 우리 모두 건강에 신경을 쓰면서 살아가자. 건강해서 남 주나? 특히 무더운 여름날 공부에 전념하고 있는 학생들이여! 건강에 유의하자.

조선시대 선비이야기 2부

전하! 공부를 게을리 하지 마소서

전하! 공부를 게을리 하지 마소서

학창시절 부모님이나 선생님에게 '공부 열심히 하라'는 얘기를 들어보지 않은 사람은 없을 것이다. 지당한 말씀인데도 들을 때마다 이를 귀담아 들은 사람도 있지만, 그렇지 않은 사람도 많았으리라. 하기야 이런 말을 항상 듣다 보니 많은 사람들이 알레르기 반응을 일으켰던 것 같다. 필자도 여기에 속하는 사람의 하나였다. 그때는 그 말이 솔직히 듣기 싫었다. 『명심보감』에 보면 '지극히 즐거운 것은 책을 읽는 것이고, 지극히 중요한 것은 자식을 가르치는 것이다.'라는 구절이 있듯이, 부모님과 선생님이 자식과 제자를 위하는 말씀이셨는데, 당시에는 그 말씀이 왜 그렇게 가슴에 와 닿지가 않았는지…… . 지금 생각해 보니 후회막급이요 한심스럽기 짝이 없었던 것 같다. 이이(李珥)가 '공부는 죽은 뒤에야 끝나는 것'이라고 말한 것처럼, 공부는 누구나 하는 것이며, 우리가 살아있는 동안은 계속해야만 한다. 그러므로 우리는 이를 명심할 필요가 있다. 특히 학생들의 경우는 더욱 그렇다.

어쨌든 공부는 시대와 신분고하를 막론하고 항상 해야 한다. 그 일례로 조선시대의 왕들도 공부를 게을리 할 수가 없었다. 그것은 경연(經筵) 제도가 있었기 때문이었다. 경연이란 임금이 학문을 닦기 위하여 신하들 중에서 학식과 덕망이 높은 사람을 궁중에 불러 경서(經書)와 사서(史書) 등을 강론케 하는 것을 말한다.

경복궁 사정전에서 경연이 주로 열렸는데, 원래는 매일 아침, 점심, 저녁 세 번을 해야 했지만, 보통은 하루에 한 번만 하거나 아니면 며칠에 한 번씩 하는 경우도 있었다. 조선시대의 역대 왕들 가운데 공부를 가장 열심히 했던 왕은 세종(世宗)과 정조(正祖)였다. 세종은 공부에 대한 열정이 남달랐다. 그는 날마다 경연을 열어 자신의 학문에 깊이를 더하고 신하들에게도 공부의 중요성을 일깨워 주었다. 세종이 하루 동안에 열람한 책이 수십 권에 이르렀다고 『필원잡기(筆苑雜記)』에 기록되어 있다. 뿐만 아니라 아침저녁 식사를 할 때에도 반드시 책을 좌우에 펼쳐놓고 눈으로 글을 읽었다고 한다. 이처럼 틈만 나면 책을 읽었던 세종은 송나라의 대문장가인 구양수와 소동파의 짧은 편지글을 뽑아 엮은 『구소수간(歐蘇手簡)』이라는 책을 1,100번이나 읽었다고 신하들에게 말한 적이 있다. 정조 또한 호학왕(好學王)으로 불릴 정도로 학문적 열성이 대단했던 왕이었다. 정조가 얼마나 책을 좋아하고 아꼈는지는 방서록(訪書錄)을 만든 것을 보면 알 수 있다. 방서록이란 구입해야 할 책의 해제 목록을 편집하여 서적 구입에 활용한 도서목록집이다. 정조가 학문의 중요성을 깊이 통찰한 군주였음을 알 수 있다. 이처럼 공부하지 않은 성군(聖君)은 없다. 하지만 조선조의 역대 왕들이 모두 그런 것은 아니었다. 그 중에는 공부를 게을리 한 왕들도 있었다. 이와 관련된 내용이 『미암일기』에 있어 소개한다.

"강의가 끝나자 책을 덮고 내가 어전에 나아가 다음과 같이 아뢰었다. '엎드려 비망기(備忘記)를 보니, 만기(萬機 : 정무<政務>)의 여가에 하자니 학문이 전일(專一)하지 못하다는 말씀이 있사온데, 성념(聖念)이 이에 미치시니 감격함을 이길 길 없사옵니다. 무릇 정치와 학문은 이치는 동일하면서 일이 다를 뿐 입니다. 그러나 학문을 하면서 정치를 하면 그 학문을 실험하는 바가 더욱 넓어지고, 정치를 하면서 학문을 하면 그 정치의 바탕이 되는 것이 더욱 깊어지옵니다. 그러므로 제왕의 경우에 있어서는 한편으로는 학문을 하고, 다른 한편으로는 정치를 하여 어느 한쪽을 폐해서도 안 되는 것이니, 처음에는 두 가지 일 같지만 마침내는 이치에 밝고 의리에 정(精)하여 일이 다 지극한 선(善)에 이르게 되면 시종(始終)과 본말(本末)이 서로 융통하여 하나가 되는 것입니다. 옛 사람의 말에 의문 나는 데가 있으면 반드시 필기하라 하였고, 또 총명이 둔필(鈍筆)만 같지 못하다 하였으니, 엎드려 바라옵건대 성상께서는 궁중에서 공책 하나를 가져다가 학문의 의심나는 곳을 표기하여 살펴 물어 명백히 분변하는 바탕을 삼으시고, 또 하나의 공책에 정사와 언론으로 참고가 될 만한 것을 표기하여 의논하고 사색하는 자료로 삼으시어, 날이 쌓이고 달이 겹치는 동안 잠시도 끊임이 없으면 의심나던 것이 밝혀지고 상고하던 것이 터득될 것이오니, 이렇게 되면 학문을 하고 정치를 하는데 모두 여유가 있을 것입니다. 또 말씀 드리자면 학문의 길은 반드시 의심나는 곳을 찾아서 밝혀내야 하는 것이오니 이 점을 명심하시고 공부를 게을리 하지 마소서.’ 하였다.”

유희춘이 선조(宣祖)에게 공부를 게을리 하지 말 것을 아뢴 내용이다. 조선시대의 왕도 이러하였는데, 학생들이 열심히 하지 않으면 되겠는가? 더구나 요즈음은 중간고사 기간이다. 항상 공부를 해야 하겠지만, 시험기간이라 공부를 전보다 더 열심히 해야 할 것이다.

중요한 것은 정약용(丁若鏞)의 말처럼 ‘공부는 논리적이고 체계적으로 해야 한다.’는 것이다. 시험기간이라고 벼락치기로 공부를 하면 별 효과가 없다. 꾸준히 계속해야 한다.

학생들이여! 이 점을 유념하고 열심히 공부하기를 바란다.

독서는 어떻게 하는 것이오?

새 학기가 시작되었다. 날씨는 춥지만 새 학기를 맞이하는 학생들은 생동감이 넘쳐 보인다. 특히 신입생들은 감회와 각오가 남다를 것이다. 이제 신입생들은 그동안 통제를 받았던 고등학교와는 달리, 자기가 스스로 알아서 해야 하기 때문에 이에 대한 적응도 해야 할 것이다. 뿐만 아니라 자신의 전공과 진로에 대한 대비도 해야 한다. 어찌 보면 대학생활 중 1학년 시절이 하고 싶은 일이나 할 일이 가장 많은 때인지도 모른다. 갓 입학한 신입생들에게 골치 아픈 이야기를 하는 것 같지만, 대학 졸업 후 각박하고 냉혹한 현실사회에서 살아가자면 이러한 이야기도 귀담아 들을 필요가 있다. 그만큼 대학생활이 중요하다는 뜻이다.

대학은 주자(朱子)의 말을 빌리면 ‘대인지학(大人之學)’, 다시 말해 장성한 사람들이 배우는 곳이다. 옛날에도 오늘날의 대학에 해당하는 태학(太學)이나 성균관 입학은 보통 관례(冠

禮)를 행해 성인(成人) 대우를 받는 나이인 15세부터 하였다. 지금은 대부분 20세가 되면 대학에 진학한다. 20세는 법률적·사회적으로 성인이다. 성인이라면 자신의 말과 행동에 책임을 질줄 알아야 하며, 모든 일을 자신이 결정해야 한다. 뿐만 아니라 다방면에 걸쳐 폭넓은 교양을 두루 지녀야 한다. 폭넓은 교양을 쌓으려면 독서를 해야 한다. 이처럼 독서는 교양과 전문지식을 축적하고, 가치관·인생관 등을 정립시키는데 매우 중요한 역할을 한다. 그리고 대학생으로서 지성인이 되기 위해서도 독서를 많이 해야만 한다. 그런데 그동안 입시 위주의 교육을 받아 왔기 때문에 독서를 하더라도 쉽게 싫증을 내고 중도에서 책읽기를 포기하는 학생들이 부지기수라는데 문제가 있다. 이는 잘못된 교육제도 때문이다. 하루빨리 개선되었으면 한다.

독서는 생활화해야 한다. 그러기 위해서는 책 선정 및 독서법 등에 대해 알고 있는 것이 좋다. 이를 좀 더 부연하면, 먼저 자신이 어떤 종류의 책을 읽을 것인지 결정한 후, 이와 관련된 해당 도서들의 성격과 수준을 파악한 다음 읽을 책을 선정해야 한다. 이때 교양도서의 경우 저자의 집필 의도와 수준 등을 파악하기 위해 서문과 목차를 먼저 살펴보아야 한다. 특히 전공도서의 경우 저자의 집필 동기와 연구 방법,

범위, 수준 등을 파악하기 위해 서문과 목차, 서론·결론 부분을 정독한 다음, 본론의 내용을 대강 훑어보아야 한다. 그런 연후에 책 제목과 비교할 필요가 있다. 왜냐하면 요즈음 출판되는 책 가운데에는 내용보다 제목이 거창하게 제시되는 책들이 있기 때문이다. 그러므로 책 제목만 보고 책을 구입했다가는 실망하기 십상이다. 이런 과정을 거쳐 책을 선정했으면 독서를 해야 한다. 독서를 할 때에는 천천히 읽고, 생각하면서 읽고, 중요한 부분에 밑줄을 치거나 자신의 느낌이나 생각을 표시해 가면서 읽는 것이 좋다. 또 이해가 안 되는 부분은 이해할 때까지 계속 읽는 것도 괜찮다. 특히 독서 후 냉정하게 재검토하는 것이 필요하다. 그 좋은 방법의 하나가 독후감을 쓰는 것이다. 사실 재검토가 없는 독서는 무의미하다고 해도 과언이 아니다. 그래서 예로부터 독서법을 중시하였던 것이다. 윤휴(尹鑴)는 '글을 읽을 때에는 반드시 사색을 해야 하고, 사색하여 터득한 바를 기록으로 남겨야 한다.'라는 말을 했다. 가슴에 새겨두기 바란다. 『미암일기』에 독서와 관련된 내용이 있어 소개한다.

"주상 전하께서 말씀하시기를 '선유(先儒)가 독서에 있어서는 외우는 것을 귀하게 여긴다고 하였으니, 대개 글이란 모름지기

외워야 마침내 유익한 모양이오?' 하시므로, 내가 말씀드리기를 '글을 어찌 읽지 아니할 수 있사옵니까. 무릇 옛 성인(聖人)의 정신과 심술(心術)이 모두 여기에 있습니다. 그러므로 부열(傅說)은 고종(高宗)에게 고하기를, 옛 훈(訓)에서 배워야 마침내 얻음이 있다 하였고, 공자(孔子)도 역시 옛것을 좋아하여 힘써 탐구하면 심지어 밤이 다 하도록 자지 아니하고 생각해도 배우는 것 만한 것이 없다 일렀으니 이것이 다 독서를 두고 말한 것입니다. 다만 임금은 만기(萬機)를 총찰하는 다번한 처지에 있으므로 부지런히 글 읽을 겨를이 없습니다. 마땅히 그 강령을 살피고 그 정미(精微)를 탐구하여 쌓으면(蘊蓄) 덕행이 되고 펼치면 사업이 되게 하며, 무릇 행사에 나타난 것치고 학문의 공이 아닌 것이 없게 하는 것이 바야흐로 제왕의 학이 되는 것이오니 엎드려 바라옵건대 마음을 가라앉혀 깊이 생각하시옵소서.' 하였다."

유희춘이 선조(宣祖)에게 독서에 대해 언급한 내용이다. 『근사록(近思錄)』에 보면, '글을 읽는 것은 반드시 많이 읽어야만 되는 것은 아니다. 많이 읽어도 그 핵심을 모르면 책가게일 뿐이다.'라는 구절이 있다. 이 말을 명심할 필요가 있다.

요즈음 책읽기를 싫어하는 학생들이 많다고 한다. 그런 학생들은 처음부터 무조건 양서(良書), 그것도 어렵고 철학적인 책들을 읽었기 때문에 그런 것이다. 이런 종류의 책들은 서너 장을 읽으면 머리가 아프고, 결국 이 때문에 책읽기가 싫어지는 것이다. 그러니 이런 책은 나중에 독서가 생활화·습관화되었을 때 읽는 것이 효과적이다. 지금은 우선 자기 수준에 맞는 가벼운 책부터 순차적으로 읽기 바란다.

우리 모두 열심히 독서를 하자. 독서는 '마음의 양식', '제2의 스승'이라고 하지 않았던가!

독서와 도서 구입에 열성이구나!

흔히들 가을은 독서의 계절이라고 한다. 독서하는데 굳이 계절을 따질 필요는 없지만, 가을만큼 독서하기에 좋은 계절도 없다는 뜻에서 나온 말일 것이다. 그러나 독서는 계절에 상관없이 항상 해야 한다. 그리고 어떤 사람들은 취미가 독서라고 하는데, 독서는 취미가 아니라 생활화다. 이 점을 명심했으면 한다. 그런데 독서를 하기 위해서는 취사선택을 잘해야 한다. 평소 책을 안 읽던 사람이 갑자기 독서를 하겠다고 하면서 양서(良書) 그것도 수준 높고 어려운 교양도서류를 읽는다면, 아마 서너 장 읽고는 머리가 아프다고 읽던 책을 덮을 가능성이 크다. 더구나 중·고등학교 시절 입시 위주의 교육만 받고 독서법이나 책 읽는 습관을 제대로 배우거나 기르지 않은 사람들은 특히 그러할 것이다. 이런 사람들은 자기 수준에 맞는 책을 골라 읽을 필요가 있다. 다시 말해 가벼운 책부터 순차적으로 읽기 바란다. 그러다 보면 독서에 재미를 붙일 것이다. 그리고 독서를 할 때에는 천천히 읽고, 생각하면서 읽고, 이해하면서 읽기 바란다. 『근사록(近思錄)』에 보면 ‘글을 읽는 것은 반드시 많이 읽어야만 되는 것이 아니다. 많이 읽어도 그 핵심을 모르면 책가게일 뿐이다.’라는 구절이 있다. 그러니 이 말을 가슴에 새기고 욕심 부리지 말고 자기 수준에 맞는 책부터 단계적으로 읽기 바란다.

독서 얘기가 나왔으니 서치(書癡) 얘기 좀 할까 한다. ‘서치’란 국어사전에 보면 ‘책읽기에만 골몰하여 세상일을 돌보지 않는 어리석은 사람’이라고 풀이되어 있다. 그 대표적인 사람 가운데 한 사람을 꼽으라면 정조(正祖) 때 규장각 초대 검서관(檢書官)을 지낸 이덕무(李德懋)를 들 수 있다. 이덕무는 자신이 쓴 <간서치전>에서 자신을 ‘간서치(看書癡)’라고 불렀다. ‘간서치’란 ‘책만 읽는 멍청이’란 뜻이다. 이덕무는 젊은 시절 책만 읽고 집안을 돌보지 않아 어머니와 여동생이 영양실조로 죽었다고 고백하면서 자신의 신세와 처지를 한탄하는 글을 남겼다. 요즈음 같으면 정신 나간 사람, 현실 감각이 없는 꽉 막힌 사람이라고 하여 사람 취급도 안 했을 것이다. 하기야 강도는 약하겠지만 그 당시에도 그랬을 것이다. 어쨌든 이덕무는 실력을 인정받아 15년간 검서관 직에 있으면서 정조의 총애를 받았으니 그가 독서를 한 것이 그렇게 무의미한 것만은 아니었다. 그러나 어머니와 여동생을 보살피지 않아 죽게 한 것은 지나친 면이 있다. 지금은 이렇게 까지 할 필요는 없다고 본다. 서치는 우리나라 뿐 아니라 유럽에서도 있었다. 유럽의 대표적인 서치 가운데 한 사람으로 나폴레옹을 들 수 있다. 나폴레옹은 전쟁에 패하자 세인트 헬레나 섬으로 유배를 가게 된다. 이때 그의 재산목록에 8,000여권의 장서가 포함되어 있었다 하니, 그가 엄청난 독서광이었음을 알 수 있다. 이 뿐만이 아니다. 현재 세계 10위 안에 드는 갑부인 워렌 버핏은 읽기 중독증 환자이고, 빌 게이츠는 어릴 적에 책벌레였다고 한다. 이쯤 되면 독서의 중요성을 재삼 인식할 것이다.

아무튼 독서광들은 도서구입에도 열성적이다. 이들은 책만 구입하고 읽지 않는 부류의 사람들과는 차원이 다르다. 유희춘 역시 가사(家事)를 돌보지 않을 정도로 엄청난 독서광이었으며, 도서구입에 열성적이었다. 『미암일기』에 이와 관계된 내용이 있어 소개한다.

"밤 이경 말(二更末)에 내가 갑자기 일어나 소리를 질렀다. 이는 종일토록 글씨를 쓰고 글을 본 피로 때문이다. ⋯ 서책괴(書冊僧) 송희정(宋希精)이 와서 인사를 하고 『참동계(參同契)』·『황화집

(皇華集)』·『소문쇄록(謏聞瑣錄)』·『두시(杜詩)』 등을 가져오기로 약속하고 갔다. … 영광(靈光)의 윤홍중(尹弘中)이 서책을 보내주며 오래 빌려 주겠다는 허락을 했다.『당본강목(唐本綱目)』50책을 포함하여 무릇 14종 298책이 왔다. 과연 송나라 이택(李擇) 같은 인자(仁者)의 마음이라 하겠다. 두 바구니에 나누어 넣어서 자리 옆에 두었다. … 첨지(僉知) 홍연(洪淵)이 찾아 왔다. 성절사(聖節使)로 10월에 출발을 한다기에 '『주자어류(朱子語類)』를 사다 달라.'고 청했더니 영공(令公)이 승낙했다. … 천추사(千秋使)의 통사(通事 : 역관)인 민호백(閔扈百)이 인삼을 받아 가지고 갔는데, 연경(燕京)에서『백천학해(百川學海)』10책을 사가지고 왔다. … 짐을 꾸리는데 말마다 가볍게 실어 20필에 실었으니 이렇게 많게 된 것은 나의 서책이 세 필의 말에 실려 졌기 때문이다."

이처럼 유희춘은 항상 독서에 열중했으며, 서책에 대해 각별한 관심과 애정을 가졌다. 뿐만 아니라 도서구입에도 열성적이었으며, 그 관리나 보관에도 철저하였다. 그리고 자신이 필요로 하는 서적 중 구입할 수 없는 책들은 남에게 빌리거나 서책 교환을 통해 구득(求得)·열람(閱覽)하였고, 이를 대하는 자세도 진지하였다. 더욱이 그는 관직생활의 바쁜 와중 뿐 아니라, 귀향·상경할 때마다 항상 서책을 갖고 다녔다. 한마디로 말해 유희춘은 서광(書狂)·서음(書淫)이었다.

이런 그였기에 선조(宣祖)가 경연석상에서 '육갑(六甲)의 첫머리에 쥐를 두는 이유가 무엇이냐?'고 묻자, 당시 경연에 참석했던 이이(李珥)·기대승(奇大升) 등 경연관들 그 누구도 대답을 하지 못하였고, 오직 유희춘만이 '쥐는 앞발톱이 4개, 뒤발톱이 5개로 음양이 상반되어 갖춘 것은 쥐 밖에 없기에 쥐로 12지(支)의 첫머리를 삼는 것입니다.'라고 대답하자, 선조가 그의 박학다식함에 감탄했다고 한다. 열심히 독서하면 이렇게 될 수 있다.

이 가을 아니 금년에 몇 권의 책을 읽었나 생각해보자. 각자 반성하면서 열심히 책을 읽자. 독서해서 남 주나!

경(卿)의 학문은 참으로 대단하오

2005년 모 방송국 TV 뉴스에 일부 대학 교수들이 돈을 받고 석·박사학위를 수여한 사실이 보도되어 사회적 물의를 일으킨 적이 있었다. 그런데 한심스런 일은 한 대학 관계자가 인터뷰에서, 헌법재판소의 행정수도 이전 특별법 위헌 판결 시 관습법이 적용된 것을 예로 들면서 받은 돈을 개인용도로 쓴 것이 아니라, 대학 운영비나 연구비로 쓰는 것이 관례였다는 옹색한 변명을 듣고 경악을 금치 못했다. 이런 인간이 대학에 재직하고 있다니 수치스럽기 짝이 없다.

이 뿐만이 아니다. 석·박사학위논문을 대신 써주는 가격이 수백만 원에서 수천만 원까지 한다고 하니 기막힌 일이 아닐 수 없다. 문제는 이런 일이 비일비재하다는데 있다. 그래서 교육인적자원부에서는 이에 대한 대책 마련과 함께 적발된 해당 대학과 교수 등에 대해 강력한 징계조치를 취하기로 했다고 한다. 그런가 하면 2005년 5월 전교학신문에

'해외에서 취득한 박사학위 소지자를 조사해보았더니, 30% 정도가 가짜박사였다.'라는 기사를 읽은 적이 있다. 이러한 가짜박사들이 판을 치자 이들을 사회에서 뿌리 뽑겠다고 국가인권위원회까지 발 벗고 나섰다 한다. 교육인적자원부의 박사관리능력만 바라볼 수 없다는 눈치인 듯하다. 학력 병이 창궐하다 보니 석·박사학위의 의미가 점점 변질되어 가는 것 같다.

학문은 왜 하는가? 입신양명하기 위해서인가? 인격수양을 하기 위해서인가? 아니면 책 속에서 진주를 찾기 위해서인가? 이에 대한 답변은 각기 다를 수 있다. 공자(孔子)는 일찍이 '학문은 끝이 없다.'고 하였고, 주자(朱子)는 <우성(偶成)> 이란 시에서 '소년은 늙기 쉽고 학문은 이루기 어렵다.'고 한바 있다. 이들 뿐 아니라 우리 선인(先人)들도 학문에 대한 명언(名言)을 많이 남겼다. 이 중 몇 사람만 소개하면, 서경덕(徐敬德)은 '자기만의 공부법을 터득하라.'고 하였고, 이황(李滉)은 '공부란 몸에 배어야 마음속에 간직 된다.'고 하였으며, 이이(李珥)는 '공부는 죽은 뒤에야 끝나는 것'이라고 하였고, 이식(李植)은 '공부하는 데에는 순서가 있다.'고 하였으며, 이현일(李玄逸)은 '깊이 탐구하는 것이 공부의 근원'이라 하였고, 정약용(丁若鏞)은 '공부는 논리적이고 체계적으로 해야 한다.'고

하였으며, 최한기(崔漢綺)는 ‘20대에는 무엇이든지 탐색하고, 30대는 버릴 것은 버리고 취할 것은 취하며, 40대는 세계에서 얻은 바를 자아화 하고 다시 세계화하는 절차를 밟아야 하고, 50대 이후에는 새롭게 개척하지 말고 이미 이룬 바를 간추려야 한다.’라고 하였다. 모두 체득(體得)해서 한 말이니 가슴에 새겨두기 바란다.

어쨌든 학문을 하는 사람은 열심히 공부하고 연구에 전념해야만 한다. 『미암일기』에 이와 관련된 내용이 있어 소개한다.

“주상께서 말씀하시기를 ‘어제 경(卿)의 말을 듣고 지난 성현의 일도 잘못 전해진 것이 있음을 확연히 알았는데, 오늘 또 역대의 와전된 일을 논변(論辨)하는 것을 듣고, 과인은 처음으로 그 진상을 알게 되었다. 경의 학문은 어찌 이다지도 대단한가? 이것이 어찌 우연한 일이겠는가?’ 하셨다. … 주상께서 말씀하시기를 ‘어찌 이와 같이 기쁜 일이 있단 말이냐? 경은 잘 외우고 잘 강론하여 대지르는 곳마다 환한 것은 내가 진강(進講)하는 석상에서 익히 보았다.’ 하시었다. … 주상께서 말씀하시기를 ‘나는 전일에 이미 경으로부터 말을 들었다. 만약 과연 만들어낼 수 있다면 어찌 크게 좋은 일이 아니겠느냐? 경의 학문은 어찌 이와 같이 서적마다 다 정밀하고 해박한가! 인력으로 도달할 바가 아니니 깊이 탄복할 만하다.' 하시므로, 내가 주대하기를 '신이 귀양살이하는 동안 대강을 읽어 보았습니다.' 하자, 주상 전하께서 '경은 능히 곤궁과 영달에 마음이 움직이거나 뜻이 변하지 않을 수 있기 때문에 학문에 힘을 쓴 것이 이와 같이 정심(精深)하다.' 하셨다."

선조(宣祖)가 유희춘의 학문이 정밀하고 해박해 대단하다고 감탄한 내용이다. 유희춘은 선조 때의 대표적인 학자의 한 사람으로서 이황·조식·기대승·이이 등과 함께 당시의 학계를 주도적으로 이끌었다. 그는 학자로서 독실하고 진지하였으며 열정적이었을 뿐만 아니라, 솔직하고 겸손하였다. 이와 함께 그의 학문적 깊이와 폭, 그리고 지적 욕구 또한 당시의 학자들과는 비교되지 않았다. 그는 학자로서의 자세와 학문의 목적, 그리고 교육목표가 분명하였다. 특히 그의 학문하는 자세는 타 학자의 모범이 되었다.

『논어(論語)』에 '배우기만 하고 생각하지 않으면 어두워지고, 생각만 하고 배우지 않으면 위태롭다.'라는 구절이 있다. 2005년 5월 국어국문학회 전국학술대회에서 조동일(趙東一) 교수가 '공부는 넓게 하고, 연구는 좁게 시작하라. 범속한 논문이 많으면 너절한 사람이 된다. 오직 질이 소중하다고 다짐하라.’고 한 말이 가슴에 와 닿는다. 이 글을 읽는 학생들은 대부분 20대일 것이다. 20대는 긴 안목으로 뭐든지 폭넓게 탐색할 필요가 있다. 며칠 있으면 기말고사가 시작된다. 우리 선인들이 하신 말씀을 명심하고 한 학기 동안 배운 것을 잘 정리해 유종의 미를 거두기 바란다.

미켈란젤로가 ‘내가 지금의 경지에 이르기 위해 얼마나 열심히 일하고 또 일했는지 사람들이 안다면, 아마 내가 하나도 위대해 보이지 않을 것이다.’라는 말을 한 적이 있다. 학생들은 이 말이 의미하는 바를 잘 알 것이다.

스승의 은혜를 생각하며

우리는 학창시절 선생님에 대한 추억을 가지고 있다. 사람 나름이겠지만 선생님에 대해 좋은 추억을 가진 사람이 있는가 하면, 그렇지 않은 사람도 있을 것이며, 또 좋은 추억과 별로 좋지 않은 추억을 다 가진 사람도 있을 것이다. 필자 또한 예외는 아니다. 학부·석·박사시절 뿐 아니라 나이 50이 된 지금까지 필자가 흔들릴 때마다 무한한 애정으로 용기와 격려를 해주시는 은사님들이 있다. 은사님들께 항상 감사하게 생각하면서도 한편으로는 죄송스럽다. 이와는 달리 초등학교 4학년 때 담임선생님(솔직히 함자가 기억나지 않는다)의 경우, 일 년 동안 수업을 대충 하시거나 툭하면 안 하시기 일쑤였다. 뿐만 아니라, 수시로 교실에서 모포 덮고 주무시거나, 걸핏하면 책걸상 뒤로 밀어 놓고 반 아이들을 싸움시키셨다. 왜 그러하셨는지 지금도 그 이유를 정확히 알 수 없다. 그런데 그때는 입학시험을 치르고 중학교에 진학하던 시절이었지만, 학부모나 학생 그 누구도 선생님께 이의를 제기한 적이 없었다. 아마 지금 같으면 큰 난리가 났을 것이다. 필자는 그 선생님을 원망은 했지만, 욕을 한 적은 없다. 어찌 되었든 나를 가르쳐 주신 선생님 아니신가? 지금 이런 글을 쓰는 것이 그 분께 누를 끼치는 것 같아 송구스럽다.

'스승의 은혜는 하늘같다.'라는 노래가사도 있듯이, 스승의 은혜는 끝이 없는 것이다. 사람이 사람다워질 수 있는 것은 스승의 가르침과 인도 때문이라는 것을 잊지 말자. 『사자소학(四字小學)』에 '스승 섬기기를 어버이 같이 하여 반드시 공손히 하고 반드시 공경하라.'는 구절이 있다. 그런데 요즈음은 어떠한가? 흔히 스승은 삼부(三父)의 하나라고 하는데 그 말이 무색할 정도요, 사도(師道)는 땅에 떨어져 '개판 5분 전'이라고 한다. 어쩌다 이 지경에 까지 이르렀는지……. 이렇게 된 것은 가정교육과 학교교육, 정부의 교육정책에 문제가 있기 때문이다. 근본적으로는 선생·학생을 포함해 우리 모두에게 책임이 있다.

『예기(禮記)』에 보면 '스승을 선택하는 데에는 신중을 기하지 않으면 안 된다.'는 구절이 있다. 일리 있는 말이다. 소신이나 지조가 없는 스승, 사명감이나 책임감이 없는 스승, 제자를 올바르게 가르치고 이끌어주지 못하는 스승, 거짓과 위선으로 가득 찬 스승, 아부만 일삼거나 시류에 영합하는 스승, 돈만 밝히고 부정한 짓만 일삼는 스승, 교육을 등한시하고 연구를 전혀 하지 않는 스승이라면, 이러한 부류의 스승한테 제자가 무엇을 배울 것인가? 그리고 스승을 쫓아내는 제자, 스승을 공격하거나 협박하는 제자, 스승을 모함하고 시기하는 제자, 스승의 은혜를 저버린 제자, 스승을 배신하는 제자, 스승을 이용하는 제자라면, 이들은 마땅히 파문(破門)시켜야 한다. 모름지기 스승은 스승다워야 하고 제자는 제자다워야 한다. 그러나 현실은 그렇지 않으니 어찌 하랴? 특히 선생 같지 않은 선생도 있어 문제이다. 제자들을 성폭행하는 선생이 있는가 하면, 촌지 받은 것을 당연시 하거나 친구들 모임에서 자랑인양 떠벌이는 선생도 있다. 그런가 하면 촌지를 없앤다고 촌지신고제를 실시해 교사들의 반발과 함께 교단을 동요케 하고 위화감을 조성했던 교육부 장관도 있었다. 하는 짓들이 유치하기 짝이 없다.

'선생'이란 말이 나왔으니 '선생'의 어원에 대해 살펴보기로 하자. '선생'이란 원래 최고의 격조를 가진 호칭이었다. 지금은 '선생'이란 말이 너무 대중화되어 그 값과 격이 떨어져 아무한테나 '선생'이란 호칭을 붙인다. 그러나 옛날에는 대학자(大學者)나 학문과 인덕을 겸비한 사람에게만 '선생'이란 호칭을 사용하였다. 오늘날 대학에서 사용하고 있는 '교수(教授)'라는 말은 애당초 품위나 격조가 높은 명칭이 아니었다. 조선시대에는 기능적 교육(주로 중인계층)의 담당자에게 많이 쓰이던 명칭이었다. 그리고 현재 쓰고 있는 '교수'라는 말은 '가르쳐 주는 사람'이라는 기능적 의미 밖에 없다.

『미암일기』에는 스승의 은혜에 대한 내용이 있어 소개한다.

"내일 김모재(金慕齋 : 김안국)의 묘에 제(祭)를 지내기 위해 공산(公山)에서 부조해 준 주과(酒果)를 헤아려 보니 2두(斗) 1승(升)이요, 중박(中朴)·계피(桂皮)가 86동(同)이니 사행상(四行床)을 차릴 만하다. … 아침에 바쁘게 나복(蘿葍 : 최산두)선생께 제사 지낼 제문을 초(草)하여 급히 순천의 광문(光雯)에게 심부름꾼을 보내 15일에 광양으로 가서 제사를 지내게 했다. 그 제문은 이렇다. '옛날 약관(弱冠) 시절 책을 지고 스승을 찾아갔을 때, 선생님께서는 옛 정을 생각하여 저를 자식처럼 돌보시었습니다. 문 옆의 방에 머물게 하고 나물국을 함께 먹으며 속을 털어 놓으시면서 온종일 이끌어 주셨습니다. 밥을 얻어먹기가 미안하여 오래지 않아 돌아가기를 청하였는데, 그 뒤로도 편지를 왕복하여 더욱 애써 가르쳐 주셨습니다.' 하였다."

유희춘은 귀양살이에서 풀려나 복직된 후, 스승 김안국

(金安國)과 최산두(崔山斗)의 묘에 자신이 직접 가거나, 피치 못할 경우 손자를 보내 제를 올렸다. 항상 존경했던 스승에게 제자로서 극진한 예(禮)를 다했다.

며칠 있으면 스승의 날이다. 형식적인 행사보다는 선생님을 찾아뵙거나 여의치 않을 경우 편지나 전화라도 하자. 그래서 진정으로 스승의 은혜에 감사하자. 필자도 거의 매년 찾아뵙는 선생님 댁에 찾아가 무례하고 어리석기 짝이 없는 못난 제자를 항상 감싸주시는 선생님께 감사의 말씀과 함께 죄송함을 표할 생각이다.

배움에는 부끄러움이 없느니라

학기 초에는 선생이나 학생 모두가 바쁘기 마련이다. 특히 새 학기를 시작하는 학생들은 남다른 각오와 자세로 배움에 임할 것이다. 원래 배움에는 끝이 없는 법이다. 2004년 3월2일자 단대신문에 팔순 고령의 나이로 이학박사학위를 받은 김기일 선생의 소감이 실렸다. "공부하는데 나이가 있나요? 죽을 때까지 배우고 연구하고, 배운 것을 이웃에게 베풀 겁니다." 공부하는 우리들을 각성케 하는 말이다.

이와 관련된 선인들의 말씀도 잊지 말자. '공부는 죽은 뒤에야 끝나는 것'이라고 하였던 이이(李珥), 아들 송시열(宋時烈)에게 '난리가 났다고 학문을 게을리 하지 말라.'고 당부하였던 송갑조(宋甲祚), 살이 썩는 줄도 모르고 공부하였던 중인 출신의 통역관 고시언(高時彦), 이들이 전하는 배움에 대한 메시지를 가슴 깊이 새겨야 할 것이다. 배움이란 이처럼 중요한 것이다. '사람이 배우지 않으면 마치 캄캄한 밤길을 걷는 것과 같다'고 한 강태공의 말 또한 명심할 필요가 있다.

배움에는 부끄러움이 없는 것이다. 『중용(中庸)』에 '널리 배우고 자세히 물어라.'는 말이 있듯이, 모르면 나이가 자기보다 적거나 지위가 낮더라도 창피하다고 생각하지 말고 물어라. 영원히 모르는 것보다는 아는 것이 더 중요하지 않은가? 체면이나 자존심, 창피함 때문에 묻지를 못하는 사람은 결코 알 수도 없을 뿐 아니라 발전도 있을 수 없다. 모르면 묻고 알면 가르쳐 주는 것은 당연한 것이다. 조선시대 선비들도 그러하였다. 특히 선조(宣祖) 때의 대표적인 학자요, 당대 제일의 경연관이었던 유희춘은 이런 점에서 남달랐다. 『미암일기』에 다음과 같은 기록이 전한다.

"『어록(語錄)』에 의심난 곳을 뽑아 기록하여 원접사 박순(朴淳)공에게 보내 조용한 틈을 타서 질문을 해 보게 했더니, 다행히 천사(天使)의 상세한 대답을 얻어 얼마나 다행인줄 모르겠다."

"기대승(奇大升)이 말하기를 '선생의 지시로 인해 몰랐던 호씨(胡氏)의 인자불위(仁者不爲)의 뜻을 알게 되었습니다.' 하였다."

"소대(召對)를 한 뒤에 교리 이이가 『근사록』을 가지고 와서 의심나고 어려운 곳을 묻더니, 저녁 강의를 할 적에 나의 말을 많이 사용하고, 또 소대할 때에 경연청에서나 주상의 앞에 나갔을 때에도 내 말을 많이 따랐다."

"전일에 어록자의(語錄字義)를 승지 김계가 고치자고 말한데 대해 내가 그 중 옳은 말은 따르고, 잘못된 말은 고쳐 정서해서 저작(著作)을 시켜 승정원에 바쳤다."

"내가 말씀드리기를 '신이 지난 해 11월 초닷새에 야대(夜對)를 할때, 『대학』에 「차위수신재정기심(此謂修身在正其心)」의 한 대목을 강의하면서 풀이하기를 「몸 닦음이 그 마음 바름에 있느니라.」 했던바, 주상께서 풀이하시기를 「그 마음이 바름에 있음이니라.」 하셨는데, 신이 그 때에는 분간을 하지 못했사오나 물러나와 생각을 해보니 신의 풀이는 소활하고 주상께서 하신 풀이는 정확 하셨습니다.' 하였다."

"전한 신응시가 편지로 알려오기를 '어제 낮 강의에 주상께서 묻기를 송인(宋人)이 어째서 태조(太祖)를 예조(藝祖)라고 칭하는고? 하셨는데, 강관(講官)과 좌우에서 모두 대답을 못하였습니다.' 하며, 나에게 묻기를 '이것은 어떤 연고입니까?' 하였다. 내가 답하기를 '예조는 『순전(舜典)』「귀격우예조(歸格于藝祖 : 돌아가 예조의 신<神>에 아뢰었다.)」라는 글에서 나왔습니다. 송인(宋人)이 생각하기를 역대 창업한 임금을 으레 적으로 태조라고 하므로 특별히 태조를 예조라고 칭하여 높이고 색다르게 한 것입니다.' 하였다."

"생원 강위룡이 정주서(程朱書)를 안고 와서 의심나는 곳을 질문함으로 내가 물음에 따라 대답해 주었다. 다만 소자서(邵子書)에서 한두곳을 대답하지 못한 것이 한스럽다."

유희춘은 학문에 남다른 열정과 진지한 자세를 가지고 있었다. 특히 그는 의심스럽거나 모르는 부분에 대해서는 다른 사람에게 물어보았으며, 또 다른 사람이 질문을 하면 성실히 가르쳐 주었다. 그리고 자신이 모르는 부분에 대해서는 솔직히 인정하는 한편 이를 알고자 하였다. 뿐만 아니라 자신의 저술이라도 잘못된 것은 즉시 이를 수정하고 보완하기를 꺼리지 않았다. 이처럼 유희춘의 학문적 자세는 독실하고 진지하며 열의가 있었을 뿐 아니라 겸손하였으며, 자신의 잘못을 인정하는데도 솔직하였다. 그러므로 이러한 학문 자세는 타 학자들이나 관리들에게 귀감이 되었다.

조선시대 선비들은 모르면 묻고 알면 가르쳐 주었다. 특히 모르는 것을 묻고 배우는 것에 대하여 부끄러워하지 않았다. 이들도 이러했는데 학생들이야 더 말할 나위가 없다. 모르면 선생님께 확실하게 알 때까지 질문하라. 이를 싫어하는 선생은 아마 한 사람도 없을 것이다. 더구나 부모님이 피땀 흘려 마련해 주신 등록금을 생각해 보라. 그런데도 공부를 열심히 하지 않고, 또 배우는 것을 부끄러워한다면 말이 되겠는가?

학교 교육을 올바르게 하라

2004년 8월 27일 교육부에서 대입 개선안을 발표하자, 이에 대한 논란이 있었다. 특히 대입 전형에서 출신 고교의 우열을 가리는 '고교등급제'를 둘러싼 논쟁이 매우 뜨거웠었다. 고교등급제를 인정할 수 없다는 교육부의 주장과 고교 간 학력 격차가 엄연한 현실이기 때문에 고교등급제가 불가피하다는 일부 대학의 주장이 팽팽히 맞섰던 적이 있었다. 상황이 이렇게 되자 한국대학교육협의회는 대학 입학처장·고교 교장·학부모 대표·교육부 관계자 등으로 구성된 대입제도 개선위원회를 열고, '고교등급제 논쟁은 심각한 국민적 교육 갈등을 초래할 수 있으므로 지양되어야 한다.'고 밝혔다. 그러면서 특목고 등 우수 학교 재학생들이 내신에서 불리하지 않도록 현재의 교과 성적 우수자 특별전형 등을 확대하고, 대학이 학생들의 대학 입학 후 학업성취도를 분석해 학생부 신뢰도를 높이며, 대학 단위로 이루어지는 입학

전형을 단과대학·학부별로 세분화하는 등의 대안을 제시했었다. 어떻게 결론이 난지는 독자들이 아는 대로이다.

그런데 정권이 바뀔 때마다 매번 등장하는 단골 메뉴 중의 하나가 교육제도 그 중에서도 대학입시제도 개선이었다는데 유념할 필요가 있다. 이번에는 제발 제대로 된 개선안을 내놓아 시행했으면 한다. 그래서 학생들과 학부모들이 더 이상 혼란스럽지 않도록 했으면 한다. 그렇지 않아도 공교육보다 사교육이 기승을 부리는 현실에서는 더욱 그러하다.

『예기(禮記)』에 보면 '배운 뒤에야 부족함을 알고, 가르쳐 본 뒤에야 교육이 어려움을 알 수 있다.'라는 구절이 있다. 배운 뒤에야 자신의 지혜가 부족함을 알 수 있고, 남을 가르쳐 보아야 자신의 지식이 부족하고 교육이 어렵다는 것을 알 수 있다는 말이다. 교육이란 그만큼 어려운 것이다.

아무튼 조선시대에도 지금처럼 학교 교육에 문제점이 있었던 것 같다. 이와 관련된 내용이 『미암일기』에 있어 소개한다.

"전교가 이조에 내렸다. '근래에 도를 가르치는 유자(儒者)의 선발이 모두 문사(文詞)를 숭상하는 사람들뿐이요, 덕을 닦고 학문에 밝은 선비가 선(選)에 참여한 것을 보지 못했다. 따라서 태학(太學)에 유학하는 선비는 모두 문예를 익혀 과거에 급제하는 것을 본업으로 삼으며, 예의를 지켜 사양함으로써 서로를 높이고 도의로써 서로 규계(規戒)하는 일이 있지 않다. 뿐만 아니라 유건(儒巾)을 쓰고 서책을 옆에 낀 자들까지 모두 벼슬길을 구하는 데만 마음을 두고 있다. 심지어 조정에서 매양 정사(政事)가 있어 명단이 한번 내려오면 부산하게 재(齋) 안에 모여 구경을 하니, 선비의 풍습이 이보다 더 더러운 때는 없었다. 절문근사(切問近思)의 학을 하지 않고, 한갓 시정(時政)의 득실에만 마음이 들떠서 시사(時事)에 의논이 미치는 자가 있으면 바로 유명한 선비가 되니, 선비의 풍습이 이에 이르고서야 뒷날의 성취가 무슨 볼 것이 있겠느냐? 이것은 다 조정의 지도가 일정한 방향이 없고, 스승의 교훈이 밝지 못해서 그런 것이다. 한양이 이와 같을진대 딴 지방의 타성(惰性)도 따라서 알 수 있는 것이다. … 학교의 일은 힘쓰지 아니하였으니 어느 겨를에 보고 느끼게 하는 근본을 삼아 학교를 흥기시키는 효과를 나타내겠는가? 대개 학문이 정일(精一)하고 깊으며 처신에 법도가 있을 뿐 아니라, 아무리 궁색함과 화환(禍患)이 닥치더라도 지조를 변하지 않는 자로서 사표(師表)의 책임을 맡게 한다면 반드시 보고 느끼며 흥기하는 효과가 있을 것이다. 학행이 있어 넉넉히 사표가 될 수 있는 자를 지방관으로 등용시켜 풍화(風化)의 권한을 부여하여, 여러 고을을 순회하면서 권면하고 교훈하게 하면 인륜을 두터이 하고 풍속을 아름답게 하는 것이 오직 이에 있을 뿐이다. 생원·진사나 학문으로 일을 삼아 한 고을에서 칭찬 받는 사람으로 교수나 훈도를 삼으면 온 고을 선비들이 또한 향교에 소속되기를 원할 것이요, 사방에도 역시 칭찬 받는 선비가 많아질 것이다. 그리고 학문을 하는 순서는 『소학』보다 앞설 것이 없으니, 조종조(祖宗朝)에 있어서는 『소학』이나 또는 경서(經書)의 시험을 거쳐야만 마침내 입학이 허용되었다. 그런데 기묘년 뒤에 이를 폐지하고서 오랫동안 강의하지 않았으니, 이제부터 입학할 때에는 반드시 『소학』의 시험을 거치게 하면 벼슬하지 않은 유생(儒生)들이 저절로 학문의 향방을 알게 될 것이다. 이런 일들을 단단히 타일러 경계하여 거행케 하라.' 하셨다."

선조(宣祖)가 문사 위주 선발의 과거제도의 폐단을 지적하고, 일관성 없는 조정의 교육 정책을 비판하였다. 특히 훌륭한 스승과 『소학』의 중요성을 강조하면서 학교 교육을 올바르게 하라고 엄명을 내리고 있다.

『논어(論語)』에 보면 '옛날의 학자는 자기 수양을 위하고, 지금의 학자는 남에게 보이기 위하여 공부한다.'는 말이 있다. 옛날의 학자는 오로지 자기 수양을 위하여 학문을 하였으나, 오늘날의 학자는 자기 수양보다 세상의 평판을 노리고 공부하고 있다는 뜻이다. 이렇게 해서야 어디 제대로 공부한 것이라 하겠는가? 우리는 이 점을 명심하고 배움에 임하도록 하자.

시험부정행위자를 엄히 다스려라

우리는 청소년기 대부분을 시험에 얽매여 보낸다고 해도 과언은 아니다. 학창시절에 치르는 중간·기말고사, 수능시험, 그리고 취직시험과 각종 자격시험 등 그 종류도 여러 가지이다. 마치 시험이 우리 인생에서 일종의 통과의례처럼 되어버린 것 같다. 헌데 시험하면 먼저 생각나는 것은 지긋지긋함일 것이다. 필자 역시 시절을 잘못(?) 만나 입학시험을 치르고 중·고등학교에 진학을 했고, 진학해서는 왜 그리 시험이 많았던지……. 그 여파로 박사학위취득 때까지 시험이란 말만 들으면 머리에 쥐(?)가 날 정도였다. 아마 시험이란 말을 좋아하는 사람은 없을 것이다. 만약 있다면 그 사람은 이상한 사람인지도 모른다.

그런데 시험 때마다 속출하는 부정행위자들 때문에 문제이다. 이들은 국가에서 실시하는 각종 시험에서도 부정행위를 서슴지 않는다. 심지어는 집단적으로 부정행위를 하다가 적발되어 사회적인 물의를 일으킨 적도 있다. 그 일례로 2003년 2월 대한변호사협회에서 사법연수원출신 예비변호사들을 상대로 실시한 윤리시험(open book 방식의 논술문제)에서, 전체의 3분의 1에 해당하는 50여명이 한사람의 답안을 베껴 답안지를 제출했다가 적발된 집단부정행위사건을 들 수 있다. 이제는 예비법조인까지도 이런 판국이니 참으로 문제가 심각하다. 어디 이뿐인가? 소위 지성의 전당이라는 대학에서도 시험부정행위로 몸살을 앓고 있는 현실인 것을…….

2003년 9월 26일자 모일간지에서 '커닝에 캠퍼스 홍역'이라는 기사를 읽은 적이 있다. 그 내용 가운데 어느 지방대의 경우 시험부정행위(커닝 또는 컨닝은 일본어투의 잔재로 원어의 뜻과는 다름)에 대한 설문조사를 실시한 결과, 70~80%의 학생들이 부정행위를 한 경험이 있다고 한다. 그리고 그 수법도 대단히 지능적이고 교묘해져 페이퍼와 같은 고전적인 수법은 한물갔고, 최근에는 휴대전화·PDA 등을 동원한 최첨단 수법까지 등장했다고 한다. 이처럼 부정행위수법이 날로 교묘해지자, 학생들을 통해 미리 유행수법을 파악한 뒤 시험감독 때 대처하는 교수들도 있다니 한마디로 비극적인 현실이다. 우리 사회가 어쩌다 이 지경까지 이르렀는지 참으로 안타깝고 서글프기만 하다.

이러한 시험부정행위의 만연은 선조 때에도 예외는 아니
었다. 그 내용을 소개하면 다음과 같다.

“승정원에서 계를 올리기를 ‘과거보려는 자가 이름을 기록할
때에 적격자인지 아닌지를 판별하는 것은 전적으로 홍문관·예
문관·성균관·춘추관의 책임입니다. 그런데 지난번에 전혀 살
피지를 않아 서얼과 천민, 대필자가 마음대로 들어와 그 수효가
매우 많았다고 하니, 근래 과거시험의 혼탁함이 극에 달했습니
다. 모든 것을 듣고 본 사람들 중에 놀라지 않는 자가 없습니다.’
하였다. … 전교하시기를 ‘과거시험장에서 소란을 일으킨 유생
들은 영원히 과거시험 볼 자격을 주지 말고 종신토록 사람의
무리로 치지 못하도록 하여 그 못된 버릇과 병폐를 반드시 없애
도록 하라.’ 하셨다. … 주상께서 말씀하시기를 ‘유생들이 혹 경
전에다 먹칠도 하고 칼로 잘라내기도 한다니 그래서야 되겠소?’
하셨다. 내가 아뢰기를 ‘이는 크게 잘못된 것입니다. 대개 유생들
이 회강한 것을 읽으면서 외우기가 극히 어려워 이런 부정한
짓을 간혹 저지르는 모양입니다.’라고 말씀 드렸다.”

과거시험 관련 관청 및 이를 주관하는 해당 관청의 태만과
과거시험장의 혼탁함, 그리고 과거시험응시자와 성균관 유
생들의 부정행위가 심각한 지경에까지 이르렀음을 엿볼 수

있다. 유희춘 또한 이러한 부정행위에 대하여 비판적이었다. 실제로 조선시대에는 이 같은 일들이 비일비재하였고, 심각한 사회문제의 하나였다. 특히 조선후기에는 권문세가의 자식들 가운데 대리시험으로 과거에 급제하거나, 미리 시험문제를 알아내어 다른 사람이 작성해준 답안을 그대로 베껴 과거에 급제한 사람도 허다하였다. 이처럼 과거제도가 문란해지자 권력이나 배경이 없는 양반들은 과거시험을 아예 포기하기 일쑤였다.

예나 지금이나 이러한 시험부정행위가 만연한 사회는 결코 발전이 있을 수 없을 뿐만 아니라, 부정부패 사회로 가는 지름길임을 명심할 필요가 있다.

요새 대부분의 대학이 중간고사 기간이다. 아마 모르긴 몰라도 열심히 시험공부를 한 학생들과 여러 가지 사정(?)으로 공부를 못한 학생들도 있을 것이다. 만약 공부를 안 했다면 안한 대로 시험을 치렀으면 한다. 시험공부를 안했다고 부정행위를 준비한다면 그 학생은 학생으로서 자격이 없다. 그리고 상아탑에서 진리와 정의를 부르짖는 대학생들이 시험부정행위에 대해 별다른 죄의식을 느끼지 않는다면 그것은 이율배반적이다. 뿐만 아니라 학생으로서 수치요, 양심과 가치관을 저버린 것이다.

이제 우리가 흔히 말하던 커닝(혹은 컨닝)은 하지도 말하지도 쓰지도 말자. 학생들이여! 지성인으로서 정정당당하게 시험에 임하기를…….

연호(年號) 사용이 무식하다니

옛날 군주시대에는 제왕이 보위(寶位)에 오르면 으레 적으로 연호를 사용하였다. 그런데 우리나라의 경우, 특히 조선시대에는 스스로 제후국이라 인식하여 독자적인 연호를 사용하지 않았다. 만약 연호를 사용했다면 불충(不忠)으로 여겨 안팎으로 난리가 났을 것이다. 그래서 황제국(皇帝國)인 명(明)나라의 연호를 사용하였다. 이는 사대주의(事大主義)에서 비롯된 것이다. 잘못되어도 한참 잘못된 것이다. 그러니 당하관(堂下官) 중에서도 낮은 벼슬의 관리(어떤 때에는 환관이 오는 경우도 있었다.)가 사신으로 오는 데도 극진한 예우를 다하였던 것이다. 뿐만 아니라 명나라 사신을 천사(天使)라 칭하였고, 사신이 머무는 곳을 모화관(慕華館)이라고 이름 붙이지 않았던가? 그리고 왕이 직접 마중을 나가 영접을 하였으니 한마디로 굴욕적이라 하지 않을 수 없다. 어디 그 뿐인가? 1년에 정기적으로 명나라에 사신을 보냈을 뿐만 아니라, 황제나

황후의 생일, 황태자의 출생 등 소위 천자(天子)의 나라에 중요한 행사가 있을 때마다 사신을 보내야만 했다. 국력이 미약해 그렇게 했다지만, 조선(朝鮮)이 주권국가로써 이처럼 저자세의 사대외교(事大外交)를 할 수밖에 없었는지 한심스럽기 짝이 없다. 이렇게 계속되다 청(淸)나라가 명나라를 멸망시키고 그 자리를 대신하자, 조선의 사대부들은 청나라의 연호 사용을 꺼렸다. 이는 숭명의식(崇明意識)과 임진왜란 때 명나라가 조선을 구원해 주었다는 사실을 들어 그 의리를 지켜야 한다는 생각, 그리고 청나라가 오랑캐라는 것 등의 이유 때문이었다. 그래서 명나라의 마지막 연호인 ‘숭정(崇禎)’을 고수하는 사대부들도 있었다. 또 최명길(崔鳴吉) 등 일부 사대부들은 명나라가 멸망하자 조선이 소중화(小中華)라고 주장하였다. 당시의 사고관(思考觀)으로는 그럴 수도 있겠지만, 중화(中華)가 밥 먹여 주는 것도 아닌데 왜 그렇게 인식했는지……. 그러나 나라가 힘이 없으면 어쩔 수 없는 법. 조선말까지 개인적으로는 명나라의 마지막 연호인 ‘숭정’을 사용하는 사대부들도 있었지만, 공식적으로는 청나라의 연호를 사용할 수밖에 없었다.

반면, 일본은 우리가 모화사상(慕華思想)에 빠져 연호를 사용하지 않았던 조선시대에도 그들 나름대로 독자적인 연호를 사용하였다. 씁쓸하기만 하다. 어쨌든 우리가 독자적인 연호를 사용하기 시작했던 시기는 고종(高宗) 때부터(물론 고구려 광개토대왕이나 신라 법흥왕 때 연호를 사용했지만) 였으니 참담함을 금할 수 없다. 조선시대 사대부들은 사대주의 의식 때문에 제후국에서의 연호 사용을 용인하지 않았던 것이다. 이와 관련된 내용이 『미암일기』에 있어 소개한다.

"날이 밝아서 경연청에 올라가 영사(領事) 앞에서 글을 강의하고 물러나와 무명 직령(直領)을 입고 경연청에 들어가 입시하여 『논어』의 <영윤자문(令尹子文)>장을 강의하면서 다음과 같은 말씀을 올렸다. … '초(楚) 무왕(武王) 웅통(熊通)이 참람(僭濫)하게 제왕이라 스스로 일컬은 것이 자문(子文 : 초나라 성왕 때의 재상)과는 서로 백 년의 세월이 떨어져 있는 데도 오히려 그 천리(天理)에 어긋남을 바로잡아 고치지 못했는데, 굳이 자문을 책한 것은 자문이 바로 초나라의 상경(上卿)으로 정권을 쥐고 있었기 때문입니다. 자문이 비록 자기 집을 망쳐서 초나라의 근심을 덜게 하여 그 나라에 충성을 다했지만, 중국을 어지럽게 하고 제후국을 침노하여 멸망시키는 일을 몸소 하였습니다. 이것은 그의 안중에 주(周)나라 천자(天子)가 없었던 것이오니, 그 아비를 도우면서 그 조부를 업신여기고 깔보는 격입니다. 신라 법흥왕(法興王)이 참람하게 연호를 쓴 것은 사대(事大)의 의리를 모르는 일인 것이니, 그 당시의 신하들이 너무도 무식했던 때문입니다. 무릇 제후는 마땅히 천자의 나라를 정성껏 섬기고 신하는 그 임금을 정성껏 섬기는 것이 대의입니다.’ 하였다.”

유희춘은 제후국이 천자의 나라를 업신여겨서는 안 될 뿐 아니라, 연호 사용에 대해서도 사대(事大)의 의리를 모르는 무식함의 소치라고 하여 비판적인 시각을 내비치고 있다. 조선시대 사대부들은 대부분 유희춘처럼 사대주의 의식을 지니고 있었다. 그러므로 유희춘의 이러한 사대주의 의식은 당시에는 당연한 것으로 여겼다. 이것이 당시 사대부들의 한계요, 유희춘의 한계였던 것이다. 결국 유희춘은 이 같은 세계관에서 벗어나지 못했던 것이다.

당시로서는 어쩔 수 없었겠지만, 국력의 미약함을 재삼 절감하지 않을 수 없다. 임제(林悌)가 임종을 앞두고 아들들에게 유언을 남기기를 ‘여러 나라가 스스로 제왕이라 일컬었는데, 오직 우리나라만 제왕이라 일컫지 못하였다. 이같이 못난 나라에 태어나 죽는 것이 무엇이 아깝겠느냐? 너희는 조금도 슬퍼할 것이 없느니라. 그러니 내가 죽거든 곡을 하지 말라.’고 하였는바, 그 의미가 심장하다. 이 말을 되새기면서 우리의 과거와 현재, 그리고 미래를 생각하자.

우리나라가 주권 국가·자주 국가로써 정치·경제·군사·외교 등 제 분야에서 당당해지기를 바란다. 그러기 위해서는 국력이 강해야 한다. 동북아 균형자 역할도 국력이 약하면 실현 불가능한 것이다. 그러므로 우리 모두 이 점을 명심하고 열심히 노력하자.

<육신전>을 불태우지 마소서

지금은 사회주의 계열의 서적이나 작품을 자유롭게 읽을 수 있지만, 필자가 대학을 다녔던 70년대만 해도 그렇지 않았다. 그때는 사회주의 계열의 서적이나 작품은 물론이거니와 체제 비판적인 책이나 작품도 읽을 수 없었다. 이러한 책이나 작품은 이념서적, 불온서적, 체제 비판적인 작품으로 낙인 찍혀 출판도 할 수 없었다. 설령 몰래 출판하여 유통되었다고 하더라도 읽다가 적발되면 경찰서나 남산에 있는 중앙정보부로 끌려가 곤욕을 치러야 했다. 독서 선택의 자유가 없었던 시기라 해도 과언이 아니었다. 그러니 읽고 싶은 책이나 작품을 마음대로 읽기란 하늘의 별따기인 셈이었다. 더구나 필자처럼 국어국문학과에 적을 두었던 학생들은 월북 작가의 작품이나 김지하의 시 <오적> 등을 읽고 싶었지만, 공개적으로 읽을 수 없었다. 게다가 몰래 읽다가 적발되면 처벌을 받기 때문에 거의 접할 수 없었다. 그래서 필자도 <오적>을 몰래 읽었던 기억이 난다. 이 시를 읽으면서 치밀어 오르는 분노와 가슴 저미는 아픔과 부끄러움, 그리고 암담한 현실을 생각하며 눈물을 흘렸던 적이 있었다.

아무튼 불행하게도 이 같은 치졸한 금서(禁書) 조치는 유신 시대 뿐 아니라, 이후 군사정권 때에도 극성을 부렸다. 그런데 선조(宣祖) 때에도 당시 금서로 여겼던 <육신전(六臣傳)>을 선조가 읽고 불태우겠다고 법석을 떤 적이 있었다. 『미암일기』에 그 내용이 있어 소개한다.

"주상 전하께서 경연관(經筵官)의 계(啓)한 바에 따라 남효온(南孝溫)의 <육신전(六臣傳)>을 들여다보시고서 승정원에 전교하기를 '나는 경박한 자들의 말을 잘못 듣고서 이 글을 보게 되었다. 성삼문(成三問)은 노산군(魯山君. 端宗)이 선위(禪位)하던 날에 죽지 아니하고 이미 신(臣)을 칭한 뒤에 거사를 하였으니, 이는 저 예양(豫讓)도 부끄럽게 여겨 하지 않았을 것이며, 남효온의 찬술(撰述)도 역시 잘못된 것이다. 그래서 나는 민간에 소장된 이런 책들을 수집하여 불에 태워버리고, 또 마주 앉아서 이 일을 이야기하는 것도 금하고 싶은데 어떠하냐? 삼공(三公)에게 수의하라.' 하시므로, 삼공은 의(議)하기를 '오래된 일을 가지고 다시 민간을 소요스럽게 하는 것은 불가 하옵니다.' 하니, 주상 전하께서 그대로 따랐다. 비망기(備忘記)로 삼공에게 다음과 같이 하교하였다.

'지금 이른바 <육신전>이라는 것을 보니 극히 해괴하다. 나는 당초에 이렇게 되었으리라고는 생각지도 아니하고 아랫사람에게 잘못 듣고 그 글을 목도하고서 춥지도 않은데 몸이 떨렸었다. 옛날 우리 광묘(光廟. 世祖)께서 천명을 받아 중흥하시니 하늘이 베풀어주시고 백성이 귀의하였다. 자고로 천명을 받은 임금은 일이 이미 먼저 정해져서 결코 인력으로 이루어지는 것이 아닌데, 저 남효온이란 자는 어떤 사람인데 감히 스스로 문묵(文墨)을 빌어 요망한 말을 늘어놓아 나라 일을 폭로하겠는가. 그 패악부도(悖惡不道)함을 쓰자면 종이가 모자랄 지경으로 이는 바로 우리 조정의 죄인이다. … 또 한 가지 말하고 싶은 것이 있으니 저 육신(六臣)이란 자들을 충신이라 할 것이냐? 아니라고 할 것이냐? 이다. 그들을 충신이라 한다면 어찌 수선(受禪)하던 날에 쾌히 죽어서 그 신하된 절개를 다하지 아니하였으며, 만일 그것을 할 수 없었다면 어찌 신발을 들메고 도망하여 서산(西山)의 고사리를 캐지 않았느냐? … 사람마다 각기 자기 임금을 위하는 법인데, 이 무리들은 우리 조정과 더불어 불공대천(不共戴天)의 원수이니, 이 글은 오늘날 신하된 자로는 차마 보지 못할 것이므로 나는 그 글을 다 가져다 불태우고자 하는 것이며, 만일 마주앉아 이 일을 이야기하는 자가 있다면 역시 엄중히 다스릴 것이다. 어떻게 생각 하느냐?' 삼공이 회계(回啓)하기를 '이 글이 와전되고 오기(誤記)된 것은 진실로 성상(聖上)의 유시와 같사오나, 시골구석에는 이 책이 흔히 있는 것도 아니오며 해가 묵어서

벌써 묻혀 버린 일이온데, 만약 수색을 하게 된다면 반드시 큰 소요를 일으킬 것이오니, 마침내는 이익이 없게 될 것입니다.' 하니 주상 전하께서 이에 따랐다."

일부 신하들이 사육신을 복권시키려는 의도로 선조에게 <육신전>을 읽도록 권유했던 것 같다. 헌데 <육신전>을 읽은 선조는 노발대발하였다. 그래서 그는 <육신전>을 불태우고, 사육신에 대해 언급하는 자들을 엄히 다스리고자 하였다. 하지만 대신들이 완곡하게 반대 의사를 표명함으로써 <육신전>은 불태워짐을 모면할 수 있었다.

지금은 어떤 종류의 책이나 다 읽을 수 있다. 70년대와 비교하면 격세지감을 느낀다. 그만큼 세상이 좋아졌다는 얘기이다. 독서 선택의 자유가 보장된 만큼 아무 책이나 읽지 말고, 우리 인생에 피가 되고 살이 되는 양서를 읽자. 그런데 중·고등학교 때 입시 위주의 교육만 받고 대학에 들어온 학생들이라 양서 특히 그 가운데 철학적인 내용이 담긴 책을 읽으면 머리가 아픈 학생도 있을 것이다. 그러니 가벼운 책부터 순차적으로 읽기를 바란다. 독서는 마음의 양식이라고 하지 않았던가? 독서해서 남 주는 것 아니다.

역사는 바뀌어도 진실은 전한다

몇 년 전 중국의 고구려사 왜곡과 일본의 독도우표 발행 중단 요구가 매스컴을 통해 알려지자 국민들은 분노하였다. 그런데 이 문제들은 앞으로도 계속 뜨거운 감자일 수밖에 없다. 중국이나 일본의 준비되고 계산된 '동북공정'과 '독도 영유권' 주장에는 정치적인 전략이나 영토문제 등이 깔려 있다. 그러나 가장 큰 문제는 이들 나라의 역사인식에 근본적인 문제가 있다는 점이다. 이러한 심각한 상황에서 우리는 뒷북만 치고 있는 실정이니 참으로 안타깝기 그지없다. 이제라도 국가적인 차원에서 철저한 대비책을 마련할 필요가 있다. 결코 흥분하거나 서둘러서는 안 된다. 차분히 차근차근 준비를 하여 중국과 일본의 주장이 억지임을 조목조목 합리적으로 밝힐 수 있는 대응방안을 수립해야 한다.

중국의 고구려사 왜곡이나 일본의 독도영유권 주장은 올바른 역사관의 결여에서 비롯된 것이다. 남의 나라의 역사이든 자기 나라의 역사이든 간에 올바른 역사인식이 필요하다. 그 대표적인 예로 공자(孔子)가 지은 『춘추(春秋)』를 들 수 있다. 『춘추』는 유교적 역사의식의 전형을 형성해 왔다. 권력에 굴하지 않고 공정하게 역사를 기록하는 것, 이것이 『춘추』의 정신이다. 이를 '춘추필법(春秋筆法)'이라 한다. 춘추필법은 거창하지 않았다. 옳은 것을 옳다 하고 그른 것을 그르다 하고, 선한 것을 선하다 하고 악한 것을 악하다 하고, 현명한 사람을 현명하다 하고 어리석은 사람을 어리석었다고 했을 뿐이다. 이 평가가 후대에 전해져서 큰 영향을 끼쳤던 것이다. 그래서 역대 왕들이 가장 두려워했던 것은 역사였다. 자신의 행위가 남김없이 기록되어 후대에 영원히 전해지고 있다는 사실에 초연할 수 있는 왕은 없었다.

춘추필법의 대의(大義)가 정명실(正名實)·변시비(辨是非)·우포폄(寓褒貶)으로 이어져 왔음은 동양에서의 역사인식을 잘 보여주는 예라 할 수 있다. 그러므로 조선시대 사관들도 사초(史草)를 춘추필법의 정신으로 작성하였다. 그렇기 때문에 사관들은 목이 달아나는 한이 있어도 사필(史筆)을 굽힐 수 없다고 하였던 것이다.

젊은 시절 사관을 역임했던 유희춘 역시 춘추대의(春秋大義)정신을 본받아 가식 없는 역사기술과 철저하고도 정확한 기록을 남겼다. 특히 역사적 사건에 있어서는 더욱 그러하였다.『미암일기』에는 이와 관련된 내용들이 많은데 여기서는 2편만 소개한다.

"들으니 장흥부사 조희문의 선조는 고려 말에 문관으로 부여현감을 지냈는데, 장차 역성(易姓)이 될 것을 짐작하고 벼슬을 버리고 물러나 하나의 기(記)를 지었다. '우·창 두 왕이 공민왕의 자손인데, 정도전 이 신씨(신돈)가 간음해서 낳았다고 무함을 한 것이라고 애통하게 말을 하며 자손들에게 열어 보지 말라.'고 경계했다. 그 후 자손이 함양에 살면서 열어 보고 후환을 두려워하여 태워버렸다고 한다."

"북부 참봉 김천서는 점필재 김종직의 증손자인데 나를 찾아왔다. 내가 그에게 '점필재가 어느 해에 나서 어느 해에 급제하였는가?' 물으니 그가 대답하기를 '신해년(1431)에 나서 29세 되던 기묘년(1459)에 급제하였으며, 족계(族系)는『이존록』에 자상히 나타나 있는데,『이존록』이 지금 장원급제한 정곤수의 집에 있다.'고 한다. 무오년(1498)에 이극돈·유자광이 일으킨 사화에 김일손이 옥에서 국문을 당하여 그의 옥사가 마침내 점필재를 부관참시 하는 지경까지 이르게 되었는데, 한양에 있는 제자들이 급히 밀양 본댁에 알려 미리 시신을 옮기고 다른 시신으로 바꾸어 참형을 면하게 되었다고 한다. 내가 일찍이 허봉에게 이 말을 들었는데, 지금 다시 들어 보니 과연 헛말이 아니라 얼마나 다행인가! 그때에 후실부인이 연좌되어 운봉으로 귀양가고, 아들 윤은 나이 10세로 너무 어려서 화를 모면하게 되었다고 한다."

위의 사실들은 역사적으로도 의미가 있다. 첫 번째 내용은 원천석(元天錫)의 『운곡행록(耘谷行錄)』·이덕형(李德泂)의 『송도기이(松都記異)』·『증보문헌비고(增補文獻備考)』 등에도 전하고 있다. 그런데 조희문(趙希文)의 선대(先代)에서 부여현감을 지낸 선조의 기(記)를 불살라 버렸다는 내용과 원천석의 증손이 야사 6권을 불태워 버렸다는 내용이 유사하다. 그리고 『미암일기』에 유희춘이 예문관 지고(地庫)에서 『고려실록』을 보았는데, 우왕(禑王)은 공민왕의 아들이라 했다. 우왕과 창왕이 공민왕의 자손이라는 사실은 『미암일기』에 의해 전해 내려온 것으로 보인다. 두 번째 내용은 『미암일기』에만 기록되어 있는데, 역사적으로 중요한 사실이다. 현재까지 우리는 김종직이 부관참시를 당한 것으로 알고 있었다. 그러나 위의 기록에는 제자와 부인에 의해 이를 모면한 것으로 되어 있다. 유희춘은 이 사실을 몇 차례에 걸쳐 확인하고 기록으로 남겼다. 이처럼 유희춘은 『미암일기』에 이 같은 사실들을 기록하여 진실을 밝히고 있다.

세월이 흐르고 역사가 바뀌어도 진실은 전하는 법이다.

사실을 밝히고 진실을 구명한다는 것은 당연한 것이요, 필수
적인 것이다. 우리는 이를 절대로 망각해서는 안 된다. 특히
중국과 일본이 우리의 역사를 자기들 멋대로 왜곡시키고 있
는 상황에서는 더욱 그렇다.

역사를 상고하여 진실을 밝히다

일본의 독도영유권 주장과 역사교과서 왜곡 등은 어제·오늘의 일이 아니었는데, 2005년도에는 그 망발이 심하였다. 게다가 중국도 고구려사와 발해사 등을 왜곡하고 있을 뿐 아니라, 요즈음에는 백두산 공정에 열(?)을 올리고 있다. 중국과 중국인들이 자행(恣行)하고 있는 '동북공정'은 갈수록 가관이다. 일본과 중국의 이 같은 몰지각한 짓들로 인해 우리 국민들은 분노하고 있다. 왜 이러한 짓들을 하는지 이해할 수가 없다. 문제는 일본과 중국이 치밀한 계획하에 우리의 역사를 자기들 멋대로 왜곡시키고 있다는 점이다. 이런 터무니없는 망언에 우리는 '사후약방문'격으로 대처만 하고 있으니 안타깝기 그지없다. 그러므로 우리는 일본과 중국의 역사인식에 근본적으로 문제가 있다는 것을 인식하고, 이에 대한 대비책을 수립해야 할 것이다.

우리는 '역사란 무엇인가?'라고 묻곤 한다. 이 질문에는 여러 답변이 있겠지만, 우리에게 잘 알려진 답변으로는 '역사는 과거와 현재의 대화이다.'라고 한 카아(E. H. Carr)의 말이 생각난다. 그렇다면 조선시대에는 이 질문에 어떻게 답변을 했을까? 조선시대는 유교를 국시로 했기 때문에 당연히 유교적 역사의식의 전통을 형성해온 『춘추(春秋)』의 정신을 말했을 것이다. 유교에서 바라보는 역사는 단순히 사건을 나열하거나 기록을 모아서 과거를 재구성하는 행위가 아니었다. 역사란 지나간 일의 선악과 시비를 평가하고, 나아가 이 평가를 현재와 미래의 교훈으로 삼는 것이었다. 지나간 일을 평가하고 이를 통해 교훈을 얻으려면 역사는 공정하게 기록되어야 한다. 그런데 공정한 역사기록을 방해하는 것은 언제나 권력이었다. 공정하지 못한 역사기록은 우리에게 결코 어떤 교훈도 줄 수 없다. 권력에 굴하지 않고 공정하게 역사를 기록하는 것, 이것이 『춘추』의 정신이다. 이를 '춘추필법(春秋筆法)'이라 한다.

역사를 통해서 후대의 평가를 받고, 동시에 현재의 삶 속에서 후대 사람들의 눈을 의식하며 사는 것, 이것이 '역사란 무엇인가?'에 대한 유교식 답변이다.

중종(中宗) 때 기묘사화가 일어났었는데, 이때 채세영(蔡世英)은 춘추관의 기사관(記事官)이었다. 그는 조광조(趙光祖)가

체포되었다는 말을 듣고 곧장 대궐로 들어가 영의정 정광필(鄭光弼)에게 '어찌된 일입니까?' 하고 물으니, 정광필 역시 그 내막을 자세히 몰랐으므로 가만히 고개를 흔들었다. 그러자 채세영은 다시 남곤(南袞)에게 물으니, 남곤은 대답하기 곤란한 듯 우물쭈물 입을 열지 않았다. 이윽고 임금 앞에 이르자 정광필이 채세영에게 '사관은 사실대로 기록하라.'고 했다. 채세영이 붓을 들고 임금에게 간절히 간하면서 '조광조가 무슨 죄를 지었습니까? 역사를 올바로 기록하려면 사실을 알아야 합니다.' 하였다. 그러나 조광조의 죄를 정확히 지적하는 사람이 아무도 없었다. 채세영이 붓을 든 채 한자도 적지 않고 버텼다. 그래서 김안로(金安老) 일파인 승지 김근사(金謹思)가 채세영이 들고 있던 붓을 빼앗아 자신이 쓰려고 하자, 채세영이 김근사로부터 붓을 빼앗아 잡으며 말하기를 '역사를 기록하는 붓은 아무나 잡을 수 없다.'라고 하였다. 채세영은 임금에게 다시 간했고, 좌우에 있던 신하들은 눈을 피하거나 헛기침만 할 뿐이었다. 기개(氣槪) 있는 사관(史官)은 올바른 역사를 기록하기 위해 이렇게 하였다. 이런 사람들의 의기(義氣) 있는 행동을 어찌 본받지 않을 수 있겠는가?

『미암일기』를 보면, 유희춘이 역사를 상고하여 진실을 밝히는 내용들이 많다. 그 중 하나를 간략히 소개하면 다음과 같다.

　　“이백(李白)이 친구와 더불어 채석강에서 뱃놀이를 하면서 손으로 달그림자를 잡으려고 한 일은 있었습니다만, 물에 빠져 죽지는 않았습니다. 그 후에 이백의 일가 이양빙(李陽氷)이 당도(當塗) 고을 수령이 되었는데, 이백이 그에게 가서 몸을 의탁했고, 숙종(肅宗)이 좌습유(左拾遺)의 직으로써 불렀었는데 그때는 이백이 이미 죽고 난 후였습니다. 그 후에 관찰사가 이백의 손녀 두 사람을 돌보아주었는데 손녀의 말이, 이백이 일찍이 고숙(姑孰)에 있는 사가청산(謝家靑山)을 사랑하였으므로 처음엔 어떤 산기슭에 장사하였다가, 이내 청산으로 천장(遷葬)하였다고 했습니다. … 강의가 끝나자 내가 어전으로 나아가니 주상께서 말씀하시기를 ‘어제 경(卿)의 말을 듣고 지난 성현(聖賢)의 일도 잘못 전해진 것이 있음을 확연히 알았는데, 오늘 또 역대의 와전된 일을 논변(論辨)하는 것을 듣고, 과인은 처음으로 그 진상을 알게 되었다.’고 하셨다.”

　　유희춘이 경연석상에서 선조(宣祖)에게 이백이 채석강에 빠져 죽지 않았다는 사실, 그리고 잘못 전해진 역사를 상고하여 진실을 밝히는 유희춘에게 선조가 감탄한 내용이다.

　　2005년 MBC에서 ‘제5공화국’을 방영한 적이 있었다. 그런데 전두환 역을 맡은 모 연기자의 뛰어난 연기력 때문인지는 모르겠지만, 전두환을 미화시키는 것이 아니냐 하여 네티즌 사이에 논란이 있었다. 당시 시점에서 '제5공화국'을 방영하는 것도 다소 시기상조일 뿐만 아니라, 미화 논란이 벌어졌다는 것도 한마디로 웃기는 일이다. 총칼로 정권을 찬탈한 자에게 미화란 있을 수 없다. 오직 역사의 준엄한 심판만이 있을 뿐이다. 우리는 이런 것들에 현혹되지 말고 역사의 진실을 밝히는데 앞장설 의무가 있다. 올바른 역사인식이 새삼 필요한 때임을 잊지 말자.

백성들의 생활상이 비참하구나!

남자 어린 아이들이 귀고리를 하다니

요즈음 젊은이들 사이에는 뚫기, 소위 '피어씽'이 유행인 것 같다. 그래서인지 귀는 말할 것도 없거니와 혀·배꼽·눈썹, 심지어 성기부위까지 뚫어 고리를 하고 다닌다고 한다. 혀나 성기부위에 고리를 단다니 막가도 한참 막가는 세상인 것 같다. 옛날 같으면 감히 있을 수도 없을 뿐만 아니라 용납될 수 없는 일이었다. 이는 필자가 대학을 다니던 70년대에도 상상할 수 없는 일이었다. 그러니 아무리 '개성시대'·'세계화시대'라 하더라도 이러한 피어씽에 대해 연세 드신 어르신들은 물론이거니와, 필자처럼 지천명(知天命)을 넘은 세대들 역시 좋게 보지 않는다.

반면, 이에 대해 젊은이들은 자신들을 이해하지 못하는 기성세대에 불만이다. 세대차의 심각성이 여실히 드러나 문제가 아닐 수 없다.

어쨌거나 피어씽, 그 중에서도 남자아이들이 귀고리를 하고 다니는 것에 대해 선조(宣祖) 때 사회적인 문제로 대두된 적이 있었다. 유희춘은 이를 『미암일기』에 기록으로 남겼는데, 그 내용을 간단히 소개하면 다음과 같다.

“주상께서 비망기를 승정원에 내리시기를 ‘신체와 머리털과 피부는 부모에게서 받은 것이니 감히 훼손하거나 손상하지 않는 것이 효의 시작이라 하였는데, 우리나라의 모든 대소남아(大小男兒)들이 반드시 귀에 구멍을 뚫어 귀고리를 다는 습관이 있다. 그래서 중국 사람들에게 기롱을 받고 있다니 부끄러운 일이다. 이제부터는 일체 힘을 다하여 오랑캐의 풍습을 혁파하여야 한다. 이 뜻을 한양과 지방에 널리 알리고, 한양은 이 달까지 기한을 주되, 혹 꺼리고 따르지 않는 자가 있으면 사헌부에서 엄하게 다스려 죄를 주도록 하라. 이대로 받들어 시행해야 된다.’고 하셨다.”

선조가 사내아이들의 귀고리 다는 풍습에 대해 엄금할 것을 명한 비망기를 기록한 대목이다. 선조의 이러한 엄금지시는 신체발부는 부모에게서 받은 것이므로 훼상하지 않는 것이 효의 시작이라는 유교적 사고에서 비롯된 것이다. 이는 고종(高宗) 때 일제의 강압에 의해 단발령을 시행하자, 최익현(崔益鉉)이 목을 잘릴지언정 부모님이 주신 머리칼은 자를 수 없다고 한 것과 연관된다고 하겠다.

우리나라의 경우 언제부터인지 알 수는 없으나 남자들이 귀고리를 다는 풍속이 있었다. 박물관에 가보면, 신라시대 때 귀족계급의 남자들이 귀고리를 달았음을 알 수 있다. 이때 귀고리를 다는 이유는 신분 상징이나 벽사(辟邪)의 의미와 연관이 있는 것으로 보인다. 그런데 귀고리 다는 풍속은 한때 사라졌다가 고려 말 중국 원(元)나라의 영향으로 다시 행해져 선조 때까지 유행된 것 같다. 필자가 과문한 탓인지는 모르지만 선조 때까지 귀고리를 달았다는 풍속은『미암일기』에만 기록되어 있는 듯하다.

젊은이들이 귀고리를 하고 다니는 것에 대해서 마땅치는 않지만, 탓할 생각은 없다. 다만 귀고리를 남도 하니까, 또 유행이니까 나도 하고 다녀야지 하기 보다는, 자신이 귀고리를 하고 다니는 나름대로의 이유와 그 의미만은 알고 있어야 하지 않을까?

우리는 오천년의 역사와 찬란한 문화를 지닌 민족으로서, 서구의 문화를 무분별하게 무조건적으로 수용하는 것이 올바른 것인지 한 번쯤 반성해 볼 필요가 있다. 과연 우리 것은 무엇이 있는지, 그리고 그것을 어떻게 계승 발전시켜 나가야 하는지 곰곰이 생각해 볼 필요가 있다. 자칫하면 구한말 때처럼 우리는 또다시 서구의 문명과 문화에 패배(현재 그런 추세지만) 하는 것은 아닌지 각자 자성할 필요가 있다.

신참자 신고식이 심각하도다

우리 사회는 대학이나 직장, 군대 등 기관이나 단체의 구성원으로 새로 들어가게 되면 소위 '신고식'이라는 것을 한다. 신고방법이나 절차 등에 있어서 각기 차이는 있지만, 대학이나 직장에서는 신입생이나 신입사원에게 흔히 '술 마시기' 등의 신고식을 강요한다. 군대에서도 지금은 없어졌지만, 80년대까지 만해도 신병에게 얼차려, 몽둥이찜질 등을 시작으로 다양한 신고식을 받은 것으로 알고 있다. 필자 역시 군복무 시절 신병으로 전입 온지 1주 후, 새벽에 고참들에게 으슥한 곳으로 끌려가 군기를 잔뜩 잡힌 상태에서 군화발로 명치를 서너 번 맞은 후 신고식을 치룬 경험이 있다. 석사(碩士)를 마치고 늦게 입대해 힘이 들었을 뿐 아니라, 6~7살 아래인 고참들에게 구타까지 당하니 너무도 서럽고 분해 남몰래 눈물을 씹어(?) 삼킨 적이 있었다.

어느 조직사회에서나 신고식은 있기 마련이다. 하지만 가혹한 신고식 때문에 사람이 숨졌다면 심각한 문제가 아닐 수 없다. 지금은 예전에 비해 줄어들었지만, 불과 몇 년 전만 해도 대학입학시즌인 3월이 되면 TV나 신문을 통해 신입생 환영 MT나 동아리 신입회원의 신고식 때, 선배들의 강요에 의해 행해지는 ‘무대포식(?) 무한정 술 마시기’ 등의 가혹한 신고식으로 인해 신입생이 숨졌다는 사실을 종종 접했던 기억이 난다. 그때마다 매스컴은 난리였다. 이러한 사건들은 직장의 신입사원 신고식 때에도 간혹 발생했던 것으로 알고 있다. 필자가 2003년 9월 16일자 모일간지 기사 가운데 미국 뉴욕주립대의 어떤 남학생 동아리 신입회원 신고식에서 한 신입생이 물마시기 신고의식 시 선배들의 강요에 못 이겨 토할 때까지 거듭해 물을 마셨다가 숨졌다는 기사를 읽은 적이 있었다. 술을 마시든, 물을 마시든 어찌 되었든 간에 이러한 신고식이 무슨 범세계적인 풍습(?)인지는 모르겠지만, 그 도가 지나쳐 이로 인해 멀쩡한 성인 남학생이 죽었다는 사실은 문제가 심각하다.

그런데 이러한 악습은 선조(宣祖) 때 신참자 신고식에서도 행해졌는데, 그 정도가 너무 지나쳐 사회적인 물의를 일으켰던 적이 있었다. 그 내용을 대략 소개하면 다음과 같다.

"교리 이이(李珥)가 '새로 급제한 사람을 포악스럽게 다루고 모욕을 주는 것이 풍기를 손상시키는 병폐'라고 진술하자, 주상께서 '이는 참으로 말도 안 된다. 그 병폐를 금하도록 하라.' 하셨다. … 전교하시기를 '새로 과거에 급제한 자에게는 사관(四館 : 성균관·홍문관·예문관·춘추관)이 새로 들어왔다고 지목하고 갖은 침학(侵虐)과 욕을 보여 못할 짓이 없어 시궁창의 더러운 진흙을 그 얼굴에 바르고 당경분(唐卿粉)이라 하고, 관복을 찢고 구정물 속에 집어넣어 귀신처럼 흉측한 꼴을 만드니 차마 사람이 볼 수 없을 뿐만 아니라, 몸이 상하여 병이 드는 자가 자주 생겨 체모에 대한 손상이 실로 이만저만이 아니라고 한다. 이 같은 폐습은 예문(禮文)에도 없을 뿐만 아니라, 중국에도 없는 일인데 관습이 되어 떳떳한 것처럼 되어버려 전혀 고칠 줄을 모르니 무식하기 짝이 없다. 앞으로는 신구 간(新舊間)에 이를 바로잡고 살필 것이며, 더럽히고 침학하며 희롱하는 일을 일체 엄히 고치도록 하라. 만약 옛 습관을 그대로 인습하는 자는 적발하여 죄를 다스리도록 예조(禮曹)에 이르노라.' 하셨다. … 신래(新來 : 신급제자)를 침학하고 욕보이는 일은 나도 지난날 여러 번 명공현사(名公賢士)들에게 말했던 사실이다."

선조가 과거에 급제하여 관리로 임명된 신참자의 신고식이 너무 가혹하여 심각하다는 보고를 받고, 그 병폐를 바로

잡으라는 전교를 기록한 대목이다. 선조의 이러한 엄금지시
는 신임관리들에 대한 신고식이 너무 심해 부상까지 당하
고, 예문이나 중국에도 없는 이 같은 신고식이 마치 관습처
럼 되다시피 하자, 이를 바로 잡으려는 의도에서 나온 것이
다. '신래'의 폐단은 당시의 관리들 사이에서도 골칫거리였
던 것으로 보인다. 언제부터 이 같은 풍습이 있었는지 확실
하지 않으나, 유희춘은 선조의 엄금지시를 전적으로 찬성하
고 있다.

오늘날 행해지고 있는 대학의 신입생 신고식이나 동아리
신입회원 신고식, 직장의 신입사원 신고식 등은 신참자 신고
식에서 연유된 것으로 보인다. 그리고 60·70년대 중·고등
학교 졸업식 때 행해졌던 '교복에 밀가루 뒤집어쓰기', '교복
찢기' 등도 이와 연관이 있는 것 같다.

그런데 신참자 신고식도 있지만, 이를 면하는 면신(免新)도
고려 말부터 있었던 듯하다. 이로써 짐작컨대 신참자 신고식
도 고려 말부터 행해졌던 것 같다. 성현의 『용재총화』에 의하
면 '원래 허참례(許參禮)는 신래(新來)들의 기강을 확립하려는
좋은 뜻에서 시작되었으나 점차 변질되었다.'고 한다. 그래서
명칭도 신래침학(新來侵虐)으로 바뀐 듯하다.

신고식은 조직사회에서는 필요악인지도 모른다. 신입생이

나 신입사원이 선배나 상급자에게 자신을 알리고, 조직의 화합과 단결 등을 도모하는 면도 있는바 필요하다고 본다. 다만 신고식이 너무 지나쳐 그 폐해가 심각한 지경에 이르게 해서는 안 될 것이다. 이는 차라리 안 한 것만 못하다. 항상 적당한 선에서 조화와 균형을 이루는 가운데 합리적으로 행하는 신고식이라면 그 누가 반대하겠는가?

풍기문란이 심각하구나

풍기(風紀)가 갈수록 문란(紊亂)해지고 있다. 서양의 나쁜 풍습(風習)에 영향을 받아서 그런 것인지, 도덕불감증 때문에 그런 것인지 아무튼 걱정이 아닐 수 없다.

수 년 전 국무총리실 산하 청소년보호위원회에서 소비자보호원과 함께 서울지역 50개 비디오방 영업 실태를 조사한 적이 있었다. 그 결과 이용객의 90%가 남녀 쌍쌍인 것으로 조사됐다. 특히 비디오방 내부에서 포옹·키스·애무·성행위 장면 등이 발견되는 등 풍기문란 행위가 심각하다고 밝혔다. 그리고 경찰청이 최근 발간한 경찰백서에 따르면 청소년 풍기문란 행위가 매년 50%정도 증가한 것으로 나타났다. 이 가운데 음주·남녀 혼숙 등이 매년 크게 증가하고 있다고 한다. 정부도 나름대로 대책 마련에 고심하는 등 노력은 하고 있지만, 쉽게 감소될 것 같지는 않다. 이 뿐만이 아니다. 보건복지부 발표에 의하면 찜질방이 풍기문란의 한 요인이 되고 있다고 한다. 찜질방에 남녀가 함께 있다 보니 눈살을 찌푸리게 하는 일이 적잖이 발생하고 있다고 한다. 좋은 제도를 이용자들의 잘못된 이용 태도로 망치게 만들고 있는 셈이다. 어디 그 뿐인가? 노래방에서도 이런 일들이 심심찮게 벌어지고 있을 뿐 아니라, 심지어 여자들을 불법으로 고용하여 문란한 짓을 한다 하니 문제가 아닐 수 없다.

한편, 사우디아라비아에서는 카메라가 내장된 휴대전화가 여성을 몰래 촬영하는데 사용되고 있다는 보도에 따라 카메라 폰의 시판을 금지했다고 아랍뉴스 등 현지 언론들이 보도한 바 있다. 이를 어떻게 받아들여야 하는 것인지…….

어쨌든 우리의 경우 풍기문란이 날로 심각해지고 있는바 특단의 조치가 필요하다고 생각된다. 그런데 유교윤리를 신봉했던 조선시대에도 풍기문란이 사회문제로 대두되었던 모양이다. 『미암일기』에 이와 관련된 내용이 있어 소개한다.

"어제 들으니 장성(長城)의 변간중(邊幹仲)이 남의 여자 노비를 취하여 첩을 삼고, 그 주인과 맞서 대항을 하고 성주(城主)에게 함부로 거역을 하여 잡혀서 옥중에 단단히 갇혔다고 한다. … 전라감사(全羅監司)가 계(啓)를 올렸는데, '보성군(寶城郡)에 정배

(定配)된 죄인 신의(申檥)가 둘러막아둔 가시 울타리를 뚫고 멋대로 출입을 하며 조정 관리의 첩을 강간하였다며 극히 놀라운 일입니다.'라고 하였다. 주상께서 '신의를 잡아다가 문초하라.'고 명하셨다. 송군직(宋君直)의 노비가 일이 있어 올라왔는데 말하기를, '변수정공(邊守楨公)이 일찍이 남의 여종과 사통하여 관군(官軍)이 잡아가려 하자, 칼을 뽑아 찌르려고 하면서 성주(城主)를 욕하고 꾸짖음으로써 저들이 크게 화를 내어 보고하자, 잡아 가두라하여 혹독하게 형틀에 묶어서 가두었다 하고, 변간(邊澗)도 잡으라 하므로 도피하여 담양으로 갔다고 합니다.' 하였다. … '풍속을 바로잡는 일에 있어 먼저 해야 할 일이 한 가지 있사옵니다. 강상(綱常)을 범한 대악(大惡)은 국법으로 반드시 베어 죽이는 죄지만, 그러나 그 악이 일어나는 것은 수령(守令)으로서도 예방하기가 어려운 일입니다. 그런데 근래 도리에 어긋난 극악한 변고(變故)가 발견되면 교화를 잘못했다 하여 잘못을 수령에게 돌리므로 수령은 죄를 얻을까 두려워하여 그 사실을 오로지 덮어 두려고만 합니다. … 원컨대 대신에게 의논하시어 교서를 내려 중외(中外)에 명시(明示)하여 교화를 잘못했다는 수령에게는 죄책을 묻지 말고, 숨기고서 알리지 않은 수령은 발각되는 대로 파직시키면 공정하고 청명(淸明)한 정치가 거의 달성될 것입니다.' 하였다. 좌상(左相) 권철(權轍)이 선뜻 나아가 아뢰기를, '유희춘의 말이 옳습니다. 지금부터 6, 7년 전 심통원(沈通源)이 정승이 되었을 때에 강릉(江陵)에서 인륜(人倫)의 변이 있어 당시의 부사(府使)

를 파직시켰습니다. 이런 일이 두세 번 있었으나, 근일에 와서는 다시 이와 같은 조치를 하지는 않았습니다. 다만 외방 수령들이 조정에서 자기들을 논죄하지 않는다는 것을 분명히 알지 못하기 때문에 오히려 이와 같이 죄를 엄폐하려는 구차스러운 버릇이 있습니다.' 하였다."

양반이 남의 여비(女婢)를 첩으로 삼고 그 주인과 목민관에게 대들다 옥에 갇힌 사건, 유배중인 죄인이 조정 관리의 첩을 강간한 사건, 남의 여종과 사통한 양반이 자신을 잡으러 온 관군에게 칼을 휘두르고 목민관을 욕하다 옥에 갇힌 사건 등 풍속을 어지럽힌 사건이 발생하면, 그 과실을 교화를 잘못한 목민관에게 돌리므로 목민관이 죄를 얻을까 두려워하여 보고하지 않고 덮어드는바, 풍속교화를 위해 보고한 목민관에게는 죄를 묻지 말고 보고 안한 목민관을 파직시키라는 등의 내용을 유희춘이 기록하였다. 당시 풍기가 문란하여 사회문제로 대두되고 있을 뿐 아니라, 조정에서 이에 대한 대책 마련에 부심하고 있는 것으로 보아 문제가 심각했음을 엿볼 수 있다. 이처럼 예나 지금이나 풍기문란은 항상 골칫거리이다.

『좌전(左傳)』에 보면 '나라가 장차 망할 때에는 먼저 근본이 반드시 무너지고 이후 지엽적인 모든 것이 넘어진다.'라고 한 구절이 있다. 나라의 기강이 무너지면 모든 것이 따라서 무너지게 되는 법이다.

풍기가 문란하면 나라의 기강도 흔들리기 마련이다. 그러다 보면 나라가 존망의 기로에 설 수 있다. 그러므로 이 점을 유념했으면 한다.

선비의 예절이 무너지다니……

　나이 드신 어른들은 요즈음 젊은 사람들이 예의를 모른다고 불만이다. 하기야 그분들이 자라온 시절과 오늘날을 비교해 보면 일리 있는 말이다. 젊은 사람들이 모두 그런 것은 아니지만, 필자 같이 약간 쉬어(?)버린 세대가 보기에도 예전과 다른 것만은 사실이다. 그래서 다소 혼란스럽다. 물론 60~70년대와 지금과는 차이가 있지만, 그때는 그래도 지금처럼 젊은이들이 예의가 없지는 않았다. 당시의 젊은이들은 어른들 앞에서 기본적인 예절은 어느 정도 지켰다. 그런데 요새 보면 나이 드신 어른들 앞에서 담배피우기 일쑤요, 인사도 고개만 까닥거리거나 모자 쓴 채 하는 젊은이들이 많다. 이런 경우가 한두 가지 아니다. 심지어 70대 이상의 어른들 앞에서 키스도 서슴지 않는다. 서양 풍조를 따르는 세태 때문인지는 몰라도 도가 지나치다. 도무지 부끄러운

줄을 모른다. 키스를 하지 말라는 것이 아니다. 젊은이들만 있는 장소라면 멋있고 찐하게(?) 하라. 이에 대해 탓할 생각은 없다.

그러나 어른들 앞에서는 곤란하지 않은가? 여기는 한국이지 서양이 아니잖은가? 아무리 세상이 변해도 우리가 기본적으로 지켜야 할 예절은 지켜야 한다. 현재 우리의 실정이 이렇다. 이 때문인지는 몰라도 2001년 아시아 모 단체에서 아시아 각국의 젊은이들에게 설문조사를 한 결과, 우리나라가 부모 효도와 어른 공경에서 꼴찌를 했다고 한다. 이제 '동방예의지국'이란 간판은 내려진 상태이다. 그 뿐만이 아니다. 필자는 2004년 8월초 경기도 교육청에서 주관한 경기도 초등교원 효 체험교육 직무연수에 출강한 적이 있었다. 의례(주로 관·혼·상·제례)와 예절에 대해 강의를 하면서, 선생님들 태반이 의례 절차와 방법, 의미 등에 관한 기본적인 사항도 모르고 있다는 사실을 알고 깜짝 놀랐다. 아니 충격을 받았다. 그리고 연수에 참가한 교감 선생님 한 분이 경기도내 대부분의 학교에 예절관을 세우거나 세울 예정인데, 자기네들은 배운 바가 없어 어떻게 운영·교육해야 할지 고민이라는 말을 듣고 문제가 대단히 심각함을 느꼈다. 어쩌다 이 지경에까지 이르렀는지 답답하기만 하다.

세상이 이러한데 대학인들 예외일 수 있겠는가? 교내에서 학과 교수나 담당과목 교수를 보고도 인사를 안 하는 학생이 비일비재하다. 설령 인사를 하더라도 호주머니에 손을 집어넣은 채 하거나, 모자를 쓴 채 하는 학생들도 있다. 뿐만 아니라 선생님 앞에서 버릇없이 굴거나 공손하지 못한 학생도 있다. 학생 본인의 잘못도 크지만 부모와 선생이 잘못 가르친 책임도 있다. 선생으로서 책임을 통감한다.

그런데 조선시대에도 선비의 예절이 소홀하고 거만해져 사회적인 문제로 대두된 적이 있었다. 『미암일기』에 그 내용이 있어 소개한다.

"어제 예조에서 계(啓)하기를 … '중종조(中宗朝) 이전에는 선비들이 사처(私處)에서 서로 볼 때에는 존자(尊者)에게만 절할 뿐 아니라 장자(長者)에게도 절하는 사람이 많아서 장유(長幼)에 순서가 있고 공손한 것이 풍속을 이루었습니다. 그런데 20·30년 내로 인심이 예전과 달리 야박해지고 선비들의 풍습은 날로 예절을 소홀히 하고 거만한 데로 흐르며, 민간에서는 형이나 장자 펄 되는 사람을 보고도 절하지 않을 뿐만 아니라 부집(父執)이나 존자를 만나더라도 서로 읍만 하는 자가 때때로 있습니다. 이것은 조관(朝官)이 사례(私禮)에서 읍하는 것만 보았고, 공례(公禮)에서 공순한 것을 알지 못하며, 도로변이나 맨땅에서 절하지 않는 것만 보았고, 대청이나 방에서는 절을 아니 해서는 안 된다는 것은 알지 못하고 그 버릇이 점차로 몸에 젖어들어 마침내 교만하고 거만한 풍습을 이루게 된 것입니다. … 바라옵건대 소속 관청에 명하시어 여러 대신이 논의하여 자상히 정해서 시행케 하여, 예절에 소홀하고 오만한 풍습을 개혁하여 공손하고 화순(和順)한 기풍을 조성하도록 하오면 그보다 다행한 일이 없겠사옵니다.' 하고 주상께 아뢰었다. 주상께서 말씀하시기를 '그렇게 했으면 좋겠다.' 하였다."

이처럼 당시 선비의 예절이 무너져 문제가 있었음을 알 수 있다. 『예기(禮記)』에 보면 '예가 인간의 몸에 중요함은 마치 술에 누룩이 없어서는 안 되는 것과 같다.'라는 구절이 있다. 예는 인간사회에 질서를 부여하여 원활한 생활을 할 수 있게 하는 것이다. 이것은 마치 술에 누룩이 있어서 발효되어 술로서의 구실을 다하게 하는 것과 같다.

예절이란 인간의 가장 중요한 도리이다. 인간은 이 예절을 지키기 때문에 예로써 신뢰하고 친목을 두텁게 할 수 있는 것이다. 우리는 이 점을 명심할 필요가 있다.

대학생은 옛날로 말하면 선비이다. 선비인 대학생이 예절을 모르거나 행하지 않는다면 이 나라가 어떻게 될 것이며, 훗날 자식들에게 본보기가 될 수 있겠는가? 2학기가 시작되

었다. 대학생으로서 선생님께 제자의 예를 갖추어 행하면서
열심히 공부에 임해 주기를 바란다. 선비대학생 파이팅!

입춘 날 목우나경(木牛裸耕)하는 악습이 있다니

요즈음 서양문화의 무분별한 수용과 어려운 경제난 때문인지 미풍양속(美風良俗)이 점점 사라져가고 있어 안타깝기 그지없다. 옛날 보릿고개가 있던 시절, 그때는 모두 힘들고 어려웠지만 십시일반(十匙一飯)하는 미풍(美風)이 있었는데, 요새는 불우이웃돕기조차 예전보다 못하다고 하니 착잡하기만 하다. 세상이 갈수록 각박해지는 것 같아 가슴이 아프다.

그 누구도 앞날을 장담할 수 없는 현실이지만, 생활에 조금이라도 여유가 있는 사람들은 굶주림과 추위에 떨고 있는 가난하고 외로운 노숙자·독거노인·고아·소년 소녀 가장들에게 관심과 애정을 갖고 도움을 주었으면 좋겠다. 어쩌다 인심과 세태가 이 지경에까지 이르렀는지 모르겠다.

오늘날 우리의 좋은 풍습은 점차로 사라지고, 서양의 나쁜 풍습이 갈수록 만연되고 있어 문제가 심각하다. 그런데 이러한 외래의 악습(惡習)은 조선시대에도 문제였던 모양이다. 그래서 유희춘은 이를 『미암일기(眉巖日記)』에 기록으로 남겼는데, 그 내용을 대략 소개하면 다음과 같다.

"멀고도 거친 종성(鍾城)에 더러운 풍속이 있어 백성들(종성부민 <鍾城府民>)에게 고통만 주고 있다. 내가 이를 알고 놀랐으나, 그 곳 사람들은 편하게 여기고 있다. 옛날 태원(太原)의 어리석은 백성들이 개자추(介子推)로 인해 2월이 되면 한 달 동안 화식(火食)을 폐했는데, 초거(焦擧)가 태원 사람들을 효유하여 이를 고쳤다. 업중(鄴中)이 귀신을 좋아하여 매년 하백(河伯 : 수신<水神>)에게 처녀를 바쳤는데, 서문표(西門豹)가 그 풍습의 병폐를 혁파시켰다. 이 모두 어진 군자의 인의(仁義)의 마음 때문으로 백성들의 어리석음과 나약함을 구제하는 것이다. 이 지방 사람들은 왕도(王都 : 한양)와 거리가 너무 멀어 사리에 어두우며, 귀신에 미혹되어 괴이한 것을 숭상한다. 그 중에서 무엇보다도 가장 말도 안 되는 해로운 풍속이 있는데, 새 해가 되면 옷을 벗고 땅을 가는 흉내를 내는 일이다. 매년 입춘(立春)날 아침이면 종성부(鍾城府)의 관리와 선비들이 관문(官門) 앞 도로에 모두 나와 길 위에서 사람으로 하여금 나무소를 몰아 밭 갈고 씨 뿌리고 곡식을 심고 걷는 시늉을 하게 함으로써 새 해 농사를 점치기도 하고 곡식이 잘 익기를 기원한다. 이때 밭 갈고 씨 뿌리는 자는 혹한(酷寒)에 나체여야 하니 이 무슨 짓인가? 그 이유를 노인들에게 물으니 서로 말하기를 '장정이 추위를 참는 것은 한 해가 따뜻하게 되도록 하기 위해서 입니다.'라고 하였다.

그러나 천지가 조화를 이루고 있는데 무슨 아이들 같은 장난질인가? 추운 곳이라 손발이 트고 동상이 걸리기 일쑤인데, 하물며 옷을 모두 벗고 거리에 서있으면 어떻게 되겠는가? … 사람으로서 이를 보고 어찌 놀라지 않으며 측은해하지 않을 수 있겠는가? 관리에게 물어 보면 백성들의 풍속이라 하고, 백성들에게 물어 보면 관(官)에서 시킨 일이라고 한다. 이는 애초부터 일을 모르는데서 시작이 되어 결국은 옛 풍속을 당연한 것으로 여기게 되어 버린 것이다. 6진(鎭)을 설치한 이래로 백여 년 동안 어질고 현명한 문관·무관이 백성의 부모가 되어왔는데도, 이를 태연하게 보기만 하고 괴이하게 여기지 않았으며 한 사람도 초거나 서문표처럼 용기 있게 결단을 내리는 사람이 없었으니 참으로 개탄할 노릇이다. … 백성을 다스리는 자가 시작한 자의 잘못을 깨닫지 못했기 때문이다. 진실로 깨달았다면 고치기란 손바닥을 뒤집는 것과 같다. 그것은 나체로 하는 것을 금하면 그만이다."

유희춘이 유배지 종성에서 '목우나경(木牛裸耕 : 옷을 벗고 나무소로 쟁기질 시늉을 하는 것)'을 목도하고 이를 신랄하게 비판하는 한편, 종성부민(鍾城府民)들의 무지와 관리들의 태만에 이의를 제기하고 있다. 종성의 이러한 풍속은 언제부터 시작되었는지 알 수 없으나, 해마다 입춘 날 아침이면 사람을 시켜 관문 앞길에서 나무소를 몰아 밭을 가는 일, 씨 뿌리는 일, 곡식을 심고 걷는 일 등의 농사짓는 일을 재현시키는데, 추운날 나무소를 모는 장정은 벌거숭이가 되어야 한다는 것이다.

'목우나경'은 중요한 농작(農作)을 이루기 위하여 땅을 재생시키려는 의도에서 행해진 의식이다. 이것은 봄의 부활과 생산을 확실하게 이루려는 의도에서 행해진 주술의식으로, 중국의 '토우지제(土牛之制)'를 본뜬 것으로 보여 진다. 그런데 유희춘이 추운 날 옷을 벗고 나무소를 모는 행위는 몸을 상하게 하기 때문에 폐지되어야 한다고 언급한 사실을 주목할 필요가 있다. 여기서 유희춘의 인간적인 면모를 엿볼 수 있다.

얼마 있으면 입춘이다. 입춘 추위는 매서운 편이다. 더구나 이번 겨울(2004년 12~1월)은 예년에 비해 춥다. 먹고 살기 힘든 세상이지만, 엄동설한(嚴冬雪寒)에 떨고 있는 우리 주변의 가난하고 어려운 사람들에게 신경을 썼으면 하는 바람이다.

종교문제로 논쟁을 벌이다

예나 지금이나 종교문제는 항상 뜨거운 감자다. 세계 역사를 보더라도 그동안 종교문제 때문에 국가 간 크고 작은 전쟁이 수없이 일어났다. 이로 인해 수많은 사람들이 목숨을 잃었다. 그리고 지금도 종교분쟁은 해결될 조짐을 보이지 않고 있다. 종교분쟁이 언제 종식되려는지……. 예수·성모 마리아·부처·마호메트도 무수히 많은 사람이 죽는 전쟁을 원치는 않을 것이다. 그런데도 사람들은 자신이 믿는 종교를 위해 목숨을 걸고 싸운다. 자신이 믿는 종교를 이단시하고 핍박하기 때문에 생명을 걸고 싸우는 것이겠지만, 사이비 종교가 아니라면 서로 존중하고 이해하면 될 텐데 그렇지 않으니 문제인 것이다.

우리나라도 조선 말 천주교를 이교(異教)·사교(邪教)라 하여 천주교도들을 박해하고 죽였던 적이 있었다. 이때 천주교도들은 죽음을 두려워하지 않고 순교하였다. 종교의 힘이란 참으로 대단하다.

각설하고 지금도 극히 일부이기는 하지만, 자신이 믿는 종교 이외의 타종교를 이단시하는 사람들이 있다. 특히 이들 가운데 극소수의 사람들이 십자가나 성모 마리아상, 불상 등을 훼손시켜 사회적 물의를 일으키는 경우가 종종 있어 우리를 실망시킨다. 이 같은 광신도들이 항상 골칫거리이다. 또 목사·신부·승려들 가운데 아주 극소수이기는 하지만 타락한 사람도 있다. 이런 사람들은 종교인으로서 자격이 없다. 상대방 종교를 인정 안 하는 신자들이나, 돈 냄새나 풍기는 등 종교인으로서의 자세가 결여되어 있는 사람들은 반성할 필요가 있다.

대한민국은 종교의 자유가 보장된 나라이다. 종교의 자유가 있는 나라에서 자신이 믿는 종교 이외의 타종교를 이단시하거나 사이비 종교라고 하는 것은 잘못된 생각이다. 그리고 우리 민속 문화의 하나인 장승까지 이단시해 불태워버리는 작태는 용납할 수 없다. 유럽, 특히 가톨릭이나 기독교 계통의 국가에서도 문화재를 보호하지 이런 몰상식한 짓은 하지 않는다.

필자가 종교에 대해 문외한이라 그런지는 몰라도 종교를

믿는 것은 구원받기 위해서 아닌가? 그리고 종교인들은 성당이나 교회, 절 등을 크고 화려하게 짓는 것보다, 진정한 구도자 정신 아래 수행에 정진하는 것이 더 중요한 것 아닐까?

주지(周知)하다시피 조선왕조는 건국 때부터 유교를 국시(國是)로 삼았다. 이처럼 억불숭유(抑佛崇儒) 정책을 시행했지만, 절에 가는 것을 강제적으로 막지는 않았다. 물론 왕족이나 사대부들이 부처를 믿으면 비난과 제재를 받았지만, 부녀자들이나 평민들에게는 관대했던 것 같다. 어쨌든 불교를 탄압 배척했던 것만은 사실이다. 그럼에도 불구하고 왕실에서 불상을 만들려고 하여 조정 신하들과 종종 마찰을 빚기도 하였다. 『미암일기』에 이런 내용이 있어 소개한다.

“주상께서 다음과 같이 비답 하였다. ‘지금 계사(啓辭)를 보니 족히 한 번의 웃음거리도 되지 않는다. 가령 내가 불교를 신봉한다 할지라도 옛적부터 내려오는 불상이 퍽 많은데 새로 만들어서 무엇을 하겠으며, 하물며 이교(異敎)를 숭상해서 복을 받았다는 것을 듣지 못했으니 부처를 만들어서 무엇을 하겠느냐? 더구나 불상을 만들고 부처를 만들기 위하여 수은과 황랍을 구해 들인다는 말은 만약 조금이라도 지식이 있는 자라면 절대로 하지 않을 것이다. 이것은 트집을 잡으려다 잡지 못하자 감히 스스로 말을 지어낸 것에 불과한 것이다. 도대체 누구에게 들었느냐? 나는 끌어다 분별하고자 한다.' … 사간원(司諫院)에서 다시 계하였다. '지금 성상(聖上)의 비답을 받자옵고 더욱 황송함을 이기지 못하옵니다. 전파된 말은 한 사람의 입에서만 나온 것이 아니 온데 만약 하나하나 끌어다 심문하기로 들면 어찌 위무(魏巫)를 시켜서 임금을 비방하는 것을 정탐하는 것과 다르오리까. 전하께서 학문이 고명하시니 신 등은 확실히 이교에 현혹되시지 않으리라 여겼는데, 지금 전하의 분부가 이와 같이 틀림없으심을 보면 족히 전파된 말이 사실이 아님을 알 수 있사옵니다. 그렇지만 올바르지 못한 사용은 부처를 받드는 한 가지 일에만 그치고 마는 것이 아니오라 조금이라도 예(禮)가 아닌 것을 범하게 된다면 부정이 아닌 것이 없사옵니다. 전하는 어찌 뚜렷이 사유를 제시하여 모든 신하들의 의혹을 해소시켜 주지 않으시옵니까?' 하였다."

선조(宣祖)가 불상을 만들려고 하자 조정 신하들이 강력하게 반발하였다. 이로 인해 선조와 신하들은 서로 논쟁을 벌였는데, 결국 선조는 불상 건립을 없던 일로 한다. 조선 왕조 역대 왕들 가운데에는 세조(世祖)처럼 사찰을 방문하거나 간접적으로 지원한 왕들도 있다. 그렇다고 불교를 신봉했던 것은 아니었다. 그렇지만 왕비를 비롯하여 왕가(王家)나 사대부가의 여인들이 절에 가 불공을 드리는 경우는 흔했다. 그러나 왕이나 사대부들은 불교에 관심을 갖거나 부처를 신봉할 수 없었다. 특히 공식석상에서는 더더욱 그러하였다.

종교를 믿든 안 믿든 그것은 개인의 자유이다. 하지만 종교가 있는 사람은 진심으로 믿기를 바란다. 그리고 타종교를 인정하고 서로 이해하는 마음을 가졌으면 한다. 성철 스님·한경직 목사·김수환 추기경 같은 분들도 그러셨는데, 하물며 우리들은 더 말할 필요가 없다.

관리들이 점심 지참 여부로 논쟁을 벌이다

지금은 공무원들 가운데 집에서 출근할 때 도시락을 싸 가지고 와 점심을 먹는 사람도 있지만, 대부분은 점심을 구내 식당이나 외부 식당에서 사먹는다. 그런데 옛날 특히 조선시대에는 그렇지 않았던 모양이다. 다시 말해 관청에서 점심을 무료로 제공하던 때가 있었는가 하면, 집에서 출근할 때 점심을 가져와서 식사를 하던 때도 있었다. 지금이야 공무원들의 월급이 비교적 괜찮은 편이지만, 조선시대에는 관리들의 녹봉(祿俸 : 월급)이 그리 넉넉한 편이 아니라서 빠듯하게 생활하기 일쑤였다. 조선시대의 관리들이 지금의 공무원들 보다 생활 형편이나 경제적 사정이 어려웠던 것은 사실이다. 그러다 보니 부정부패를 일삼아 치부하려는 관리들이 생겨났고, 이들 또한 상당수에 이르렀다. 이렇게 되면 나라는 흔들리기 마련이다.

조선시대에 점심 지참 여부로 논쟁을 벌인 적이 있었다. 『미암일기』에 이에 대한 내용이 있어 소개한다.

"신(臣)이 또 말씀드렸다. '오늘날 직면한 폐단은 전하께서 불가불 아셔야 하옵니다. 지난날에 가공(家供 : 관원이 출근하면서 점심을 집에서 준비하여 가지고 오는 것)을 건의한 신하들이 그 생각도 단지 폐단을 제거하고 간편하게 하려는 것이었사온데, 지금까지 시행해 본 결과 그 폐단이 하나만이 아닙니다. 호조판서(戶曹判書) 윤현(尹鉉)이 계(啓)한 바와 같이, 첫 번째의 폐단은 국고(國庫)가 텅 비어서 지탱할 수 없는 것이요, 두 번째의 폐단은 사공(私供)을 균일하게 하지 못하여 늦게 나와 일하고 일찍 파하므로 나라 일이 부실하게 되는 것이요, 세 번째의 폐단은 끼니를 제 때에 못하기 때문에 비위를 손상하여 병을 얻는 자가 계속 나오는 것입니다. … 이 가공의 창설은 당초에 전하의 의향에서 나온 것이 아니며, 단지 건의한 신하들이 지리적 폐습을 제거하고 간편한 규정을 만들어 보려고 의도했을 뿐 어찌 반대로 이와 같은 폐단을 조성할 줄이야 생각하였겠습니까? 재상(宰相)의 경우라면 오히려 버티어 나갈 수 있겠지만, 급이 낮고 사환(仕宦)이 적은 관원이나 먼 지방에서 단신으로 와 벼슬하는 처지는 더욱 견뎌낼 수 없사오니 이 점에 대하여 불가불 유념하셔야 하옵니다.' 하였다. … 영의정(領議政) 권철(權轍) · 영중추부사(領中樞府

事) 홍섬(洪暹)이 다음과 같이 의(議)하였다. … '당초에 법을 세운 의도는 잘해보자는 데서 나왔지만, 시행한 지 1년이 다 못가서 일에 방해와 구애가 많으니 하필 강제로 무리하게 인심을 거슬러 가면서 그 어려운 일을 시행하여 국가 체면을 손상해서야 되겠사옵니까? 어리석고 비루한 신 등의 소견으로는 조종(祖宗)의 옛 법규를 따르는 것이 타당하다고 생각되옵니다.' 하였다. … 좌상(左相) 박순(朴淳)·우상(右相) 노수신(盧守愼)의 의(議)는 다음과 같다. '공판(公辦)을 개혁하여 가공을 만든 것은 이야말로 사세(事勢)가 어찌할 수 없는 데서 나온 것입니다. … 만약 공판을 환원하오면 단지 방납(防納)하는 자의 기세를 올려줄 뿐이오며 서울과 지방의 거의 모든 백성들이 해를 입을 것이니 어찌 염려되지 아니하오리까?' 하였다. 이것은 좌상·우상이 전번에 잘못한 것을 부끄럽게 여기어 가공을 그대로 고집한 것이니 그 그른 점을 집요하게 그대로 굳히려는 짓이 너무도 심하다. 또 이 두 분은 가공을 설치함으로써 온갖 폐단이 다 제거된다고 하였는데, 이는 너무도 무리한 말이며, 권철·홍섬 두 분의 말이 그 실상을 파악한 것이다. … 어제 전교하시기를 '입법한지 오래 되지 않았으나 가공의 시행을 폐지한다.' 하셨다."

관원(官員)들의 점심을 각자 집에서 공급하게 한 가공은 본래 공판이 지닌 문제점을 해결하고자 시행하였던 것인데,

의도했던 것과는 달리 폐단이 더욱 많아지자 이를 폐지해야 한다는 주장이 대두함에 따라 이에 대한 논란을 기록한 것이다. 이는 관리들의 편리와 능률을 추구하고자 한 방법상의 문제 때문이다. 그러므로 효율적인 근무 환경을 제공해 줄 수 있는 방법을 택하는 것이 바람직하다고 하겠다. 그러나 이를 빌미로 근무에 충실하지 않으려는 관원들이 있었고, 그에 따른 논란이 조정에서까지 벌어지게 된 것이다. 관원으로서, 공인으로서의 본분을 망각한 이들에 대한 비판이 이면에 깔려 있는 대목으로서, 이 부분이 우리에게 주는 또 다른 의미는 문제의 근본을 중시하고 이를 지키고자 하는 원칙론자로서의 유희춘의 면모를 읽을 수 있게 해준다는 점이다.

『한비자(韓非子)』에 보면 '군주는 백성의 행복이 될 만한 것을 중심으로 해야 하므로 반드시 옛것을 그리워할 것도 없고, 꼭 새 사업을 일으켜야 하는 것도 아닙니다. 옛것 중에도 변경해서는 안 되는 것이 있고, 또 오랜 동안 내려오는 관습 가운데에는 변경해야 할 것도 있으므로 그 결과를 잘 생각하여 결정하면 좋을 것입니다.'라는 구절이 있다. 요즘처럼 혼란스럽고 어려운 현실에서 정치인·고위공무원·기업가 등 지도층 인사들은 이 말을 명심할 필요가 있다. 특히 정치판의 정치인들이여! 경제는 어렵고 게다가 노숙자·결식아동·독거노인들은 끼니를 거르기 일쑤인데, 그대들은 밥그릇 싸움만 일삼고 있으니 이제 그만하고 정신 좀 차리는 것이 어떨지? 제발 국가와 국민을 위한다는 말은 삼가 해주기 바란다. 국민들은 정치·사회적 안정과 경제발전을 통해 풍요롭고 행복하게 살기를 원한다. 이를 잊지 말라.

천문·기상 이변이 두렵사옵니다

지금이야 일식(日蝕), 태풍, 홍수, 가뭄, 지진 등이 일어나면 이를 자연현상으로 받아들이고 있지만, 고대인들은 그렇지 않았다. 고대인들은 현대인들과 달리 천문(天文)·기상(氣象)에 대해 무지(無知)하였다. 그래서 그들은 대부분 하늘(天)에 대해 사람을 내려다보며 감시하는 신령스러운 존재인 상천(上天)으로 인식하였다. 그러므로 옛날 사람들은 하늘의 뜻을 위배하면 엄한 벌을 받는다고 믿었다. 이 같은 인식 때문에 하늘이 인간의 길흉화복(吉凶禍福)을 모두 결정한다고 여겼다. 이러한 생각은 별다른 인식의 전환 없이 계속 이어져 내려왔고, 우리 선인(先人)들도 그렇게 믿었다. 그러니 성운(星雲)이나 일식, 천둥과 번개, 태풍과 폭우, 가뭄과 홍수, 지진 등과 같은 자연현상을 이해할 리 만무하였다. 따라서 천문·기상의 이변(異變)에 대해 왕을 비롯한 모든 백성들은 두려운 마음을 가졌다. 그리고 이러한 이변은 왕이 덕을 쌓지 않았거나, 신하들이 왕을 잘못 보필한 때문이라고 믿었다. 즉 정사(政事)와 연관시켰던 것이다. 그러므로 조정의 대신(大臣)들은 임금을 잘못 보필했기 때문에 이 같은 이변이 발생했다 하여, 이에 책임을 지고 사직을 하기도 하였다. 또한 왕은 덕을 쌓고 소식(小食)과 금욕(禁慾)을 하면서 반성하는 한편, 국가에서는 기우제 등을 지내 하늘의 노여움을 풀고자 하였다. 이것이 당시로서는 최선의 해결책이었다. 그런데 동양, 특히 한국과 중국 등에서는 근대화되기 이전까지 이렇게 인식하였으니 그 무지함을 짐작할 수 있다. 『미암일기』에는 이와 관련된 내용이 있는바, 여기에 소개한다.

"엎드려 보니 초엿새 밤 주상께서 비망기(備忘記)를 내려 전교하시기를, '근래에 와서 태백(太白)이 낮에 나타나더니 오늘은 하늘에 뻗치었다. 이는 실로 비상한 변이요, 하늘에 뻗친 것은 더욱 큰 변이다. 내가 놀랍고 두려움을 금할 수 없다.' 하셨다. … 영남의 서부 열세 고을에 이 달 초엿새와 초이레 동안 비바람이 크게 몰아쳐 벼와 곡식들이 모두 손상을 입고, 관사(官舍)의 창과 벽이 모두 부서지고 지붕의 기와가 다 날아갔으며, 민가가 전복되고 나무들이 부러지거나 뿌리째 뽑혀 매우 참혹하다고 한다.

… 운봉(雲峯)에 지진이 나서 해괴제(解怪祭)의 향(香)과 축(祝)이 내려왔지만, 나는 대기(大忌)이기 때문에 출영(出迎)을 못했다. … 내가 나아가 아뢰기를 ‘재이(災異)가 일어난 것이 꼭 무도(無道)한 세상에만 있는 것이 아닙니다. 비록 도가 있는 때라도 하늘의 마음이 임금을 사랑하여 때로는 재변을 보여주어 각성케 하는 것이니, … 주자(朱子)가 말씀하시기를 「성왕(聖王)은 재이(災異)를 만나면 두려워하여 덕을 쌓고, 일을 바르게 하므로 재앙이 변하여 상서롭게 된다.」고 하였습니다.’ … 어제 황해감사가 계문(啓聞)한 글과 곡산군수가 보고한 내용은 ‘이 달 초닷새 진시에 백홍(白虹)이 태양을 관통하여 변이(變異)가 비상하다.’는 것이었다. 주상께서 서장(書狀)을 보시고 홍문관으로 하여금 전례(前例)를 널리 참고해 보라고 하셨는데, 금일에 옥당(玉堂 : 홍문관)에서 차자(箚子)를 올려 주상께 ‘덕을 닦으시라.’ 했다고 한다. … 어제 전라감사의 서장(書狀)이 올라왔는데, … ‘정월부터 비가 오지 않아 냇물이 고갈되고 땅이 말라붙어 비록 비가 적게 내리면 조금 젖었다가 금방 말라 버리니 도내(道內)의 가뭄이 너무나도 심합니다. 절서(節序)는 망종(芒種)이 임박했는데 씨나락을 붙이지 못한 곳이 너무나도 많아 남해·지리산·금성산의 신에게 한 번 기도를 드렸으나, 비가 오지 않으니 다시 한 번 기도를 해 보려고 합니다. 향·축 등을 하송(下送)하도록 예조(禮曹)에서 계하(啓下)하여 주십시오.’ 하였다. 그제 사간원에서 올린 차자(箚子)를 보니 대략 쓰였기를, ‘근일 이래로 비상한 변과 놀라운

재앙이 층층 첩첩으로 나타나고 있습니다. 전하께서 왕위를 계승한 뒤로 능히 선왕(先王)의 뜻을 이어 받으시어 무고한 사람들을 석방해 주니 지극히 다행이라고 할 수 있습니다. 그러나 그 중에는 아직도 펴지 못한 원통함이 있어 무고와 억울함을 당하여 구천에서 원통해 하는 자가 얼마나 많겠습니까? … 마땅히 풀어주시고 유체된 것이 없게 하여 하늘의 노여움에 응답하기를 서둘러야 함에도, 조정의 논의가 겨우 일어나자 즉시 단호히 거절하는 뜻을 보이셨으니, 이 어찌 대신(大臣)을 중히 여기고 억울함을 풀어주는 의리이겠습니까? 대신의 말을 중히 여기시고 천지의 틀어진 기상(氣象)을 소멸시키는 일을 안 하십니까?' 하였다. … 삼공(三公)이 계주(啓奏)하기를 '어제 뇌성과 번개 치는 것이 마치 여름철과 같아 신 등이 더욱 황공하옵니다. 청컨대 신 등을 파면하시와 하늘의 견책(譴責)에 보답하소서.' 하였다."

선조(宣祖) 초에는 유난히 천문·기상 이변이 자주 일어났다. 우리 선인들은 천문·기상의 이변을 정사(政事)와 결부시켰다. 즉 왕도(王道)와 지치(至治)가 행해지면 재이(災異)는 거의 발생하지 않지만, 패도(覇道)가 행해지면 천문·기상의 이변이 자주 일어난다고 믿었다. 그러므로 왕들은 재변(災變)이 발생하면 그 해결책으로 수덕(修德)에 힘쓰고 기우제나 해괴제(解怪祭)를 지내는 등 하늘에 정성을 보이었다. 뿐만 아니라 왕은 부모와 같은 천지(天地)를 두려워하고 공경해야 하며, 항상 수덕(修德)·절용(節用)·애인(愛人)해야만 재이(災異)가 발생하더라도 그 반응이 없다는 것이다.

우리 조상들이 천문·기상의 이변을 통해 수덕과 왕도정치의 필요성을 재인식하려 했던 점은, 오늘날과 비교할 때 참고할 만하다. 홍수가 났는데도 고위 공직자가 연극관람이나 골프를 치면 되겠는가? 금년 여름에는 '사후약방문격'이 아니라, 미리 대비하여 기상 이변으로 큰 피해를 입지 말았으면 하는 바람이다.

외국 사신 접대에 차별을 두는구나

2005년 시마네 현 의회가 '다케시마의 날' 조례를 제정하고, 일본 정부의 고위 관료와 정치인, 보수언론과 우익인사들이 독도를 자기네 영토라고 터무니없는 주장을 하여 우리 국민들을 분노케 한 적이 있었다. 그런가 하면 당시 주한 일본대사는 자국이 아닌 우리나라에서 몰상식한 망언을 서슴지 않고 하였다. 외교관은 함부로 말을 해도 된다고 생각하는 것 같다. 방귀 뀐 놈이 성낸다고 적반하장이 아닐 수 없다. 이들의 이러한 황당무계하고 파렴치한 주장은 영토야망과 우경화, 독도 주변의 수산자원 및 해저자원(석유·가스)에 대한 욕심 때문이겠지만, 근본적으로는 올바른 역사인식이 결여된 데에서 기인한 것이라 하겠다. 그러니 과거 식민통치에 대해 진심으로 반성과 사죄를 하지 않는 것이 아닌가? 게다가 이 같은 상황에서 일본은 UN 상임이사국이 되려고 혈안이 되어 있으니 몰염치하고 뻔뻔스럽기 짝이 없다. 일본이 이러한 작태를 오만방자하게 행할 수 있는 주요한 이유 중의 하나는 경제대국이기 때문에 가능한 것이다. 나라가 힘이 없으면 이런 더러운 꼴을 당하는 법이다. 언제까지 이 같은 수모를 당해야 하는지……. 그리고 이러한 몰지각한 망언이 나올 때마다 ‘사후약방문’격으로 대응하는 우리에게도 문제가 있다. 일본의 이 같은 책동과 망언은 일본 정부의 주도면밀한 계획 하에 이루어지고 있는 것이다. 그러므로 우리도 치밀한 대비책을 수립하여 강온전략을 병행하면서 대처할 필요가 있다. 이는 중국의 동북공정이나 간도문제도 마찬가지이다. 그렇지 않으면 일본이나 중국의 전략에 말려들 수 있다.

아무튼 예나 지금이나 국력이 약한 나라는 항상 대접을 받지 못하기 마련이다. 특히 외교사절의 경우는 재론할 필요가 없다. 『미암일기』에 이와 관련된 내용이 있어 소개한다.

“천사(天使)가 묘시(卯時)에 모화관(慕華館)에 도착하여 사시 초(巳時初)에 근정전(勤政殿)으로 들어왔다. 주상께서 먼저 이르러 백관(百官)을 거느리고 조복(朝服)으로 조칙(詔勅)을 지영(祗迎)하여 전(殿)에 오르게 하고, 사배(四拜)를 세 번하고 무도(舞蹈)를 하고 머리를 조아리며 산호(山呼)를 하고, 예(禮)가 끝나자 백관이 물러나왔다. … 중국 사신이 진·사시(辰·巳時)에 성균관에 당도하였으므로 내가 상사(上司) 세 사람 및 관반(館伴) 노수신(盧守愼)·원접사(遠接使) 정유길(鄭惟吉)과 더불어 중국 사신을 영접하여 성전(聖殿)의 뜰에 들어가 공자(孔子)의 신위(神位)에 참배하고 향을 올리면서 전후로 네 번 절을 했다. 그리고 전(殿)에 올라가서 독(櫝)을 열고 공경히 봉심한 다음에 명륜당(明倫堂)으로 나와 앉았다. 원혼(元混) 등 여덟 재상이 두 사신 앞에 나와 각기 두 번 절하는 예를 마치고 물러가고 성균관 당하관원들이 또 나와 두 번 절을 하고 물러갔으며, 뭇 유생(儒生)들은 뜰아래서 두 번 절하는 예식을 거행하기를 두 번이나 했다. 중국 사신은 재상의 절에 대해서는 답례하며 읍(揖)하고, 당하관원의 절에 대해서는 다만 서서 손만 들고, 유생의 절에 대해서는 역시 답례하여 읍을 하였다. 앉을 때에는 재상들은 서벽(西壁)에 놓인 의자에 앉고, 사신이 하는 말이 있으면 서로 공경하여 반드시 함께 손을 모아 위로 올렸다. … 메고 지고하여 가지고 간 물건이 33짐이나 되고, 오늘 선물로 준 물건들은 유치(留置)해 두고 갔다. 비록 탐욕이 많은 사람이지만, 무오년(戊午年)의 명사(明使) 왕본(王本)·조분(趙賁)에 비하면 조금 차이가 있다고 한다. … 동평관(東平館)에 창산전(畠山殿)이 보낸 왜인 상사(上使)는 승려 2명으로, 두 중의 이름은 창흥(昌興)과 상운(祥雲)이다. 부관(副官)이 1명이니 귤강광(橘康廣)이다. 선주(船主) 7명과 반인(伴人)은 계상(階上)에 앉았다. 약과상(藥果床)은 높이 7매(昧) 7작(爵)을 차렸는데, 매번 먼저 객인

(客人)에게 주고 우리 쪽으로 가져갔다. 나와 참의(參議) 강공(姜公)은 함께 동벽에 앉고, 왜인은 서벽에 앉혔다. 왜인들이 처음 와서 인사를 할 때에 우리 두 사람은 교의(交椅)에 걸터앉은 채로 받고, 그들이 절을 다하고 손을 들 때에 우리도 손을 들었다. 술은 아래로부터 먼저 주어 마지막에 참판에게 이르렀다. 나는 잔을 들어 서로 소리를 하고, 다 마신 뒤에는 또 잔을 들어 서로 보였다. … 연(宴)이 끝나자 왜인들이 서열 순으로 꿇어앉았다. … 두 중이 각기 시를 청했다. 귤강광(橘康廣)이 말이 지루하고 사기(辭氣)가 불평함이 많아 꺾어버렸다."

명사(明使) 접대와 그 폐단, 왜사(倭使) 접대에 대하여 유희춘이 사실 그대로 기록한 내용이다. 여기서 선조(宣祖)를 비롯한 조신(朝臣)들의 명나라에 대한 사대주의 의식과, 명나라 사신에 대한 지나친 예우, 그리고 명나라 사신들의 작폐 등을 통하여 당시의 대명(對明) 관계의 실상을 간파할 수 있다. 뿐만 아니라 왜사(倭使)에 대한 조정의 접대가 명사(明使)의 접대와 판이하게 다르다는 사실을 확인할 수 있으며, 조선의 왜(倭)에 대한 문화적 우월감과 외교정책의 일면을 엿볼 수 있다. 특히 명나라 사신들은 당하관 정도의 낮은 벼슬인데도, 당시 조선 조정에서는 이들에게 극진한 예(禮)를 갖추어 접대를 하였다. 더구나 이를 알고 있는 명나라 사신들은 방자하기 이를 데 없었고, 그로 인한 폐단 역시 적지 않았다. 반면, 왜(倭)의 사신들에 대해서는 문화적 우월감에서 비롯된 듯 폄하하는 태도를 보이고 있다. 이처럼 국력이 미약하면 제 밥그릇도 못 찾아 먹는 법이다. 부국강병과 자주외교의 필요성을 재삼 절감케 한다.

2005년은 을사늑약의 치욕을 당한지 100년이 되는 해이다. 일본이 독도를 자기네 땅이라고 망언을 일삼고 있는 작금의 상황에서, 우리나라가 하루 빨리 경제대국·군사강국이 되어 그 치욕의 한을 풀어주었으면 한다. 이울러 동북공정이나 간도문제도 해결해 주었으면 하는 바람이다.

그리고 1950년대 독도를 사수한 홍순칠 대장을 포함한 33명의 독도의용수비대원의 애국충정과 그 공로도 잊지 말자.

앞으로 국가의 장래를 짊어지고 갈 학생들이여! 이를 잊지 말고 우리의 힘을 기르는데 앞장서자.

공·사 무역의 폐단이 심각하옵니다

IMF 이후 우리 경제가 심각하다. 그렇지 않아도 내수시장 위축·제조업의 침체 등으로 어려웠는데, 유가상승까지 겹쳐 갈수록 상황이 좋지 않다. 그러다 보니 물가는 계속 오르고 국민들의 가계비 부담은 점점 늘어나 허리띠를 더욱더 졸라매야 할 형편이다. 게다가 청년실업문제 또한 해결될 조짐이 보이지 않는다. 상황이 이렇다 보니 경제에 문외한인 필자가 보기에도 청년실업문제는 단시일 내에 해결될 것 같지 않다. 수많은 고급인력들이 취업을 못하고 있으니 국가적인 손실이요, 국가의 앞날이 걱정된다. 앞으로 이 경제적 난국을 어떻게 헤쳐 나가야할지…… 정부에서도 나름대로 해결책(일자리 창출, 내수시장 활성화 등의 경기부양책)을 찾는 모양인데 별로 신통치 않은 것 같아 불안하다. 부디 묘책을 찾아 잘 해결해 주기를 바라는 마음이다.

이럴 때일수록 국민과 기업, 그리고 정부가 합심하여 이 난국을 극복하고 경제를 살려야 한다. 그러기 위해서는 국민 각자 근검절약하고, 기업체는 기업체 나름대로 내실을 다지면서 생산원가 절감과 고품질 제품 개발에 힘쓰는 한편, 수출에도 더욱 힘써야 할 것이다. 특히 정부는 미봉책 마련에 급급하거나 전시효과적인 것을 지양하고, 근본적인 대책마련과 함께 중장기적인 해결방안을 수립해야 할 것이다. 뿐만 아니라 현재의 수출전략을 점검하고 이를 보완하여 보다 체계화된 수출전략 수립과 함께 특성화된 수출전략도 세워야 할 것이다. 지금으로서는 모든 것을 점검하여 보완·개선할 것은 보완·개선하고, 혁파할 것은 과감히 혁파해야 한다.

2004년 모일간지에서 10년간 고전을 면치 못했던 일본의 제조업이 되살아나 이로 인해 일본 경제가 나아지고 있다는 기사를 읽은 적이 있다. 필자는 이 기사를 읽으면서 그동안 우리 정부는 무엇을 어떻게 했는지 생각해 보았다. 우리 정부도 나름대로 노력은 했겠지만 과연 일본 정부처럼 법적·제도적 장치 마련을 얼마나 해주었는지 의문이다. 우리는 언제 일본을 뛰어넘을 것인가? 그러므로 지금이라도 경제를 회생시키고 발전시키는데 폐단이 되는 법이나 제도, 규제들을 현실에 맞게 정리해야 한다. 특히 무역 전쟁이 날로 심각해져

가고 있는 오늘날에 있어서는 더욱 절실하다. 『미암일기』에 공·사 무역의 폐단과 관련된 내용이 있어 소개한다.

"아침 강의시간에 정언(正言) 권징(權徵)이 계(啓)하기를, '우리나라가 공무역과 사무역을 함으로써 그 짐바리가 너무도 많아서 오가는 도로 연변 지방이 너무나 피폐하여 견딜 수 없사오며, 중국에서도 또한 우리나라 사신을 천대하여 유구국(琉球國) 사신만큼도 대우해주지 않사옵니다. 이것은 유구국은 모든 것이 간편하고, 우리나라는 번거롭기 때문입니다. 청컨대 이 후로는 공무역은 요동(遼東)에서 그치게 하고 다시 연경(燕京)까지 실어가지 못하게 하고, 한편으로는 도로 연변의 운반하는 폐단을 없애고, 또 한편으로는 나라의 치욕을 씻도록 해주시옵소서.' 하니, 영상(領相) 이공(李公 : 李浚慶)이 따라서 찬성하여 역시 주상의 윤허를 얻었다. 이것으로 비로소 백 년의 폐습이 하루아침에 개혁되어 유쾌하기 짝이 없다. … 전교가 호조(戶曹)에 내렸는데 다음과 같다. '우리나라는 일상용품이 각 지방에서 나는 것만 가지고도 오히려 공급하고 대비하기에 넉넉하니 반드시 타국에서 사들여 사치하는 풍습을 조장시킬 필요가 없다. 근년에 권간(權奸)들이 국정을 담당할 때에 상방(尙方)의 의복감을 사들이는 기회를 타서 마음껏 자기가 호사해 보려는 욕심으로 처첩(妻妾)의 의복 및 장식품들을 거의 중국에서 구하여 온 세상에 과시했다. 따라서 공경대부(公卿大夫)로부터 여염의 선비나 백성들까지도 모두 그

본을 받아서 통역하는 무리에게 무역을 부탁하지 않는 자가 없다. 통역관은 비록 이 일이 싫고 괴롭지만 조그마한 권세라도 가진 사람의 청이면 또한 안 들어 줄 수가 없다. 그래서 짐바리가 많고 무거워서 실어가고 실어오는 동안 중국 사람들이 그 고초를 이기지 못하여 원망과 꾸짖어 욕함이 끊이지 않으니 참으로 불쌍하고 가엾은 일이다. … 공무역은 금후 5년 동안 일체 정지하며 하인들이 혹시 전과 같이 사사로이 물건을 매매하여 범람하게 만드는 일이 있으면 서장관(書狀官)으로 하여금 각별히 규찰하여 엄중히 죄를 다스려서 그 폐습을 꼭 고치도록 하라.' 하셨다."

당시 공·사 무역의 폐단이 얼마나 심각했는지를 알 수 있으며, 이로 인해 국가적인 망신까지 당했음을 유희춘은 『미암일기』에 진술하고 있다. 더욱이 권간(權奸)들이 중국 제품을 선호하여 이를 수입하는 등, 사치풍습을 조장하였고, 마침내 공경대부에서부터 백성들까지 모두 그 본을 받아 사치풍조가 만연되었음을 유희춘은 통렬히 비판하고 있다. 이는 오늘날에도 시사하는 바가 크다.

노무현 대통령은 실체 없는 경제위기론이라고 했지만, 실상은 그렇지 않다. 지금은 경제적으로 위기상황이다. 그러나 경제가 어렵다고 낙담하지 말자. 우리 모두 힘을 합쳐 경제를 살리자. 우리에게는 그런 저력이 있지 않은가?

　그런바 고위공직자·정당대표·재벌총수·언론사사주·노조지도자들도 행여 아집과 독선을 부리거나 정쟁이나 밥그릇 싸움을 하지 말고, 합심하여 우리 경제를 회생시키는데 앞장서기를 바란다. 대통령도 예외일 수 없다.

붕당이 나라를 병들게 하는구나

요즘도 정치판에서 정치인들끼리 패를 갈라 이합집산과 이전투구 하는 모습을 보면 정말 한심스러운 생각이 든다. 이들은 정치철학이나 명분·의리를 알면서 이런 짓들을 하는 것일까? 말은 국가와 국민을 위한다고 하지만 한낱 빛좋은 개살구에 불과할 뿐이다. 패거리 정치가 이번에는 없어지지 않을까 기대했는데, 옛날과 별로 달라진 것이 없어 실망했다. 더구나 새로운 패거리 세력들이 형성되어 정치판을 흐려놓고 있다.

패거리 정치하면 3김을 대표로 들 수 있다. 3김의 공과(功過)는 후일 역사가가 평가하겠지만, 패거리 정치의 장본인으로서 그 폐단의 원인 제공자인 것만은 부인할 수 없다. 문제는 그 잔존세력들이 아직도 정치판에서 자성하지 않고 3김에 연연한다는 점이다. 이러한 패거리 정치의 모습은 조선시대의 붕당과 다를 바 없다.

선조(宣祖) 때 군신 간에 군약신강(君弱臣强)이란 말이 나돌았다. 결국 이때부터 왕권(王權)이 제약되고 신권(臣權)이 강화되자 금기로 되어 있던 붕당이 조성되기 시작하였다. 그리하여 급기야 붕당 사이에 당쟁이 치열해지게 되었던 것이다.

붕당의 사전적 정의는 이해나 주의 등이 같은 사람끼리 모인 단체, 또는 끼리끼리 모인 패를 말한다. 조선시대 붕당의 경우 학연·지연을 중시했고, 그리하여 당쟁에는 지역적 대립과 혈연·학연 대립이 수반되었다. 붕당의 정쟁도구는 도덕적 수양여부와 명분·의리였다. 그러나 사림(士林)의 당쟁은 근본이 권력투쟁이었기 때문에 객관적이고 당당한 명분과 의리가 아니라, 자기 당에 유리한 명분이나 의리를 견강부회하는 경우가 많았다. 그런데 권력투쟁이란 상대방을 일망타진해야만 끝이 난다. 이렇듯 당쟁이 권력만을 추구하게 되면서 정치는 혼란스러워지고 사회는 병들어 갔다. 당쟁의 폐단은 자칫하면 체제 자체가 공멸할 위기에 봉착하고 있었던 것이다. 이러한 위험을 방지하기 위해 시도된 것이 영·정조의 탕평정치였다. 이는 왕의 힘으로 붕당의 뿌리를 뽑을 수 없는 상황에서 취할 수 있는 고육지책이었다. 그러나 탕평정치의 결과로 외척세력이 성장했고, 그들이 무능한 국왕을 세우면서 외척들의 세도정치로 치닫게 되었다. 이로 인해 결국 나라가 망하게 되었던 것이다.

한편, 당쟁에 대해 무작정 다투기만 한 것이 아니라, 나름 대로 일정한 원칙과 틀 안에서 권력투쟁을 했다고 평가하는 사학자들도 있다. 이에 대해 이의를 제기할 생각은 없다. 하지만 부정적인 면이 더 많고 이 때문에 당쟁이 격화되었다는데 대해서는 부인할 수 없을 것이다. 『미암일기』에는 당시의 이러한 상황의 일면을 보여주는 기록이 있다.

"어제 들으니 김효원(金孝元), 심의겸(沈義謙)의 두 당이 서로 원수처럼 공격을 한다고 한다. 당초에 심의겸이 김효원을 나무라고, 김효원이 심의겸을 흉보아 각기 분당이 되고 서로를 모함하였다. 김효원과 심의겸은 비록 모두 외직으로 나갔지만, 심의겸 쪽이 김효원 쪽을 이겨 당하(堂下) 문사로서 유명한 사람이 많이 배격을 당하니, 이성중 같은 사람도 김효원과 친교가 있다하여 논핵을 당해 철산군수로 의망되기까지 하고, 정희적·노준도 그렇다한다. 그러니 붕당이 나누어져 서로 공격함이 마치 당나라의 우·이(牛·李)의 당과 같다. 사림의 안정되지 않음이 이에 이르니 국가를 위하여 크게 우려가 된다. … 전적 강서가 와서 나에게 말하기를 '두 붕당이 대립하고 있으니 종당에는 반드시 하나가 무너지고 말 것인데, 중립으로 있는 사람은 어떻게 처신해야 되겠습니까?' 하므로, 내가 '마땅히 중정(中正)으로써 존심(存心)하여 편당이 없어야 하며, 감히 사감(私感)으로 사람을 해치는 자가 있으면 마땅히 정색하여 공격하되, 그 간사한 서슬을 두려워하여 주저해서는 안 된다. 만약 일이 뚜렷이 드러나지 않았는데도 갑작스럽게 격동하여 분기를 내게 되면 유익이 없을 뿐만 아니라 큰 해가 돌아올 것이다.' 하니, 강군이 말하기를 '감히 마음에 새겨 두겠습니다.' 하였다"

동·서인 어느 쪽에도 가담하지 않았던 유희춘은 중립적인 위치에 있는 사람이 어떻게 처신하여야 하는지를 분명하게 제시하고 있다. 특히 '중정(中正)'할 것을 강조하고, 사사로운 감정으로 다른 사람을 해칠 경우에는 그가 어느 당에 속하건 두려워하지 말고 공격해야 한다고 함으로써 공명정대한 입장에 서야 함을 역설하였다. 때문에 유희춘은 사사로운 이익에 매달리기보다는 원리원칙에 입각하여 대의(大義)를 우선할 수 있었던 것이다. 그렇지만 강서가 와서 그 처신을 물을 정도로 동서 어느 쪽에도 들지 않은 사람들로서는 자신의 뜻을 펼치기 어려울 만큼 붕당의 세력이 커져가고 있었다.

우리의 경우 대통령이 되면 자기 추종자들을 능력에 관계없이 기용하고, 그 이외의 사람들은 능력이 있어도 버리기 일쑤이다. 이러다 보니 정치나 국가경제가 잘 될 리 없다.

이 모두 패거리 정치의 산물이다. 그러니 이제는 제발 패거리 정치를 지양하고 국가와 국민을 위해 열과 성을 다해주기 바란다.

백성들의 생활상이 비참하구나!

요즈음 경제가 말이 아니다. 언론에서는 지금이 IMF 때보다 더 나쁘다고 한다. 실제 우리가 피부로 느끼는 것도 그렇다. IMF 위기를 넘긴 것이 불과 몇 년 전인데, 어쩌다 이 지경에 이르렀는지 모르겠다. 특히 청년 실업문제는 매우 심각하다. 몇몇 일간지에서 조사한 것을 보면, 2004년 대졸취업률이 50%정도도 안 된다고 하니 문제가 아닐 수 없다. 이들은 우리의 미래를 짊어지고 갈 역군들인데 상황이 이러하니 안타깝기만 하다. 그렇다고 정부에서 내놓은 대책을 보면 별로 실효성이 있는 것 같지도 않다. 근본적인 해결책 제시가 아니라 미봉책에 불과하다. 이는 정부의 안일한 상황 인식과 대처 때문이다. 그러니 문제가 발생할 때마다 항상 '사후약방문격'일 수밖에 없다. 그리고 뒷북치는 것도 문제지만, 때가 늦었다고 하더라도 전문가나 각계의 의견을 수렴하여 이들과 함께 머리를 맞대고 해결방안을 마련해야 할 터인데 그렇게 하였을까? 도대체 언제까지 이럴 것인가?

필자는 용무가 있어 가끔 서울역 부근을 간다. 그때마다 눈에 띄는 것은 노숙자들이다. 멀쩡한 사람들이 하루아침에 노숙자가 된 것을 보면 가슴이 아프다. 몇 년 전 아는 사람에게 들은 얘기이다. 그 사람은 지방 출장을 가기 위해 서울역에 갔다고 한다. 거기서 한 노숙자와 우연히 마주치게 되었는데, 알고 보니 친구였다고 한다. 소위 한때 잘나가던 친구였던지라 너무나 놀랐다고 한다. 노숙자 친구가 도망가는 바람에 뒤쫓아 갔지만 끝내 얘기를 나눌 수가 없었다고 한다. 그날 밤 그 사람은 너무나 놀랍고 서글프고 미안해서 한없이 울었다고 한다. 이것이 오늘의 현실이다. 누구나 이처럼 될지 모르는 세상이다. 본인 탓도 있겠지만 경제가 어렵기 때문에 일어난 일이다. 그런데도 정계·관계·재계 등 각계가 제각각이니 걱정된다. 특히 정치판을 보면 한심스럽기 짝이 없다. 여야가 합심해도 시원치 않을 판인데 밥그릇 싸움이나 하고 있으니, 이들은 과연 국가와 국민을 위하는 자들인가? 실업자들은 취업이 안 돼서 난리인데, 국회의원이라는 자들은 경제문제는 등한시한 채 서로 잘났다고 싸움질만 하고 있으니 이들을 어찌 해야 할지…….

2004년 3월 11일자 중앙일보 기사 가운데 ‘외환위기 이후 아시아 각국이 동반호황을 누리고 있는데 유독 우리나라만 부진을 면치 못하고 있다’는 기사를 읽은 적이 있다. 우리나라만 ‘낙오자 신세’로 전락할 지경에 처해 있다. 이처럼 우리 경제가 매우 어려운 실정일 뿐만 아니라 국민들의 생활도 예전보다 못한 것이 사실이다. 이와 관련된 내용이 『미암일기』에 있어 소개한다.

“들으니 ‘국가의 저장 양곡이 기강의 해이로 인해 권간(權奸)이 뇌물로 받고, 창고지기가 쥐새끼 마냥 무수히 도적질을 했다’고 한다. 또 ‘임술년 이후로 해마다 국상(國喪)이 있어 사용하는 바람에 이제 10만석도 못되어 지극히 한스럽다.’고 한다.”

“대사헌 이문형이 계하기를 ‘금년의 흉황(凶荒)은 전고에 없던 바로서 8도의 길가에 굶어 죽은 시체가 도처에 보이며 … 한양 근처에도 굶어 죽은 시체와 유랑민이 많은데, 8도가 모두 장계가 없고 조정에서도 전혀 생각을 하지 않아 매우 태평무사한 때인 것처럼 지내고 있습니다. 지금 사람이 모두 죽어가게 생긴 판에 마땅히 대신들과 논의하여 적당한 조치를 취해야 할 줄로 압니다.’ 하였다. … 정종영이 아뢰기를 ‘8도 중에서 경상·충청·경기도가 가장 심하니 구호대책을 늦출 수가 없습니다. 특별히 어사를 보내 촌락들을 출입하여 구황(救荒)하는 형태를 살피고 간특한 무리를 두루 적발하되 그 중에 태만하고 지시를 봉행하지 않는 수령들은 듣는 대로 죄로 다스려야 합니다. … 길에 굶어죽은 시체가 연달아 있고, 굶어죽은 사람이 도처에 있는데도 각 도의 감사들이 모두 장계를 올리지 않으니 지극히 해괴한 일입니다. 이는 반드시 수령들이 구호하기를 꺼려 숨기고 알리지 않아 그 참상이 더해 가고 있는 것입니다.' 하였다."

"양사가 합계하기를 '금년에는 한발이 심하여 파종의 시기를 잃고 있으니 우리 백성들이 모조리 굶어 죽을 지경에 이르렀고, 국가의 형세도 조석(朝夕)을 보장할 수 없게 되었습니다.' 하였다."

국가비축미 고갈실태의 이유와 한발·흉년 등으로 인해 기아에 허덕이는 백성들의 참상을 적나라하게 드러내고 있다. 뿐만 아니라 백성들을 구호하지 않고 은폐에 급급한 목민관들의 행태와 조정의 구황책(救荒策)의 실상을 여실히 보여 주고 있다. 이처럼 유희춘은 국가 경제의 실상과 백성들의 비참한 생활상을 목도하고 이를 기록으로 남겼다.

아직도 우리는 늦지 않았다. 지금이라도 대통령을 비롯하여 정치인·기업가·공무원, 그리고 우리 국민 모두가 합심하여 슬기롭게 이 난국을 헤쳐 나가야 한다. 그리하여 다시 한 번 경제를 되살리자. 제발 다시는 국운상승의 기회를 놓치지 말자.

조선시대 선비이야기 4부
언로(言路)를 막지 마소서

인재를 등용하소서

지금부터 십수 년 전 모 전직대통령이 취임을 앞두고 '인사는 만사'라고 말한 적이 있다. 그러나 그를 포함하여 역대 대통령 가운데 인사에 성공한 대통령은 거의 없었다. 결국 이들의 잘못된 인사로 인해 문제가 발생하였고, 이것이 그 원인의 하나가 되어 대부분 대통령으로서 좋은 평가를 받지 못하고 임기를 마쳤다. 이는 지금의 대통령에게도 해당된다. 내각의 장관을 임명하거나 청와대 비서관 인사 때마다 문제가 야기된다면, 그 결과는 역대 대통령들과 다를 바가 없을 것이다. 특히 가신(?)정치에 의존하거나 비서관의 파워가 장관보다 막강할 때에는 그 정권은 제대로 돌아갈 수 없다. 어느 대통령이고 역사에 남는 훌륭한 대통령이 되고 싶어 한다. 그러기 위해서는 본인의 지도력도 중요하지만, 능력과 자질, 인품을 갖춘 인물을 적재적소의 자리에 임명하는 인사가 더 중요하다. 이와 관련된 중국의 고사 하나를 소개한다.

제나라의 왕 경공이 재상 안영에게 ‘나라와 백성을 잘 다스리려면 어떻게 해야 하느냐?’고 물었다. 안영은 ‘현명하고 능력 있는 자들을 추천해서 그들로 하여금 나라를 다스리게 하고, 인재를 널리 등용해서 백성들을 관리하게 하는 것이 열쇠’라고 하였다. 이에 경공은 현명하고 능력 있는 자를 구하는 방법에 대해 물었다. 안영은 ‘인재를 가려내려면, 그들이 사귀는 대상을 관찰해야 하고, 그들의 언행과 습관, 취미를 분석해야 한다.’고 하였다. 그리고 ‘감언이설이나 웅변술로 그 품행을 판단해서는 안 되며, 타인의 평가나 평판에 기대어서 재능의 높고 낮음을 가려서도 안 된다.’고 하였다. 따라서 ‘이렇게 선발된 인재는 결코 허장성세를 부리지 않을 것이며, 자신의 진실한 속내를 감춘 채 왕의 총애를 받으려 하지도 않을 것’이라고 하였다. 그는 특히 ‘사람을 알기 위해서는 세력을 얻었을 때 무엇을 주장하고, 세력을 잃었을 때 무엇을 거절하며, 부귀할 때 무엇을 반대하는가를 살펴야 한다.’고 하였다. 그러므로 ‘훌륭한 인재는 몸가짐을 조심하고 신중히 판단해서 경솔하게 벼슬길에 오르지 않으며, 설령 벼슬길에 올랐다고 할지라도 쉽게 은퇴한다.’고 하였다. ‘반면 중간 정도의 인재는 쉽게 벼슬길에 오르고 쉽게 은퇴하며,

자질이 낮은 자는 벼슬을 중시하고 관직을 탐내서 은퇴를 싫어하는바, 이러한 점들에 유의해서 인재를 선출하면 틀림이 없다.'고 하였다.

예나 지금이나 나라와 국민을 위해 능력과 자질, 인품이 있는 인재를 뽑아 등용해야 한다는 것은 불변의 방책이다. 이를 잘 아는 유희춘 역시 당시 경륜(經綸)의 재주가 있고 시무(時務)를 아는 이이(李珥)를 선조(宣祖)에게 중용토록 천거하였다. 『미암일기』에는 이때의 일을 다음과 같이 기록하고 있다.

"식후에 창동으로 가서 영의정 이탁(李鐸)공을 뵈었다. 아들 이해수(李海壽)가 나와서 영접을 하고 상공은 방에서 응접을 했는데, 주과를 내오고 차분하고 간곡하게 이야기를 하다가 승지 이이(李珥)의 만언 상소를 말하며 서로 감탄하여 경륜의 재주가 있다고 하였다. … 내가 아뢰기를 '시무를 알기가 가장 어려운데 전일 이이의 상소에 주상께서 내리신 답사가 극진하시어 보고 들은 사람마다 감격하지 않는 사람이 없었고, 신도 재주와 식견이 이이만 못한 것을 한스러워 했습니다. 신이 헤아리건대 지금의 큰 강령과 급무는 이이의 소에 이미 다 말했습니다. 이이는 시무를 아는 사람이니 소활한 서생들과는 같지 않습니다. 진실로 채용을 하셔야 합니다.' 하였다."

정약용(丁若鏞)은 『목민심서』의 용인(用人)과 거현(擧賢)항목에서, ‘용인’이란 인재를 등용하여 적재적소에 배치하는 것이요, ‘거현’이란 어질고 현명한 인재를 천거하는 것이라 하였다. 정약용은 이러한 인재 선발기준으로 충성과 신의, 재주와 지혜 등을 내세웠다. 그리고 그는 쓸모 있는 자는 대개 바른말을 잘하고, 때론 귀에 거슬리는 말만 하는 것 같지만, 이런 인물이 일처리도 잘하고 지도자를 깍듯이 보좌한다고 하였다.

뛰어난 인재를 뽑아 등용한다는 것은 대단히 중요하다. 능력과 자질, 인품을 정확히 파악하여 거기에 맞게 직책을 부여하는 일은 결코 쉽지 않다. 그러므로 지도자는 인재를 선발하고 등용할 때 안영과 정약용의 말을 반드시 참고로 해야 할 것이다.

특히 지도자는 인재를 제대로 쓰고 다룰 줄 아는 용인술(用人術)에 능해야 한다. 유방이 항우를 꺾고 천하를 얻을 수 있었던 것은 용인술 때문이었다. 이처럼 용인술은 대통령뿐만 아니라 정계·재계 등 모든 분야의 지도자들에게 필요한 것이다.

우리는 지도력과 포용력, 그리고 인재를 알아보는 안목과 용인술 등을 구비한 미래지향적인 지도자를 원한다. 이런

지도자가 훌륭한 인재들을 등용하여 이들과 함께 부국강병
과 국태민안을 위해 진력하는 모습을 보고 싶다.

관리의 충원이 시급하옵니다

IMF 때부터 본격적으로 시작된 구조조정은 지금도 계속되고 있다. 이 때문인지 요즈음도 기업체에서는 인력 충원에 인색하다. 그러다보니 만성적인 실업인구도 줄어들 조짐을 보이지 않는다. 물론 대내외적인 여러 요인들이 작용한 때문에 그러하겠지만, 아무튼 경제적 상황이 별로 나아지지 않고 있다. 이처럼 경제가 호전되지 않고 있으니 문제가 심각하다고 하지 않을 수 없다. 그런데도 정치판에서는 경제회생이나 실업자대책보다는 예전처럼 밥그릇 싸움이나 주도권 싸움에 더 연연하는 것 같아 참으로 안타깝고 한심스러운 생각이 든다. 무엇이 먼저 해결해야 할 중요한 과제라는 것도 도외시하거나 망각한 채, 구태의연하게 싸움질만 일삼고 있으니 이들을 과연 국민의 공복이라 할 수 있겠는가? 이 나라가 어떻게 될지 국민의 한사람으로서 걱정이 앞선다.

앞에서 구조조정 얘기를 언급했으니 좀 더 사족을 달아야겠다. 구조조정이 능사는 아니지만, 구조조정을 해야만 회사를 살릴 수 있는 경우라면 어쩔 수 없는 것 아닌가? 그런데 그 가운데 잘못된 구조조정은 짚고 넘어갈 필요가 있다. 구조조정을 한다고 해서 능력과 경험이 풍부하고 노련한데도 불구하고 나이가 많다는 이유로 주로 50대 직원을 명퇴시키거나, 중간허리 역할을 담당하는 40대 직원을 퇴출시킨 기업이 비일비재하다. 이는 잘못되어도 한참 잘못된 것이다. 이러다 보니 지금 일부 기업체 등에서는 중간허리 역할을 담당할 능력 있고 경험이 풍부한 직원들이 부족하다고 한다. 그래서 회사가 돌아가는데 많은 지장을 받고 있다는 기업도 있다. '군대 짬밥(원래는 「잔반」임)' 이라는 말이 있듯이 '인생 짬밥(?)' 도 있는 것이다. 나이가 20~30대에서 갑자기 60~70대로 건너뛰는 것은 아니잖은가? 누구나 단계적으로 과정을 거치는 법이다. 이 과정에서 수많은 시행착오를 통해 풍부한 경험을 쌓게 되는 것이다. 그래서 경험이 중요한 것이다. 인생경험이란 폼으로 얻어지는 것이 아니고, 비싼 수업료(?)를 지불해야만 얻는 것이다.

한편, 노조 때문에 구조조정을 제대로 하지 못하는 기업도 있다고 한다. 나이에 관계없이 무능하고 태만하고 불성실한 사람은 스스로 알아서 물러나야 한다. 하지만 노조가 이들을 감싸는 관계로 퇴출당하지 않고 직장생활을 계속 한다면 이 또한 문제가 있는 것이다. 노조 나름대로야 이유가 있겠지만, 이런 노조는 집단 이기주의적이며 폐쇄적이고 밥그릇 싸움만 일삼는다고 해도 과언이 아니다. 회사가 구조조정을 하지 않으면 망하는데도 노조가 끝까지 강성으로 버티면 공멸하게 된다. 이래서는 노조나 기업 모두 살아남을 수 없다. 상생(相生)의 길을 찾기 위해서는 서로 존중하고 이해하면서 합리적으로 해결해야 한다. Na(나트륨)와 Cl(염소)은 따로 따로 먹으면 죽는다. 그러나 합치면 NaCl(염화나트륨), 즉 소금이 되는데, 소금은 우리가 살아가는데 꼭 필요한 것이다. 이것이 조화의 원리요 상생지도(相生之道)인 것이다. 그렇지 않아도 요새 대기업노조를 ‘귀족노조’라고 하여 일부에서 비판적인 시각을 보이고 있다. 반면 중소기업노조나 기타 군소노조는 대기업노조와는 달리 상대적으로 열악한 상황에 처해 있다. 우리는 이들 노조에 대하여 애정을 가질 필요가 있다.

그런데 구조조정도 좋지만, 부서에서 인원을 충원할 필요가 있을 경우에는 과감히 충원해야 한다. 그래야 기업이 잘 돌아가고 발전하게 되는 것이다. 『미암일기』에 이와 관련된 내용이 있어 소개한다.

"강의가 끝나자 탑전에 나아가 아뢰기를 '신이 중종조(中宗朝) 때부터 시종(侍從)이 되어 보아왔사온데, 그때에 옥당(玉堂)의 관원이 무려 열두세 명이었으며, 남행(南行)도 역시 갖추어서 요즘같이 정자(正字)·저작(著作)이 없지는 않았습니다. 또 남상(南狀 : 정자의 별칭)의 두어 관원은 문적(文籍)을 전담하여 노상 하번(下番)이 되었으며, 교리·수찬이 대간(臺諫)이나 이조·병조로 천전(遷轉)하여 왕래가 무상하지는 않았습니다. 무진년(1568)에 조정기(趙廷機)가 6품으로 나간 뒤부터 남행의 자리가 오랫동안 비어 지금까지 충원되지 못하고 있으니 자못 부당하옵니다. 대개 남행의 망(望)은 중종조에 비록 두 사람에 그쳤으나, 세 번의 망이 갖추어지지 않았더라도 역시 망에 들 수 있으면 혹 처음에 논핵을 당하고도 도로 한 사람이 있으니 이영현(李英賢)의 경우가 이에 해당되옵니다. 지난번에 신이 이 일로 계청(啓請)을 하였고, 주상께서도 역시 이조에 명하여 차출하게 하였는데, 마침 멀리 있고 병이 있는 사람은 가려냈기 때문에 지금까지 자리가 빈 것입니다.' 하였다. 주상께서 말씀하시기를 '이조에서도 역시 적당한 사람이 없음을 걱정해서 이러한 모양이다. 지금도 역시 7품 이하의 홍문록(弘文錄 : 홍문관의 교리·수찬을 임명할 때 제1차 선발 기록)이 있느냐?' 하시므로, 윤탁연(尹卓然)이 있다고 대답해 올렸다."

유희춘이 홍문관에 관리를 충원해달라고 선조(宣祖)에게 건의한 내용이다.

직원을 충원할 부서가 있다면 충원해야 하고, 감원할 부서가 있다면 감원해야 한다. 사실 직장에 출근해서 하루 종일 하는 일도 없이 빈둥거리는 근무태만자도 꽤 있다. 이런 사람은 능력이 부족한 사람보다 더 문제 있는 사람으로 가차없이 퇴출시켜야 한다. 특히 철밥통 직장(학교나 관공서)인들 중에는 이런 부류의 사람들이 있으니 문제이다.

구조조정이라는 것이 무조건 인원을 감원시키라는 뜻은 아니라고 본다. 필요한 사람은 뽑고 능력이 없는 자, 근무태만자 등 필요치 않은 사람은 내보내라는 말이 맞다. 이는 기업체, 관공서뿐만 아니라 학교도 예외일 수 없다.

간사한 무리들을 등요해서는 아니 되옵니다

예나 지금이나 항상 간사한 무리들이 세상을 어지럽힌다. 이들은 수단과 방법을 가리지 않고 사람들에게 피해를 주는 암적 존재이다. 게다가 이런 자들이 직장이나 조직에서 끝까지 살아남는 경우가 다반사이다 보니 내치기도 결코 쉽지 않다. 여하튼 요즈음도 이러한 무리들 때문에 세상이 혼탁해져 안타깝기 그지없다.

간신이 큰 충신처럼 보인다는 옛말도 있듯이, 본시 간사한 자들이란 아첨과 술수에만 능할 뿐 능력은 별로 없다. 뿐만 아니라 이들은 부정부패와 중상모략, 거짓말만 일삼고 일도 입으로만 하는 무리들이다. 필자도 이런 부류에 속하는 속물들을 본 적이 있을 뿐 아니라 중상모략을 당한 경험도 있다. 그것도 윗사람에게 당했으니 그 억울함과 허탈감, 비애감이란 이루 말할 수가 없었다. 그러나 진실은 언젠가 밝혀지는 법이다. 구태여 이런 인간에게 대응할 필요도 가치도 없다고 생각한다. 다만 이 사람에게 연민의 정과 함께 인간적으로 용서하지 않으면 되는 것 아닌가? 오히려 내 자신의 처신에 문제가 있지 않았나? 반성할 따름이다. 그런데 간사한 자에게 중상모략의 얘기를 듣고 이를 믿는 귀가 얇은 사람은 참으로 문제가 심각한 사람이다. 이런 사람은 어떤 일도 책임지고 소신 있게 할 수 없다. 특히 고위공직자나 정치가, 재벌총수 등과 같은 사회지도자급 인사들의 경우에는 더욱 그러하다. 그러므로 사회지도자급 인사들이 간사한 자들을 잘못 기용하면 낭패를 당하기 십상이다.

『미암일기』를 보면 간사한 무리들을 등용치 말라는 내용이 있어 소개한다.

"옥당에서 차자를 올렸는데 그 대략은 다음과 같다. '소인들의 마음은 한 번 권세와 이익을 잃게 되면 분을 머금고 독을 길러 갈수록 더욱 심해지니, 만약 다시 세상에 쓰이게 되는 날이면 간사한 꾀와 흉악한 행동이 미치지 않을 곳이 없을 것이므로 어진 사람은 반드시 이들 소인들을 깊이 미워하고 매섭게 끊어버리는 것입니다. 만약 일찌감치 분별하지 못하고 한번 너그러이 놓아주는 길을 열어놓으면, 간사한 무리들이 제 세상이나 만난 것처럼 다투어 벼슬길에 진출하기를 꾀하여 후일의 무궁한 화는 이루 형언할 수 없게 될 것입니다. 신들은 어제 벼슬길을 터주자는 의(議)를 엎드려 보고 한심함을 이길 수 없었사오나, 다만 성명(聖明)이 위에 계시니 그 소인들의 정상(情狀)을 반드시 다 환히 아시고 선뜻 버리실 것을 믿기 때문에 오늘날 두려워하지 않는 것이옵니다. 김여부(金汝孚)는 본시 나라를 위태한 지경으로 몰아넣은 못된 사람으로, 윤원형(尹元衡)의 문하에 아부하여 몰래 사사로이 분(憤)을 품고 선비들을 모해하였으며, 김진(金鎭)·이명(李銘)은 서로 심복이 되어 기세를 조성하였으니, 당시 세 놈들이 결탁하여 화를 조정에 전가시킨 형상은 너무도 참혹하여 차마 말로 할 수 없사옵니다. 임복(林復)은 음흉하고 교활하여 이리 붙고 저리 붙고 해서 선량(善良)들을 모함하였으며, 강극성(姜克誠)은 이양(李樑)에게 빌붙어 그 악을 종용하였으니, 이러한 죄상을 짊어지고 지금까지 목숨이 붙어 있는 것만도 다행한 일이옵니다. 그들을 국가에서 관계됨이 없다고 하여 풀어주려고 한단 말입니까? 이것을 소통해 준다면 소인을 다시 등용한 화근이 되어 장차 국가에 미쳐서 구원하지 못하는 지경에 이르게 될 것이니 어찌 두려운 일이 아니겠습니까? 지금 당면한 천재지변을 구제하는 일만도 한두 가지가 아니온 데 도리어 음사하고 악독한 자들을 수용하여 하늘의 견책에 응하려 하시니, 신 등이 그윽이 살피건대 인심은 더욱 답답해지고 하늘의 노여움은 끝내 풀리지 않을까 두렵사옵니다. 아! 원한을 풀어주시고 선을 권장하는 것이 오늘날의 급선무이온데 전하께서 오히려 이처럼 난색을 보이시고 간사한 자를 용납한다는 것은 왕도정치의 큰 경계(警戒)이옵니다. 그런데도 대신들이 그 소인들을 너그러이 놓아주려고만 하니 지금의 거조가 너무도 분하옵니다. … 무릇 흉한 사람의 성질은 악한 짓을 하는데 익숙하고 자포자기에 빠져 다만 시기심과 잔인한 마음만 조장시킬 뿐이옵고 마음씨를 고칠 이치는 만무한 법인데, 예전 악을 완전히 버리는 것을 어찌 이와 같은 귀역(鬼蜮)의 무리에게서 바랄 수 있겠사옵니까? 한 사람의 소인의 등용도 오히려 국가의 화란을 초래할 수 있는 법이온데 하물며 음사한 무리들을 등용하여 조정에 두게 되면 후일의 화가 어찌 되겠사옵니까? 관계된 바가 지극히 중(重) 하옵기로 조야(朝野)가 흉흉하오니 청컨대 김여부 등에 대한 소통(疏通)의 명을 환수하여 주시옵소서.'"

일부 대신들이 윤원형 일파로 악행을 일삼았던 인물들을 조정에 다시 등용시키려 하자, 사간원·사헌부·홍문관 등 삼사에서 이를 강력히 반대하고 있다. 이처럼 간사한 자들은 조그만 틈만 보이면 갖은 수단과 방법을 동원하여 자신들의 목적을 이루려고 한다. 그러므로 이들에게 부화뇌동하거나 동조하면 자칫 신세를 망치기 십상이다.

『역경(易經)』에 보면 '소인은 어질지 못한 것을 부끄럽게 여기지 않고, 의롭지 못한 일을 두려워하지 않으며, 이익이 되는 것을 보지 않으면 힘쓰려 하지 않는다.'는 구절이 있다. 소인은 본래 어질지 못한 짓을 해도 수치를 모르고, 의롭지 못한 일에도 두려워하지 않으며, 이익이 되는 일이 아니면 힘쓰려 하지 않는 법이다. 우리는 이런 자들을 멀리해야만 한다. 간사한 자들이 득세를 못하는 세상, 발붙일 수 없는 세상이 되도록 우리 모두 노력하자.

탐관오리를 엄히 다스리소서

요즈음도 매스컴을 통해 일부 국회의원이나 자치단체장, 공무원들이 뇌물을 받아 구속당했다는 소식을 자주 접하게 된다. 예나 지금이나 뇌물을 주고받는 부정한 짓들은 비일비재하였다. 문제는 이러한 풍조가 만연되어 우리 사회를 병들게 하고 있다는 데에 있다. 썩을 대로 썩은 사회, 예의염치(禮義廉恥)를 모르는 자들이 판치는 세상은 더 이상 희망이 없다.

어쨌든 뇌물을 받는 사람이 있으면 주는 사람이 있는 법이다. 받은 사람은 뇌물수뢰죄, 준 사람은 뇌물공여죄에 해당된다. 이러한 법이 있는데도 아직 근절되지 않고 있다. 오히려 갈수록 뇌물을 주고받는 수법이 다양해지고 고도화·치밀화되고 있다. 이처럼 뇌물이 근절되지 않는 것은 부패한 관리들 때문이다. 이들은 권력을 쥔 자들이기 때문에 뇌물을 주지 않을 수 없다. 그래서 청나라 말기 관리의 부패상을 신랄하게 폭로한 소설 <관장현형기(官場現刑記)>에서는 이들을 '개보다도 못한 놈'이라고 표현하였다.

뇌물을 주는 사람이나 받는 사람 모두 나쁘다. 특히 받는 사람이 더 나쁘다. 자발적으로 준다고 해도 안 받으면 되는 것인데, 받으려고 하니까 주는 것이다. 안 주면 화를 입기 때문에 대부분 어쩔 수 없이 주게 된다. 그러나 뇌물을 받은 사람도 언젠가는 준 사람에 의해 자신의 비리가 폭로된다는 것을 명심할 필요가 있다. 그러니 뇌물을 받는 사람의 목에는 항상 쇠사슬이 걸려 있는 것이다.

옛날 중국에서는 '3년 동안 청렴하게 지부(知府) 노릇만 해도 백은(白銀) 10만 냥은 거뜬히 벌어들일 수 있다'는 말이 있었다. 이는 탐관오리가 도처에 널려 있고 백성이 편안하게 생활할 수 없었던 봉건왕조시대 관료사회의 현상을 잘 반영한 것이다. 그렇다고 탐관오리만 있었던 것은 아니었다. 명나라 때 절강성 안찰사였던 주신(周新)이나 조선조 세종 때의 명재상 황희(黃喜)처럼 청백리들도 많았다. 그러나 실제로는 청백리보다 탐관오리들이 더 많았다. 그래서 문제였던 것이다.

탐관오리는 권력자의 비호 속에 성장하는 법이다.『청조야사대관(淸朝野史大觀)』에 보면, 인종(仁宗) 때 군기대신(軍機大臣)·대학사(大學士)를 지낸 화곤(和琨)은 당시 탐관오리의 대

명사였다. 그가 탄핵을 당해 재산을 몰수하였을 때, 그의 집에서 나온 재물은 백은(白銀)이 8억 냥이나 되었다고 한다. 가히 상상을 초월하는 액수였다. 이 액수는 청나라가 10년 동안 거두어들인 조세수입의 총액에 해당되고, 훗날 청나라가 청일전쟁에 패하여 지불한 배상금과 의화단 사건에 책임을 지고 지불한 배상금을 합한 금액에 맞먹는 것이었다. 화곤은 10년도 채 안되는 기간 동안 권력을 이용하여 온갖 수단과 방법을 가리지 않고 재물을 긁어모아 한 나라에 견줄만한 부를 쌓은 것이다. 결국 그의 재산은 몰수되어 국고에 귀속되었다. 항상 탐욕이 문제인 것이다. 『미암일기』에는 탐관오리에 관한 내용이 많은데, 여기서는 2편만 소개한다.

"어제 사헌부에서 계하기를 '도총도사(都摠都事) 홍덕회는 단천군수로 있을 적에 탐욕이 많고 포학하기 그지없어 오직 백성을 뜯어 먹기만을 일삼았습니다. 지나가던 어떤 사람이 그 악행을 이웃 고을에 가 말했는데, 그 얘기가 들려오자, 덕회가 그 말의 근원이 그 고을의 아전에게서 나왔는가 의심하여 집안사람들을 잡아다 가두고 모두 죽였습니다. 그 흉악하고 참혹함을 입으로 차마 말할 수가 없습니다. 그가 파직되어 원주의 본가로 돌아간 뒤에도, 자기 집 소가 남이 끌고 가는 말을 따라 간 것을 트집 잡아 소에 실었던 물건들을 잃어버렸다고 핑계 대며 그 사람의 물건을 전부 빼앗았다고 합니다. 먼 지방 사람이라 호소할 데가 없어 울면서 돌아갔다고 합니다. … 청컨대 영원히 기용하지 않도록 명하소서.' 하니 주상께서 즉시 따르셨다. 이 일은 실로 공론을 상쾌하게 한 것이다."

"역리(驛吏)가 해남에서 돌아왔는데, 지난 4월 완산에서 삭선(朔膳 : 매월 초 임금께 올리는 음식)을 봉하고, 그 나머지를 받아가지고 간 사람이 해남의 예방(禮房) 정종과 함께 모의하여 도둑질해 먹고 그 절반만을 바쳤다고 한다. 그 고약함이 이보다 가증스러울 수 없다."

유희춘은 일부 목민관·서리의 수탈과 탐학을 듣고 이를 『미암일기』에 기록으로 남겼다. 가렴주구(苛斂誅求) 하는 탐관오리에 대한 유희춘의 분노를 엿볼 수 있다. 이는 그의 애민의식에서 비롯된 것으로, 당시의 관계(官界)가 얼마나 부패했던가를 알 수 있다.

『목민심서(牧民心書)』「율기(律己)」편을 보면, '훌륭한 목민관이 되기 위해서는 반드시 자애로워야 하고, 자애로워지려는 자는 반드시 청렴해야 하고, 청렴하려는 자는 반드시 절약해야 한다.'고 하였다. 『목민심서』는 단순히 지방관을 위한 지침서에 그치는 것이 아니었다. 백성들에 대한 사랑을 바탕으로 하고 있는 것이다. 우리는 이를 명심할 필요가 있다.

한동안 불법대선자금으로 나라가 시끄럽더니, 2004년에는 대통령 탄핵문제로 혼란스러웠다. 그래서 어느 한국 주재 외국 대사는 당시 우리의 상황을 '카오스'라 하지 않았던가? 참으로 부끄러운 일이다. 이럴 때 일수록 각자 중심을 잡고 합리적이면서 이성적으로 대처해 나아가야 한다. 그리하여 우리 모두 부정부패가 없고 상식과 원칙이 통하는 나라를 만들자.

소인을 내치도록 하라

초겨울로 접어드는 계절이라 그런지 날씨가 제법 쌀쌀하다. 하기야 어디 쌀쌀한 것이 날씨뿐이겠는가. 마음까지도 착잡한 판인데……. 그러고 보니 어느 덧 2004년도 한 달밖에 남지 않았다. 선인(先人)들이 '세월은 유수(流水)와 같다.'라고 한 말을 재삼 되새겨 본다. 요즈음 들어 세월이 참으로 빠르다는 것을 실감한다. 청소년 시절에는 가을이나 겨울이 좋았는데, 삶을 뒤돌아 볼 나이인 중년이다 보니 한 살을 더 먹는다는 생각에, 그리고 또 다른 여러 가지 이유로 가을이나 겨울이 싫어지는 것 같다. 아마 나이 먹은 사람들 태반은 그렇게 느낄 것이다. 특히 연세 많으신 분들은 더욱 그러하리라.

그런데 우리가 평생을 어떤 사람으로 어떻게 살아왔느냐가 중요하다. 군자(君子) 대인(大人)의 모습을 보이며 살아온 사람도 있고, 소인의 행태를 보이며 살아온 사람도 있을 것이다. 우리는 이런 부류의 사람들을 수없이 보아 왔고, 자신도 그 중의 한 부류에 속할 것이다. 어쨌든 남녀노소를 막론하고 각자 이 시점에서 자신을 되돌아보고 자성의 기회로 삼았으면 한다.

옛날 유가(儒家)에서는 사람의 품격을 신인(信人)·선인(善人)·미인(美人)·대인(大人)·성인(聖人) 순으로 분류 평가하였다. 우리는 이 중에서 어떤 사람으로 살아갈 것인지 자신을 가다듬고 다짐하는 계기가 되었으면 한다. 물론 성인지도(聖人之道)를 추구하는 것은 당연하다. 비록 대인이나 성인은 못되더라도 신인·선인·미인은 될 수 있지 않은가? 결과보다는 과정이 중요한 것이다. 그러므로 우리는 이를 위해 최선을 다하자.

지금은 혼탁한 세상이라고 해도 과언이 아니다. 막말만 일삼고 싸움질만 하는 삼류 정치판, 청년 실업문제와 경기위축 등으로 어려워진 경제현실, 정체성이 결여된 혼란스러운 사회……. 문제가 참으로 심각하다고 하지 않을 수 없다. 이러한 세상에서는 소인들이 기승을 부리기 마련이다. 『논어(論語)』에 보면 '군자는 자신을 책(責)하고, 소인은 남을 책한다.'라는 구절이 있다. 군자는 자신이 모든 책임을 지는 반면, 소인은 남에게 책임을 전가시킨다는 뜻이다. 정치지도자·

고위공직자·재벌총수 등 사회지도층 인사들은 이 말을 명심해야 할 것이다. 만약 이들이 소인의 작태를 보이면 나라는 위태로워질 수밖에 없다. 그러니 부디 대인 군자(大人君子)의 풍도(風度)를 보여주기 바란다. 그래야 국가가 발전하고 미래가 있는 것이다. 그런데 자고(自古)이래로 이런 사람들 가운데에는 간신 소인배들이 또한 적지 않았다. 이처럼 소인배들이 득세를 하는 경우 그 나라는 혼란과 도탄에 빠졌음을 우리는 역사를 통해 알 수 있다. 그러므로 이런 자들은 바로 내쳐야 한다. 『미암일기』에 이와 관련된 내용이 있어 소개한다.

"전교(傳敎)가 병조(兵曹)에 내렸는데, '대호군(大護軍) 윤인서(尹仁恕)는 본디 성품이 간사하고 음험한 소인으로 교활하게 굴기까지 하여 평소 마음 씀과 처사가 아주 좋지 못했다. 연줄을 타고 아부하여 간사스럽고 못된 꾀를 수없이 부리고, 시세(時勢)를 엿보아 세력 있는 쪽에 들러붙어 권세 있는 간신들을 추종하여 그들의 앞잡이 노릇을 하며, 진신(搢紳 : 벼슬아치)들에게 해독을 끼치고 조정에 화를 빚어내어 나라를 병들게 하였으니, 그 죄악이 극에 다다른지 이미 오래였다. 그런데도 지금까지 오히려 관작(官爵)을 가지고 있어 세상인심이 매우 울분하고 있는 모양이니 관작을 삭탈하여 신하된 자로서 간신에게 빌붙어 독(毒)을 부린 죄를 엄중히 징계하여 다스리도록 하라.' 하였다."

선조(宣祖)가 신하들의 건의를 받아들여 간사한 소인들을 내치라고 엄명하고 있다.

『논어(論語)』에 ‘소인은 잘못을 저지르면 꾸며 속이려 하고, 궁해지면 넘치는 짓을 한다.’라는 구절이 있다. 잘못은 누구나 저지를 수 있다. 그러나 소인은 잘못을 저지르면, 그것을 고쳐 다시는 잘못을 저지르지 않도록 노력은 하지 않고 반드시 변명을 한다. 그래서 거듭하여 같은 잘못을 저지르게 되는 것이다. 또 소인은 곤궁에 처하게 되면 군자와 달리 도리에 어긋난 짓을 서슴지 않는다. 그러므로 소인들이 많게 되면 그 사회는 잘 돌아가지 않는다. 특히 사회지도층 인사들 가운데 소인들이 부지기수라면, 그 나라의 앞날은 불을 보듯 뻔하다. ‘이익에 눈먼 자는 죽은 생쥐처럼 악취를 풍긴다.’는 말이 있다. 소인배들 또한 이와 다름이 없을 것이다. 그런데 우리 주변엔 인생을 정리하고 마무리할 나이인 칠십이 넘어서도 소인의 행태를 보이는 사람들도 간혹 있다. 이런 사람은 인생을 헛산 사람이다.

아무튼 지금까지 소인으로 살아온 사람은 각성하고 새사람이 되도록 노력하자. 군자는 못되어도 소인은 되지 말아야 하지 않겠는가?

간언(諫言)에 귀를 귀울이소서

우리는 세상을 살아가면서 친구나 선후배, 직장의 동료 또는 상사에게 충고나 간언(諫言)을 하는 경우가 종종 있다. 이때 충고·간언을 하는 사람이나 듣는 사람 모두 사심 없이 말하고 들어야 한다. 그러나 실제로는 그렇지 않을 때도 있다. 그것은 말을 어떻게 하느냐에 따라 오해하는 경우도 있기 때문이다. 그러므로 충고·간언을 듣는 사람이 어떻게 받아들이냐도 중요하지만, 그보다는 충고·간언을 하는 사람이 어떻게 말을 하느냐가 더 중요한 것이다. 특히 윗사람에게 간언을 할 때는 더욱 그렇다.

『공자가어(孔子家語)』에 보면, '충신(忠臣)이 임금에게 간(諫)하는 방법에는 휼간(譎諫)·당간(戇諫)·항간(降諫)·직간(直諫)·풍간(諷諫) 5가지가 있는데, 공자는 그 중에서 풍간을 따르겠다.'고 하였다. 풍간에 대해 명(明)나라 때의 학자 하맹

춘(何孟春)은 '사물에 가탁하여 풍자하여 말하는 이는 죄가 없게 하고 듣는 이로 하여금 족히 경계(警戒)가 될 수 있게 하는 것'이라고 하였다. 풍간이 좋은 방법임에는 틀림이 없다. 그러나 사람마다 각자 성격이 다르기 때문에 풍자하여 말하는 사람도 있지만, 직언하거나 또 다른 방식으로 말하는 사람도 있다. 말하는 사람은 좋은 뜻으로 말하는 것인바, 듣는 사람 특히 윗사람은 이 모두를 수용해야만 한다.

'사랑이 절박하면 그 말도 가혹하다.'라는 중국 속담이 있다. 왕에게 다른 의견을 제기하는 것은 충신연주지정(忠臣戀主之情)에서 우러나온 것이라고 할 수 있다. 그렇지 않으면 무엇 때문에 위험을 무릅쓰고 왕에게 간하겠는가? 중국 위(魏)나라 태무제(太武帝) 때 직간을 서슴지 않았던 상서령 고필(古弼), 조선조 성종(成宗) 때 부정축재한 당시의 세도가 한명회(韓明澮)를 탄핵하여 물러나게 한 대사헌 홍흥(洪興) 등은 이러한 부류에 속하는 사람들이다. 『미암일기』에 보면, 유희춘이 완사풍간(婉辭諷諫)의 정신으로 선조(宣祖)의 계옥(啓沃)과 보도(輔導)에 힘썼던 내용이 있어 여기에 소개한다.

"신담(申湛)은 '옛사람의 말에, 임금이 어려운 때를 당하여 죽음을 두려워하지 않고 절개를 지키는 사람을 구하고자 한다면 마땅히 면전에서 들이대며 과감하게 간하는 사람 가운데서 구하라 했습니다.' 하였다. 내가 말씀드리기를 '면전에서 들이대며 과감하게 간하는 선비라야 마침내 제 구실을 하게 되는 것이오니 만약 무조건 맹종만 하는 신하라면 비록 천백이 있을지라도 쓸 데가 없습니다.' 하였다."

"내가 강의를 끝내고 나아가 아뢰었다. '신은 이 무의(無意 : 뜻함이 없음)·무필(無必 : 기필함이 없음)·무고(無固 : 고집 부림이 없음)·무아(無我 : 아집이 없음)의 설에 대하여 그윽이 감발(感發)됨이 있사옵니다. 무릇 임금이 말을 하고 일을 할 때에는 꼭 그래야 한다거나 꼭 그래서는 안 된다거나 해서는 안 되며 오직 의(義)에 따라야 할 뿐이옵니다. 그런데 지난번에 대간(臺諫)이 주태문(周泰文)의 죄를 계청(啓請)하자 최후의 비답이, 무의·무필·무고·무아를 망각한 병통이 없지 아니 하여 평소의 중정(中正)·화평(和平)의 기상과는 같지 않으셨는데, 이것은 지극히 온당치 못한 일이옵니다. 진실로 이런 일들에서 잘 성찰하시어 그 병통을 고치신다면 마음이 항상 명경지수(明鏡止水)처럼 맑고 고요하게 되실 것입니다.' 하였다. 주상께서 말씀하시기를 '그 말이 매우 옳다. 다만 지난번 주태문의 일은 그 실수가 유독 아래에만 있는 것이 아니고 위에서도 역시 있었던 때문이므로 비답 하는 사이에 부지중 잘못 나간 것인데 오늘 논한 바가 이치에 꼭 들어맞는 말이다.' 하시고 거듭 칭찬하였다. 내가 곧 일어나 절하고 감사를 드리며 아뢰기를, '진실로 이 이치를 아신다면 덕이 날로 새로워지실 것입니다.' 하였다. 입시했던 신하들도 모두 탄복하였다. 성상(聖上)께서 자기 허물을 말해 주는 것을 반기시고 선(善)에 따르기를 좋아하시니, 비록 대우(大禹)의 도리에 합당한 말을 전하고 받아들인 것과 성탕(成湯)의 남의 말을 부정하지 않은 것이라도 이를 넘지는 못한다 하겠다. 입시 했던 승지 김계(金啓)가 물러나와 사람들에게 말하기를, '유모(柳某)가 부드럽고 순한 말로 풍간하여 임금이 알아듣기 쉽도록 선으로 인도 한다.' 하였지만, 그러나 이것은 바로 성상께서 실수를 자각하시어 곧 정상으로 회복한 것이요, 나는 특히 그 하교를 들었을 뿐이다. 무슨 보태 드림이 있었겠는가!"

존경받는 정치가는 비판 · 수용에 관대했다는 점에서 동서고금이 다르지 않았다. 특히 간언을 받아들이지 못하는 정치가 · 관리 · 기업가는 지도자로서 자격이 없는 사람들이다. 위정자의 경우는 더 말할 나위가 없다. 간언! 뜻은 좋지만 받아들이기 어려운 세상인가?

언로(言路)를 막지 마소서

직장에 다니다 보면 중요한 업무를 처리하거나 갑작스럽게 큰 문제가 발생하여 이를 처리해야 할 때가 있다. 이때 우리는 여러 부류의 상사를 접하게 된다. 그 중에는 부하들의 의견을 수렴하여 합리적으로 일을 처리하는 상사가 있는 반면, 부하들의 의견을 묵살하고 독불장군 식으로 일처리를 하는 상사도 있다. 그런가 하면 부하들에게 전적으로 떠넘겨 처리하게 하는 무책임하고 무능한 상사도 있다. 이 가운데 누가 상사로서 자질이 있는지는 굳이 언급할 필요가 없을 것이다. 특히 고위공직자나 재벌총수 등과 같이 관공서나 기업체를 책임지거나 경영하는 사람들의 경우는 더 말할 필요가 없다. 그런데 이들은 때로는 신중하게 판단하여 결심을 한 후, 주위의 반대를 무릅쓰고 홀로 결단을 내리는 경우도 있다. 그러나 대부분은 아랫사람들의 의견을 수렴한 후 결정을 내린다. 중요한 것은 책임자로서 어떤 일을 결정하기 위해 부하들의 의견을 얼마나 듣느냐에 달려있다. 『서경(書經)』에 보면 ‘좋은 말이 감추어지는 바가 없게 하라.’는 구절이 있다. 순(舜)임금이 한 말로 좋은 의견이라면 그것이 누구의 것이건 상관없이 받아들여야 한다는 뜻이다. 맞는 말이다. 우리는 이 말을 깊이 명심해야 할 것이다. 특히 지도자인 경우에는 더욱 그렇다.

그런데 2004년 10월 11일자 모일간지 기사에서 대기업에 다니는 40대 초반의 직원이 입바른 소리를 많이 했다 하여 상사의 지시로 왕따(집단 따돌림)를 당했다는 기사를 읽은 적이 있다. 세태 탓인지는 몰라도 세상이 변한 것만은 사실인 것 같다. 한심스럽기 짝이 없는 일이다. 이런 상사는 자격 미달의 상사요, 회사의 암적 존재일 뿐이다. 그러므로 이런 자들이 많은 직장은 결코 발전이 있을 수 없다. 오히려 망하기 십상인바 이러한 무리들은 가차 없이 추방시켜야 한다.

주(周)나라 유왕(幽王)이 망한 이유 중의 하나가 언로를 막았기 때문이다. 유왕은 본래 잔인무도한 임금이었다. 산 사람을 호랑이에게 먹이고, 사람의 심장을 도려내는가 하면, 태아의 성별을 확인한다고 직접 임산부의 배를 가르는 등 인간성을 상실한 행위를 서슴지 않았다. 뿐만 아니라 총애하는 포사

(褒姒)의 미소를 보기 위해 포락(炮烙)의 형벌까지 행했다. 여기서 말하고자 하는 것은 다름이 아니라 어리석고 무능하고 포악한 유왕이 언로를 철저히 차단했다는 사실이다. 그는 대부(大夫) 조숙대(趙叔帶)가 자기에게 미녀만 취하지 말고 정직하고 유능한 자를 등용하여 나라의 과오를 바로잡고 하늘에 용서를 빌어야 한다고 상소를 올리자 추방시켜 버렸다. 그러자 대신(大臣) 포향(褒珦)이 이에 분노해서 간(諫)했지만, 그 역시 감옥행이었다. 이때부터 그 누구도 다시는 간하지 않았다. 결국 유왕은 피살당하고 나라는 망하고 말았다.

『미암일기』에 보면, 언로를 막지 말라는 내용이 있어 여기에 소개한다.

"신 등이 가만히 침묵을 지키고 있으면 족히 조용히 있지 않았다는 의심을 피할 수 있고, 어물어물하며 노상 후하게만 하면 마음에 맞는다는 이름을 얻을 수 있고, 준례에 따라 처사하며 글에 따라 강의한답시고 하여 자기의 직책이나 메우는 식으로 나갈 줄 알지 못하는 바도 아니온 데 무엇이 안타까워서 권귀층(權貴層)을 건드려서 위로 명주(明主)의 의심을 자초하겠습니까? 진실로 근반(近班 : 시신<侍臣>)에서 대죄하고 논사(論思)의 직(職)에 있으면서 이 사람이 옳지 못함을 확실히 알고도 고하지 아니하오면, 이는 위로 임금을 저버리고 아래로 평소의 배운 바를 저버리는 것이어서 신하로서 취할 바가 아니옵니다. … 아! 나라의 일이 날로 그릇되어만 갑니다. 군자와 소인이 한데 섞여 있고, 흑백이 분간되지 않고 청론(淸論)이 사라져가고 기강이 날로 문란해지며 심복(心腹)의 충현(忠賢)이 없고 간당들은 넘겨다보고 있습니다. 그런데도 … 전하께서는 이것을 근심하지 아니하시고 도리어 언로를 막으려 하시니 이에 혹시 성상께서 미처 생각을 못하신 것이 아니옵니까? 신 등은 임금을 사랑하는 의(義)가 간절하여 황송한 말씀을 올리는 것이옵니다.”

홍문관의 젊은 관리들이 선조(宣祖)에게 언로를 막지 말 것을 강력히 주청(奏請)한 내용이다.

언로를 차단한 왕 치고 치적을 남긴 훌륭한 왕은 없다. 마찬가지로 언로를 차단하는 자는 소인배요, 자신과 자신이 속한 조직을 망치는 자이다. 위정자나 재벌총수가 이렇다면 그 나라나 기업은 희망이 없다.

특히 요즈음 정치판을 보면 찬동세력이나 동조세력의 말만 듣고 반대세력의 의견은 아예 들으려 하지도 않을 뿐 아니라 비판하기 일쑤이다. 이러면 볼 일 다 본 것이다. 어찌 이다지도 속 좁은 협량(狹量)의 정치를 하는지 모르겠다. 제발 어리석은 짓 좀 그만했으면 좋겠다. 국민이 두렵지 않은가?

민생의 폐단을 바로 잡으소서

요즈음 먹고 살기가 힘든 세상이다. 하기야 가난한 서민들은 어느 때건 항상 먹고 살기가 힘든 법이지만, 특히 IMF 이후부터 먹고 사는데 힘이 더 드는 것 같다. 정부에서도 나름대로 노력은 하고 있으나, 호전될 전망이 별로 보이지 않아 걱정이다. 언제 나아지려는지……. 게다가 민생의 폐단이 문제이다. 정부에서도 민생의 폐단을 바로 잡으려고 하고 있지만, 워낙 뿌리가 깊어 단시일 내에 일소하기가 어려운 실정이다. 그래도 예전보다 나은 것만은 사실이다. 앞으로도 지속적인 시정과 개선을 통해 뿌리 뽑았으면 하는 바람이다.

우리 속담에 '가난 구제는 나라님도 못한다.', '가난한 놈 소인 된다.'라는 말이 있다. 가난한 사람을 구제하는 일은 나라의 힘으로도 힘들다. 그리고 가난한 사람은 굽힐 일이 많기 때문에 소인처럼 되기 쉽다. 이처럼 빈곤은 때론 인간의 선한 본성을 해치기도 하는 것이다. '목구멍이 포도청'인데 무슨 일인들 못하겠는가? 아마 심지(心志)가 굳고 수양(修養)이 깊은 사람을 제외하고는 웬만한 사람들은 이러할 것이다. 이들을 탓하기 전에 이 지경으로 만든 위정자들은 반성할 필요가 있다. 왕도정치(王道政治)를 주창한 맹자(孟子)가 제일 중시한 것이 백성이었음을 잊지 말기 바란다. 그런데 국민과 국가가 가난하고 어렵고 어지러울 때에는 민생의 폐단이 극심하기 마련이다. 따라서 그 폐단을 제거하지 못하면 공멸하게 되는 것이다. 『미암일기』에 민생의 폐단과 관련된 내용이 있어 소개한다.

"내가 나아가 다음과 같이 계(啓)하였다. '재변이 연달아 일어나고 있어 비록 하급 관원일지라도 오히려 모두 우려를 하옵거늘 하물며 대신이나 시종신(侍從臣)은 어떠하겠습니까? … 방금 민생의 폐단에 대해서는 조정의 신하들이 이미 다 계하였거니와, 수군(水軍)은 첨사(僉使)나 만호(萬戶)에게 지독한 수탈을 당해 견뎌내지 못하고 도망쳐 흩어지는 현실이며, 각 고을 수령들이 한 문중(門中)이나 그 이웃으로서 전장(田庄)을 지니고 농사하는 자들에게 연대 책임을 지워 토색질을 하는 까닭에 마침내 한 마을이 빈터가 되고 마는 것입니다. 신(臣)의 어리석은 생각으로는 첨사·만호를 특히 중·하등으로 제한할 것이 아니라, 그 중에 청렴하고 공평하여 군졸을 잘 무마하는 자는 각별히 상을 주어 칭찬하고 수령에 대해서도 또한 그렇게 하오면, 징계도 있고 권장도 있게 되어 군졸과 백성들에게 조금이라도 혜택이 있을 것입니다. 또 황해·평안·경기 세 도는 중국 사신이 연달아 왕래하는 바람에 백성들이 견뎌내기 어려운 실정입니다. 전세(田稅)는 이미 면제를 해주었지만, 외방 백성들의 고난을 겪는 공납(貢納)에 있어서도 감사(監司)에게 물어서 면세해 주면, 백성들이 또한 만에 하나라도 혜택을 받을 것이옵니다. 이것은 우신(愚臣)의 보잘 것 없는 관견(管見)이옵니다.' 자전(慈殿)께서 말씀하시기를 '군신(君臣) 상하가 서로 힘써 시행하도록 하라.' 하셨다. … 김수(金晬)가 아뢰기를 '지난번에 평민을 군적에 올리는 일로 말미암아 도피자가 많이 생겼사옵고, 또 부역과 세금의 징수가 너무도 번잡해서 백성이 편안히 생계를 유지하지 못하므로 이 지경에 이른 것입니다.' 하였다. 내가 아뢰기를 '예로부터 평민을 군적에 올리고 난 뒤에는 으레 도적이 일어나지 않는 법이 없사옵니다. 또한 부정하여 좀도둑질하기를 좋아하는 자도 있사오니 만약 백성을 무마하고자 하면 마땅히 수령을 잘 선택하고 아울러 감사를 잘 가려 써야만 되옵니다.' 하였다."

유희춘이 수군 첨사나 만호의 수탈, 목민관의 토색질, 공납 제도의 문제점, 군적(軍籍) 및 부역(賦役)과 세금징수의 폐단에 대하여 언급한 내용이다. 이러한 폐단은 당시 심각한 문제를 야기하고 있었다. 그러므로 유희춘은 청렴·공정하고 능력 있는 첨사와 만호, 목민관을 선정하여 이를 살피게 하는 것이 그 해결책이라고 주장하였다. 유희춘은 정책시행에 있어 먼저 백성들을 생각하는 입장이었고, 또 이를 잘 시행하기 위해서는 관리들(특히 목민관)의 자질이 중요하다고 판단했던 것이다. 그러나 그의 이 같은 개선 의지와 노력에도 불구하고 그 폐단을 일소하지는 못하였다.

정권이 바뀌어 새로운 정부가 들어설 때마다 이 같은 폐단을 없애고자 노력했던 것도 사실이다. 그러나 대개는 용두사미가 되고 말았다. 시작을 했으면 끝까지 가야할 텐데 실제로는 그렇지 못했다. 이렇게 된 데에는 여러 가지 이유가 있겠지만, 가장 큰 이유는 대통령의 통치철학과 변함없는 의지, 그리고 정부와 국민간의 공감대 형성이 부족했기 때문이다.

대통령이 되면 누구나 역사에 훌륭한 업적을 남긴 존경받는 대통령이 되고 싶어 한다. 그러나 대통령 혼자만으로는 모든 일을 처리할 수가 없다. 그러므로 장관이나 수석비서관 등 측근 참모들이 사심 없이 이를 잘 보좌해 주어야 하고, 특히 정부와 정치권, 국민 모두가 공감대를 형성해 정책을 시행할 때 성공할 수 있다. 현 정부가 역대 정권처럼 실패하지 않기 위해서는 이 점을 명심해야 할 것이다.

지금은 폐단을 일소하고 개혁과 개선이 필요한 시점에 있음을 잊지 말자.

전하! 자중(自重)하시기 바라옵니다

사람은 언제 어디서나 항상 언행에 신중을 기해야 한다. 특히 사회 지도층 인사들은 더 말할 나위가 없다. 그런데도 요새 신문이나 TV를 보면 고위공직자나 정치인들 중 일부 인사들이 말을 함부로 하는 경향이 있다. 이들이 사려 깊지 못한 언행을 왜 하는지 도무지 이해가 가지 않는다. 한 번 더 생각하고 말해야 할 텐데 생각 없이 불쑥 말을 내뱉은 다음, 본의가 아니었느니 기자들이 왜곡해서 기사화 했다느니 하면서 궁색한 변명을 늘어놓다가, 결국은 유감 표명이나 국민들에게 심려를 끼쳐 드려 죄송하다는 수사적인 말로 끝내 버리기 일쑤이다. 높은 자리에 있는 사람으로서 무책임하고 경솔한 언행이라 아니 할 수 없다. 자기 감정도 제대로 조절하지 못하는 사람이 어떻게 국가와 국민을 위해 봉사할 수 있겠는가? 이런 사람들은 자기의 그릇이 작다는 것을 알고 스스로 자리에서 물러나든지 아니면 국민들이 강제(?)로라도 물러나게 해야만 한다. 어찌 이 같은 자들에게 국가대사(國家大事)를 맡길 수 있겠는가?

『서경(書經)』에 보면 '왕은 크게 공경하여 빗나간 말을 하지 아니 한다.'라는 구절이 있다. 왕은 그 언행을 삼가 하여 조심하고 공경하며, 사려 깊어서 도리에 벗어난 말을 함부로 말하지 않아야 한다는 뜻이다. 고위공직자와 정치지도자들은 이 말의 의미를 깊이 명심하고 실행에 옮겨야 할 것이다. 『미암일기』에 이와 관련된 내용이 있어 소개한다.

"아침에 승정원(承政院)에서 계(啓)하기를 '전 이조판서 정유길(鄭惟吉)은 청의(淸議)에 용납되지 못한 지가 오래여서 옥당(玉堂)의 차자와 대간(臺諫)의 논박은 진실로 일시의 공론에 의하여 격발된 것이지 어찌 그 사이에 털끝만치라도 사의(私意)가 있겠습니까? 어제 내리신 비답(批答)에 듣기 황송한 분부가 많으시므로 신 등의 마음이 대단히 편치 못하고 거북한 바가 있어 감히 주달하옵니다.' 하니, 전교가 내리기를 '알았다' 하였다. 어제 대간이 정유길을 두고 논계(論啓)하였는데, 주상 전하께서 비답을 내리기를 '언사를 번지르르하게 꾸며서 애써 남의 과실만 찾아 내려 드니 참으로 나는 그 심리를 알지 못하겠다.' 하셨다. 그래서 대사헌 박소립(朴素立)·대사간 윤의중(尹毅中) 등이 피혐(被嫌)하고 모두 변명을 하였다. … 내가 또 계하였다. ‘지난날에 대간이 정유길을 논계할 때, 전하께서 내리신 비답의 사연이 너무도 과격한바 있었으니, 이는 대개 마음을 수양한 공력이 지극하지 못해서 그러신 것입니다. 옥당에서 즉시 차자를 올리려고 했으나, 신 등은 주상께서도 반드시 회오(悔悟)하시리라 믿고 중지하였습니다. 원컨대 자중하시기 바라옵니다.’ 하였다.”

유희춘이 정사(政事)의 처리를 과격하게 하려는 선조(宣祖)에게 자중하기를 간곡하게 아뢴 내용이다. 『예기(禮記)』에 ‘왕의 말은 가는 실과 같으나 나오면 굵은 실과 같이 된다.’라는 구절이 있다. 왕의 말은 나올 때에는 명주 올 같이 매우 가늘지만, 일단 나오면 윤(綸), 곧 굵은 실처럼 되어서 나온 구멍으로는 다시 들어갈 수 없다는 뜻이다. 왕이 하는 말은 다시 고쳐 바꿀 수 없으므로 일단 말을 했으면 거두어 들일 수 없는 것이다. 윤언여한(綸言如汗)이란 말은 여기서 나온 말로, 왕의 말은 땀이 한 번 흘러나오면 다시 그 땀구멍으로는 도로 담을 수 없음에 비유하여 거두어 들일 수 없음을 의미한다. 이처럼 위정자나 정치지도자가 말을 할 때에는 신중에 신중을 기해야 한다. 그렇지 않으면 문제가 심각해 질 수밖에 없다.

2004년 6월에 김용옥씨가 MBC 도올 특강 마지막회 방송

분을 녹화하는 자리에서 '정국을 주도하고 있는 노무현 대통령에게 세 가지 충고를 하고 싶다.'며 말문을 열은 적이 있었다. 그는 먼저 말을 적게 할 것을 조언했다. 김용옥씨는 이 말을 하면서 '말로써 역사를 만들 필요는 없으며 행동으로만 자신의 바른 가치관을 보여 주라.'고 주문했다. 그리고 두 번째 조언은 '열린 마음으로 다문(多問)하라.'고 했다. 그러면서 그는 '자기 생각을 갖고 (일을) 처리하려 하지 말고 계속 물어라.'고 하면서, '각 분야의 전문가들이 많지만, (전문가들이 들려주는) 브리핑만으로는 세상을 알 수 없다. 정말 묻기를 좋아해라.'고 말했다. 마지막으로 '달이 뜨면 별은 사라진다.'며 '작은 것에 신경 쓰지 말고 큰 것만 다스려라. 현 시기는 개벽의 패러다임을 마련해야 할 시기이므로 큰 것만 생각하고, 큰 패러다임을 만들어서 역사의 큰 틀을 잡아야 앞으로 나아갈 수 있다.'고 충고했다. 필자의 김용옥씨에 대한 호·불호(好·不好)를 떠나 옳은 말이다. 솔직히 이런 말을 한 김용옥씨에게 적지 않게 놀랐다. 정치지도자나 차기 대권 후보들은 김용옥씨의 조언을 가슴에 새겨두기 바란다.

아무튼 우리는 항상 자중하면서 언행에 신중을 기할 필요가 있다. 그래야 실수도 안 하고 자기 이름값도 할 수 있는 것이다.

건강에 유념하소서

요즘 들어 부쩍 건강에 남다른 관심과 신경을 쓰는 사람들
이 많다. 그래서 그런지 신문이나 TV 등 매스컴에서도 건강
을 강조하고 있다. 그만큼 우리의 삶의 질이 나아졌다는 이야
기이다. 먹고 살기 힘들었던 1960년·70년대 시절만 하더라
도 대부분 먹고 사는데 바빠서 건강을 돌볼 여유가 거의
없었다. 그러다가 1980년대부터 건강의 중요성을 재삼 인식
하고, 건강에 신경을 쓰기 시작했던 것 같다. 특히 요새 웰빙
붐이 크게 일고 있다. 한때는 사상의학의 체질에 맞는 음식이
유행하더니, 지금은 남녀노소를 막론하고 웰빙을 더 선호하
고 있다. 이것도 무슨 유행 따라 가는 것인지……. 아직도
먹고 살기 힘든 사람들이 많은데, 한쪽에서는 웰빙이다 뭐다
하니 씁쓸하기만 하다. 어쨌거나 좋은 현상임에는 틀림이
없다. 그리고 운동도 그렇다. 요즈음은 사람들이 자신의 체력

과 나이에 맞는 운동을 하고 있지만, 김영삼 정권 시절 김영삼 전 대통령이 조깅을 좋아한다니까 너도 나도 조깅을 한 적이 있었다. 운동을 안 하는 것보다야 낫지만, 이래야만 되는 것인지…….

각설하고 말이 나온 김에 먹는 것에 대해 이야기 좀 하려고 한다. 사람이 하루를 굶으면 거짓말을 하고, 이틀을 굶으면 남의 집 담을 넘고, 사흘을 굶으면 살인을 한다는 말이 있다. 먹는 일이 우리 삶 중 가장 중요한 것의 하나임을 알 수 있는 말이다. 어찌 보면 인류 문명의 근본이 먹을거리를 구하려는 인간의 욕망이라고 해도 과언이 아닐 것이다. 그래서 식욕이 3욕(三慾 : 食慾·色慾·物慾) 가운데 첫 번째라 하지 않았던가? 특히 우리 민족은 유달리 먹는 일을 중시해온 민족이다. 지금은 거의 사라져가는 인사말이 되었지만, 1960년·70년대 보릿고개 시절만 해도 아침에 마을 어른들을 만나면 하는 인사가 '진지 잡수셨습니까?'였다. 이처럼 먹는 일은 우리 일상생활 가운데 빠뜨릴 수 없는 중요한 일과라는 관념이 머릿속에 깊이 각인되어 있었던 것 같다. 그리고 우리나라 사람들은 먹는 것을 중시해서 그런지 한 번에 먹는 양도 적지 않았다. 이 때문인지 우리나라처럼 위장약이나 소화제가 많이 팔리는 나라도 드물며, 또 실제 통계조사 결과를 보더라도 한국인의 위 용량이 평균치를 크게 웃돈다고 한다. 지금은 그렇지 않지만, 옛날엔 참 많이 먹었던 모양이다. 조선 후기 고문서나 관련 기록을 보면, 성인 남자는 한 끼에 7홉, 성인 여자는 한 끼에 5홉, 아이들은 한 끼에 3홉을 먹었다고 한다. 아마 성인 남자의 경우 지금 먹는 양의 3배쯤은 될 것이다. 그렇게 많이 먹으니 몸에 탈이 나 결국 위장병 등으로 죽는 사람이 많을 수밖에.

지금은 옛날과 달리 많이 먹지도 않을 뿐만 아니라, 운동 등을 통해 자신의 건강을 챙긴다. 한마디로 건강에 신경을 쓸 정도로 살만해진 것이다. 이렇게 되기까지는 우리의 부모님·조부모님 세대들이 열심히 노력했기 때문이다. 현재 우리가 누리고 있는 풍족함과 편리함은 이분들이 개미나 벌처럼 정신없이 바쁘게 일한 대가를 치르고 얻어낸 것이다. 세상에 공짜가 어디 있겠는가? 그 고마움을 잊지 말자.

『미암일기』에 음식과 운동으로 건강에 신경을 쓰라는 내용이 있어 소개한다.

"저녁 강의에서 말이 음식의 절도를 밝힌 조문에 … 미치자 다음과 같이 말씀드렸다. '임금의 도리는 심덕(心德)을 기르는 것보다 더 큰 것은 없사옵고, 기체(氣體)를 기르는 것보다 더 급한 것은 없사옵니다. 춘하추동 네 계절 중 오직 여름이 제일 조섭하기가 어려우므로 도홍경(陶弘景)의 시에, 「사철 중 여름철 지내기가 어려워 복음(伏陰)이 속에 있어 배가 차고 미끄럽네. 보신하는 탕약(湯藥)이 꼭 있어야 하고, 찬 음식은 절대로 먹지 마오.」하였습니다. 대개 여름에는 양(陽)이 밖에서 치열하고, 음(陰)이 속에 엎드려 있으므로 뱃속이 매우 찹니다. 그러므로 냉수나 빙수 같은 것은 절대로 마시지 말고 항상 더운 물을 마셔 뱃속을 따뜻하게 하면 저절로 병이 생기지 않습니다. 또 옛 사람이 이르기를, 「식후에는 반드시 운동을 해야지 그렇지 않으면 경락(經絡)의 막힌 기운이 통하지 않는다.」하였으니, 지금 비록 백보까지는 안 걸을지라도 마땅히 조금씩 걸어서 혈기를 유통하게 하오면 모든 병이 생기지 않을 것입니다. 원컨대 유념하시옵소서.' 하였다. … 내가 주상 전하께 말씀드리기를 '엎드려 듣자오니 조선(朝膳)을 올리기 전에 오고(午鼓)에 이른다 하니 놀랍고 안타깝기 그지없습니다. 대개 사람이 저녁밥은 빠지는 수가 있을 지라도 아침과 낮의 밥은 걸러서는 안 됩니다. 이른 새벽에 흰죽을 들어 위기(胃氣)를 트고 진액이 생기게 하는 것이 양생(養生)의 경험방입니다. 원컨대 시행을 해 보소서' 하였다.”

유희춘이 선조(宣祖)에게 음식, 특히 여름철 음식에 조심할 것과 식후 운동의 중요성, 그리고 아침·점심식사의 필요성에 대해 설명하고 있다.

사람이라면 누구나 건강하게 오래 살기를 바란다. 그러기 위해서는 알맞은 식사와 적당한 운동, 건강검진 등을 통해 자신의 건강을 유지할 필요가 있다. 특히 학생들은 건강을 잃으면 하고 싶은 것도 할 수 없다. 건강이 재산이요 생명이다. 학생들이여! 건강에 신경을 쓰면서 열심히 공부하기 바란다.

중용지도를 행하시기 바랍니다

사람이 세상을 어떻게 처신하며 살아가야 하는지 묻는다면, 대부분 중용지도(中庸之道)를 지키며 살아가야 한다고 대답할 것이다. 맞는 말이다. 그러나 실제로 중용지도를 지키며 살아가기란 쉽지 않다. 그것은 사람마다 각기 다양한 성격과 인격을 지니고 있기 때문에 그렇다.

『논어(論語)』에 '과유불급(過猶不及 : 지나침은 미치지 못하는 것<부족한 것>만 못하다)'이라는 구절이 있다. 이 말은 공자(孔子)가 제자인 자공(子貢)과의 문답에서 한 말이다. 자공이 공자에게 '자장(子張)과 자하(子夏) 중 누가 더 낫습니까?' 하고 묻자, 공자가 말하기를 '자장은 지나친 면이 있고, 자하는 미치지 못하는 면이 있다.'고 대답하였다. 그러자 자공이 '그러면 자장이 낫겠군요?' 하니까, 공자가 '지나친 것은 미치지 못하는 것과 같다.'고 대답하였다. 공자의 자장과 자하에 대한 평가는 중용지도를 잃었음을 지적한 것이다. 자장처럼 매사에 지나칠 만큼 뛰어난 것을 우수하다고 평가하기 쉽지만, 공자는 미치지 못하는 것만 못하다고 말한 것이다.

중용지도는 일을 원만하게 융합시키는 핵심이다. 그렇다고 해서 중용지도가 원칙 없이 무엇이나 절충하는 것도 아니며, 타협과 양보로 회피하는 것은 더더욱 아니다.『공자가어(孔子家語)』에 이런 이야기가 나온다. 공자가 노(魯)나라 환공(桓公)의 묘에 있는 의기(倚器 : 한쪽으로 기운 그릇)를 보고 묘지기에게 물었다. '이것은 무엇이오?' 묘지기가 대답하기를 '앉는 것을 돕는 그릇입니다.' 그러자 공자가 '내가 듣건대 앉는 것을 돕는 이 그릇은 속이 비면 기울게 되고, 중용을 취하면 반듯하게 되고, 가득하면 뒤집어진다고 하였소. 그래서 현명한 임금은 이것을 지극한 교훈으로 삼아서 늘 좌석 옆에 둔다고 하였소.'라고 말하였다. 그러고 나서 공자는 제자들을 돌아보면서 '물을 부어 보아라.'고 말했다. 제자가 물을 붓자 과연 중간 정도를 채웠을 때 그릇이 바르게 서고, 가득 채웠을 때 그릇이 뒤집어졌다. 공자는 한숨을 내쉬면서 이렇게 탄식했다. '아! 사물은 가득 찼는데도 뒤집어지지 않는 것을 싫어하는구나!'라고 하면서, '중용이 곧 바름이다(中則正)'라고 하였다. 이 중용의 길은 인간이 처세하는 도(道)이자,

나라를 다스리는 도이며, 나아가 모든 일이나 온갖 만물에 통하는 도이다. 『미암일기』에 이와 관련된 내용이 있어 소개한다.

"학자가 중행(中行)을 얻지 못하고 불행히 지나치더라도 차라리 많이 줄지언정 인색하지 말아야 하며, 차라리 청렴할지언정 탐내지 말아야 한다고 하였습니다. 임금이 아랫사람에 대해서도 또한 반드시 취하는 것에 제한이 있게 하여 항상 위를 덜어다가 아래를 보태주는 것으로 마음을 삼고 백성을 괴롭혀서 자기를 이롭게 하는 지경에 이르지 않으면 그보다 더 큰 다행이 없사옵니다. … 어질고 지혜 있는 자는 지나쳐서 중도(中道)를 잃어버리고, 어리석고 불초(不肖)한 자는 미치지 못해서 중도를 잃어버리며 오직 중화(中和 : 덕성이 중용을 잃지 않은 상태)의 기운을 품부(稟賦)하고, 또 존양(存養)과 성찰(省察)의 공부를 더한 자라야 마침내 과불급(過不及)이 없게 되옵니다. 홍범(洪範)의 삼덕(三德 : 正直, 剛克, 柔克)은 당연히 강(剛)할 때에는 강하고 정직할 때에는 정직함으로써 중(中)을 삼았으니 원컨대 잠심하시옵소서. … 세상의 임금이 항상 중(中)으로써 정치를 못해가는 이유는 항상 사사로운 욕심이 앞을 가려서 지나치거나 미치지 못하는 것이옵니다. 그러므로 사사로운 욕심을 버리고 중(中)을 얻고자 하면 오직 정밀히 하고 기미(機微)를 살피는 것만 같지 못한 것이니 대개 지(知)를 이룸이 먼저 있어야 하기 때문입니다.”

유희춘이 선조(宣祖)에게 중용의 도리를 설명하고 있다. 이처럼 유희춘은 중용지도를 그의 학문과 정치, 처신 등에 적용시키고 있다.

『중용(中庸)』에 보면, ‘군자의 중용은 군자로서 때에 알맞게 한다.’라는 구절이 있다. 참된 중용은 때에 알맞게 행동하는 것이어야 하는데, 이는 때와 처지와 환경에 따라 행동해야 한다는 뜻이기도 하다.

중용지도는 사회생활이나 직장생활 등을 하면서 가슴에 새겨두어야 할 말이다. 그렇지 않아도 요즈음처럼 흑백논리가 판치고, 상식과 기본이 통하지 않는 혼탁한 세상에서는 중용지도를 행하는 것이 절실하다.

우리 모두 살아가면서 중용의 지혜 즉, 시중(時中)이 필요한 때임을 잊지 말자.

신(臣)의 품계(品階)를 내려 주옵소서

　요즈음 정계나 관계를 보면 능력과 자질도 없으면서 어떻게 하면 한 자리 차지할 수 있을까 하고 별의별 방법을 모색하는 인간들이 있다. 참으로 염치와 분수를 모르는 자들이다. 이 뿐만 아니라 회사나 학교 등 모든 직장에서도 이런 자들이 허다하니 한심스럽기 짝이 없다. 하기야 고위직에 오르고 싶지 않은 사람이 어디 있겠는가? 아마 대부분은 그러할 것이다. 그런데 고위직에 오르려면 실력과 능력, 자질 뿐 아니라 인간 됨됨이까지 겸비할 필요가 있다. 이는 기업체나 관공서, 학교 등도 마찬가지이다. 그럼에도 불구하고 그렇지 않은 자들이 설쳐대고 있으니 답답한 일이다. 이런 일들은 비단 어제·오늘의 일이 아니지만, 요즘 들어 더 심한 것 같다. 어쩌다가 이 지경에까지 이르렀는지……. 특히 60·70이 넘은 분들 중에 이런 부류의 사람들이 아직도 간혹 있으니,

이들은 인생을 헛살은 사람이 아니고 무엇이겠는가? 공자(孔子)가 '60이면 세상 돌아가는 이치를 알고, 70이면 자기 마음먹은 대로 해도 법도에 어긋나지 않는다.'고 했는데, 노욕인지 노탐인지 아니면 아직도 미련이 남아 있는 것인지……. 이들에게 연민의 정을 느끼게 한다. 왜 이리 자리에 연연하는지 모르겠다.

그런데 이런 부류의 사람이 있는가 하면, 그렇지 않은 사람도 많다. 일례로 숙종(肅宗) 때 재상이었던 윤지완(尹趾完)을 들 수 있다. 윤지완은 숙종의 명으로 대궐에 들어와 숙종을 뵙고 아침식사를 한 후, 밥상을 물리면서 때마침 한림원에서 숙직을 하며 밤새 고생한 사위 민진원(閔鎭遠)에게 생전복 하나를 보내주라고 지시하였다. 그러나 사위가 생전복을 돌려보내면서 자기 밥상에도 생전복이 올라왔다고 하자, 깜짝 놀라 사옹원을 책임지고 있던 자신이 보고 받지 못한 일이라며, 임금에게 사위이기 이전에 중전마마인 인현왕후의 오빠에게 생전복이 올라온 것은 사옹원을 총괄하는 사람으로서 사사로이 임금의 인척에게 생전복을 먹였으니 큰 죄라고 하면서 자기의 벼슬을 깎아줄 것을 임금에게 청한 일도 있다. 『미암일기』에 이와 관련된 내용이 있어 소개한다.

"승정원(承政院)에 들어가 도승지(都承旨) 박계현(朴啓賢)과 만나본 뒤에 계(啓)하기를 '신(臣)이 출사(出仕)한지 40년이 됩니다. 세월은 비록 오래되었지만 종사(從仕)한 날은 많지 않습니다. 출사한 후 용렬하고 어둡고 물정에 서툴러서 털끝만한 보답도 한 것이 없사온데 성명(聖明)을 만나 오직 장구(章句) 말학(末學)으로서 경악(經幄)에 시강(侍講)을 했으나, 능히 임금의 학문에 만에 하나 도움을 드리지 못하였는데, 도리어 용납하시고 칭찬해 주심을 자주 하시어 항시 한 일도 없이 은총을 받아 황송하기 그지없었습니다. 그러다가 몇 년 전부터 노쇠한데다 질병으로 인해 물러가 쉴 것을 청하여 특별히 휴가를 주심에 이루 말할 수 없는 은총을 입은바, 보고 들은 사람이 놀라워했습니다. 신은 이에 감읍함을 금할 수 없었으며 몸 둘 바를 몰랐습니다. 금년 봄에는 신이 병으로 부르심에 나올 수가 없어 죄송스러웠습니다. 그런데 또 다시 하서(下書)가 간곡하고 정중하며 특별히 예우해 주시는 것이 이루 말할 수 없을 정도로 높아서 품계를 정이품(正二品)으로 올려주시니 이는 또 분수의 밖에 벗어난 일이어서 삼가 사은을 하고 진정(陳情)을 하려고 병든 몸을 억지로 끌고 왔습니다. 엎드려 생각하옵건대 높고 중한 품계는 용렬한 신이 함부로 처(處)할 바가 아니오니 바라옵건대 개정하도록 명하시어 명기(名器)를 중히 하소서.' 하였다."

　유희춘이 65세에 홍문관 부제학을 또 다시 제수 받았는데 품계가 정이품(正二品)이었다. 부제학은 본래 품계가 정삼품인데, 정이품은 유희춘이 처음이었다. 유희춘은 선조(宣祖)의 은혜에 감사하면서 계속 사양하였다. 그러나 선조가 계속 맡아줄 것을 종용하자, 하는 수 없이 한양으로 올라와 품계를 내려줄 것과 사직할 것을 표명한 내용이다. 유희춘은 자기 분수를 안 사람으로, 결국 이 일 때문에 한양에 올라왔다가 병이 생겨 며칠 후 죽게 된다.

　『논어(論語)』에 보면 '젊었을 때에는 혈기(血氣)가 미정(未定)이라서 여색을 경계해야 하며, 장년기가 되면 혈기가 바야흐로 굳세어지므로 싸움을 경계해야 하며, 노년기가 되면 혈기가 이미 쇠하므로 탐욕을 경계해야 한다.'라는 구절이 있다. 가슴에 새겨두기 바란다.

　자신의 능력과 자질, 분수를 알고 처신한다는 것이 결코 쉬운 일은 아니다. 그러나 사람은 자신을 알고 출처진퇴를 분명히 할 필요가 있다.

　『서경(書經)』에 보면 '어진 사람을 밀어주고 능력 있는 사람에게 양보하면 모든 관리가 화합할 것이다.'라는 구절이 있다. 이 말처럼 자리에 쓸데없이 연연하지 말고 국가와 민족을 위해 능력과 자질이 있는 사람에게 자리를 넘겨주는 양보의 미덕이 필요한 때이다. 그래야 나라가 발전하고 국민이 잘 살 수 있다. 그리고 지금도 자기보다 능력과 자질이 더 뛰어난 사람에게 자리를 양보하고 직위를 한 단계 내려 그 밑에서 일하는 사람도 있다.

괜한 욕심 부리지 말자. 특히 60·70대가 되어서도 노욕, 노탐을 일삼으면 추해지는 법이다.

조선시대 선비이야기 5부

말을 아끼되 필요할 때는 하라

임금은 약하고 신하는 강하구려

노무현 대통령 재임기간 내내 대통령의 권위와 언행, 언론 대응에 대하여 이러쿵저러쿵 말들이 많다. 정말로 문제요, 우리 국민들에게는 불행이 아닐 수 없다. 그런데 특히 대통령의 권위에 대해서까지 이야기한다는 것은, 필자가 대학을 다녔던 유신시절과 비교하면 상상할 수 없을 정도로 세상이 달라지고 좋아진 것만은 사실이다. 그러나 한편으로는 국민을 위한, 국민의 대통령이 이유야 어찌되었든 간에 이 지경에까지 이르게 되었는지 국민의 한 사람으로서 씁쓸하기만 하다. 누구를 탓할 생각은 없지만, 필자처럼 정치문외한인 사람이 보기에도 문제가 심각하다.

모 전직대통령 재임시절, 야당에서 제왕적 대통령이라고 비판했던 사실을 매스컴(특히 신문)을 통해 접했던 기억이 난다. 헌데 지금은 대통령의 권위가 서지 않는다고 야당이나 일부 언론에서 문제를 제기하고 있으니 도무지 무엇이 어떻게 돌아가는 건지 머리가 어지럽기만 하다. 왜 이렇게 시끄러운지 그 원인이나 이유에 대해 관심도 알 생각도 별로 없다. 다만 국민들을 혼란스럽게 하지 않았으면 좋겠다.

그런데 조선시대에도 지금과 비슷한 일들이 있었다. 선조(宣祖) 때 을미·정미년 피죄인(被罪人)들의 신원 복작(伸寃復爵)을 둘러싼 군신(君臣)간의 논쟁이 있었다. 수개월에 걸친 군신간의 논쟁에 분노한 선조는 ‘군약신강(君弱臣强 : 임금은 약하고 신하는 강함)’ 하다는 불만을 터뜨렸다. 그 내용을 요약하여 소개하면 다음과 같다.

“이날 아침 삼공과 동·서벽의 신하들이 계를 올리기를 … ‘을사년의 일은 비록 가볍게 말할 수 없다 할지라도 정미년의 옥사는 모두가 정언각이 쓸데없이 양재역 벽서에 나붙은 꾸며 만든 말을 취한데서 생긴 것이요, 기유년은 옥사를 일으킨 간사한 자가 공을 세우려고 임금께 고변한 말입니다. 조정과 민간의 모든 사람들이 그 억울함을 훤히 알고 씻어주기를 원하지 않는 사람이 없습니다. 정미년에 죄를 입은 무리 중에 비록 적몰의 죄를 면한 자라도 아직까지 복작의 은혜를 받지 못하였고, 기유년에 억울하게 죽은 자는 적몰된 재산을 돌려받지 못하였을 뿐만 아니라, 다시 직첩도 받지 못하고 있으니 세상 사람들이 원통해 함이 날이 갈수록 더욱 심합니다. 하늘의 분노가 그치지 않는 것이 아마도 이 때문인 것 같습니다. … 감히 아뢰오니 정미·기유년 두 해에 억울하게 당한 사람들에게 모두 직첩을 돌려주시고 적몰했던 물건도 돌려주어 중망을 조금이나마 달래주어 위로 하늘의 꾸지람에 답하소서.' 하였다. … 주상께서 답하시기를 '변이가 일어난 것은 실로 부족한 몸이 실덕을 한 때문이니 이미 지나간 두 해의 일을 논하는 것은 안 되오. … 날마다 와서 아뢰어도 나는 따르지 않을 것이니 경들만 수고를 할 것 같소.' 하셨다. … 주상께서 옥당에 답하시기를 '임금이 약하고 신하가 강해서 목성이 낮에 나타난 것이다' 하셨다. 군약신강이란 말이 지극히 미안해서 승정원에서 미안하다고 여쭈었더니 주상께서 답하시기를 '이는 물어볼 말이 아니다. 그대로 전하라' 하셨다. … 양사가 전원 대궐로 나아가 계하기를 '을사의 일은 수십 년 전에 울분이 쌓여온 것으로서 만인의 마음에서 격발한 것인데도 주상께서 굳이 거절을 하시어 이제 반년이 되고 사람의 뜻을 헤아려주지 않으시니 신 등은 주상의 뜻을 알 수 없습니다. … 청컨대 더 살피시고 생각하시어 어서 윤허의 말씀을 주소서.' 하였다. … 대답하시기를 '윤허하지 않겠다.' 하시자, 재차 계를 올리니 주상께서 답하시기를 '유인숙 등은 특별히 청하는 바를 윤허하여 역당의 이름을 씻어주고 그 적몰한 물건을 돌려주게 하라. 마땅히 이를 알고 짐작해서 시행하도록 하라.' 하셨다."

선조 초 을사·정미년에 귀양 갔던 관리들이 해배·복관되어 다시 정계에 등장함으로써 이들이 정국을 주도하는 핵심세력 중의 하나가 되었다. 그 결과 을사·정미·기유년 피죄인에 대한 신원·복작이 본격적으로 대두되었다. 이 과정에서 그들은 명종대왕비 심씨를 의식한 선조의 고집스런 반대에 부딪치게 된다. 마침내 선조는 환관·궁첩의 얘기를 듣고 반대한다는 의심을 신하들에게 받게 된다. 이에 분노한 선조는 '군약신강' 하다는 불만을 정면으로 드러내며 완강히 거부한다. 그러나 수개월에 걸친 군신 간의 지루한 논쟁은 선조의 패배로 끝나게 되고, 이로 인해 신하들에 대한 선조의 통제력은 점점 힘을 잃게 된다.

봉건왕조사회인 조선시대였지만, 임금이 마음대로 모든 일을 할 수가 없었다. 그것은 언로를 봉쇄하지 않았던바, 삼사(사헌부·사간원·홍문관)에서 수시로 왕의 잘못에 대해 상소를 올릴 수 있었기 때문이었다. 그래서 선조는 매일 상소를 올리는 것에 대하여 못마땅해 하기도 하였다.

대통령을 비롯한 정계·관계·재계·언론계·노동계 등의 인사들, 그리고 국민 모두가 국가와 민족을 위한다는 대승적인 차원에서 서로 존중하고 합심해서 이 나라를 반듯하게 했으면 한다.

이제는 보수 세력과 진보 세력이 모든 일을 자신들의 입장에서 흑백논리로 재단하지 말아야 할 것이다. 세상에서 벌어지는 모든 일들은 흑백으로 재단할 수 없는 것이 거의 대부분이다. 사회현상의 본질을 정확히 통찰할 때만이 얻어질 수 있는 중용의 지혜, 즉 시중(時中)이 필요한 시기이다. 제발 밥그릇 싸움 좀 그만하시기를…….

의례(儀禮)가 복잡하구나

　요즈음 사람들은 의례에 대해 너무 모르는 것 같다. 하기야 현대는 정보화의 시대요, 세계화의 시대로 이 같은 최첨단 시대에 의례의 중요성을 언급하면 고리타분하고 구태의연한 사람이라고 말하는 이도 있을 것이다. 과연 그러한 것일까? 우리가 살아가면서 반드시 알고 행하여야 하는 것이 의례이다. 의례는 일정한 격식을 갖추어 행하는 예절로써, 시대가 변했다 하더라도 우리의 생활과 떼려야 뗄 수 없는 관계에 있다. 그럼에도 불구하고 의례에 대한 기본적인 지식조차 없는 것이 현재의 실정이니 걱정이 아닐 수 없다.

　지금은 의례가 많이 간소화되었지만, 옛날에는 그 절차가 복잡하였다. 특히 조선시대에는 유교를 국시(國是)로 삼았기 때문에 궁중이나 관청, 사대부가(士大夫家) 등을 막론하고 모두 예(禮)를 숭상하였으며 이를 철저히 지켰다. 한마디로 말해 예(禮)를 생활화하였던 것이다. 『예기(禮記)』에 보면, '사람이 예가 있으면 편안하고, 예가 없으면 위태로우니 그런 까닭으로 예를 배우지 않을 수 없다.'라고 한 구절이 있다. 이는 예를 좋아하고 배워 실천하면 누구든 마음에 평화를 얻을 수 있다는 뜻으로, 예의 생활화를 강조한 것이다. 인간이 사회생활을 함에 있어서 모든 가치덕목은 예의 실천을 통해서 현실화되고 실제화 될 수 있는 것이다. 더구나 유교 국가를 지향했던 조선시대에는 더 이상 재론할 여지가 없었다. 그러므로 '예가 나라를 다스리는 근간이었으며, 예를 게을리 하면 정사를 그르친다.'는 인식을 했던 때였다. 그런데 이러다 보니 의례도 자연 복잡할 수밖에 없었다. 『미암일기』에 이와 관련된 내용이 있어 소개한다.

"대간(臺諫)이 어전을 물러나 제자리로 가자 아래서부터 차례로 물러갔다. 매번 출입할 적에는 영사(領事)는 동쪽 협문(夾門)으로 드나들고 다른 신하들은 서쪽 협문으로 드나들며, 책을 그대로 놓아둔 채 땅에 엎드려 나아가고 물러나곤 하였다. 나가서 근정전(勤政殿) 북쪽 계단 아래에 당도하여 차례로 서서 서로 읍(揖)하고, 빈청(賓廳)의 남쪽에 이르러 의막(依幕)으로 들어갔다가 이윽고 빈청에 이르러 밥을 먹고서 옥당(玉堂)으로 돌아왔다. … 저물 무렵 갑자기 야대(夜對)하라는 명령을 들었기로 물으니 근일에 없었던 일이라는 것이었다. 어두워진 뒤에 경연청에 나가니 승지 (承旨) 허엽(許曄)·주서(注書) 윤탁연(尹卓然)·한림(翰林) 정언신 (鄭彦信)·정사위(鄭士偉) 그리고 나, 상하번(上下番) 여섯 사람이 입시했다. 주상께서 비현각(丕顯閣)에 납시어 서쪽에서 동쪽으로 향하고 앉으셨으므로 신 등은 방안으로 들어가 북향하고 절한 다음 자리로 나가니, 주상께서 '편히 앉으라.' 명하시고 나서 강의 한 글을 한 번 읽으셨다. … 숙배(肅拜 : 한양을 떠나 임지로 출발하는 관리가 임금에게 작별을 아뢰는 일)를 드릴 양으로 대궐에 들어가니 첨지(僉知) 일초(一初) 박근원(朴謹元)이 찾아와서 환담하였다. … 삼전(三殿 : 임금·왕비·왕대비)께 숙배를 드리고 대궐 밖에 있 는 순라군(巡邏軍)이 머물고 있는 임시 막사(軍鋪衣幕)로 들어가니 의정부(議政府)에 행례(行禮)하라는 전갈을 서리에게 보내왔다. 드 디어 의정부로 나아가 한가운데로부터 들어가서 검상출관청(檢 詳出官廳)에 당도하여 교의(交椅)에 걸터앉았다. 사록(司錄) 등이 뜰에서 이미 마중을 했는데, 또 들어와 공적인 인사를 하며 두 번 절하고 물러갔다. 그리고 서리(書吏)·하전(下典)들이 차례로 공적인 인사를 했다. 사록(司錄) 등이 다시 들어와 읍(揖)하니 곧 사직 인사였다. … 교유서(敎諭書)를 받잡고 들어가 대청의 동벽 (東壁)에 이르러 군수 정엄(鄭淹) 등의 절을 뜰에서 받고 문상례(問 上禮 : 윗 사람을 문안하는 예)를 행한 뒤에 직헌방(直軒房)으로 들어갔 다. 곧 옷을 고쳐 입고 나와 북벽(北壁)의 의자(椅子)에 걸터앉아 수령(守令)·찰방(察訪)·심약(審藥)·검률(檢律)의 공례(公禮) 재배(再拜)를 받고 나니, 호장(戶長)·기관(記官)·의율생(醫律生)·일수(日守)·서원(書員)이 차례로 행례(行禮)를 하고, 교생(校生)은 계상(階上)에서 행례(行禮) 하였다. 그리고 다시 들어와 사례(私禮)의 읍(揖)을 행했는데, 나는 호장(戶長) 이하의 행례(行禮)는 제폐(除癈)시켰다."

유희춘이 경연출입(經筵出入)의 예(禮), 숙배(肅拜)의 예(禮), 목민관(牧民官)의 문상례(問上禮) 등에 대하여 기록한 내용이다. 이처럼 군신(君臣)·조신(朝臣) 간의 의례와 그 절차가 복잡하였다. 그래서 유희춘은 21년간의 유배생활을 마치고 복관(復官)되어 조정에 돌아와 관직생활을 하면서 이러한 복잡한 절차 때문에 한두 번 실수를 한 적도 있었다.

『예기(禮記)』에 '예는 절도를 넘치면 안 된다.'는 구절이 있다. 예라는 것은 정도가 지나쳐서는 안 된다. '과공(過恭)이면 비례(非禮)'라고 했듯이 공경함도 지나치면 예가 아니다. 그러므로 절도에 맞게 예를 행할 필요가 있다.

의례는 생활화와 인간화의 지향이다. 우리가 사회생활이나 사람 구실을 제대로 하려면 의례를 알아야만 한다. 이 점을 명심하고 의례를 알고 행했으면 한다.

기녀(妓女) 때문에 원수가 된 두 사내

몇 년 전부터 인터넷 음란 사이트·스와핑·원조교제·
호스트바·혼외정사 등이 심각한 사회적 문제를 야기 시키
고 있다. 이는 성 개방 풍조와 경제적 요인 등이 그 주원인인
것 같다. 그런데 이러한 사회적 문제는 비단 오늘날에만 있었
던 것은 아니었다. 그 강도와 파장이 미약했을 뿐이지 조선시
대에도 그러하였다. 중국에 사신으로 갔다가 빠짐없이 사오
는 남녀의 성교 장면을 새긴 도자기 춘희자(春戲子)나, 남녀의
성행위 장면을 그린 춘화(春畵) 등이 풍속을 문란하게 한다
하여 조정에서 이를 논의한 적도 있었다. 특히 기녀 그 중에서
도 관기가 문제였다. 지방관청으로 출장 갔던 중앙관청의
관리가 관기와 사랑에 빠져 공무를 내팽개치거나, 어질고
훌륭한 목민관이 기녀접대를 잘못했다 하여 허물을 들추어
내어 파직 당하게 하거나, 사대부들이 기녀 때문에 싸우는

일도 비일비재하였다. 이로 인해 풍속을 어지럽게 하고 예(禮)를 문란하게 한다 하여 조정에서 심각하게 논의된 경우도 흔하였다.

기녀(妓女)이라는 말을 어원적으로 살펴보면, 매춘을 업으로 하는 여자가 아니라 본래 노래와 춤을 업으로 삼은 여자를 가리킨다. 고대의 기녀는 음악과 가무와 같은 예술에 종사하며 사람들에게 오락을 제공하는 여자로서 매춘을 본업으로 삼지 않았다. 기녀가 돈을 받고 육체를 팔기 시작한 것은 당송(唐宋) 때부터였다. 이때부터 기녀는 성적도구 내지는 노리개가 되기 시작한 것이다.

중국 역사상 기녀의 종류는 매우 다양했다. 중요한 것이 영업인바, 이를 기준으로 가기(家妓) · 관기(官妓) · 사기(私妓) · 시기(市妓) · 영기(營妓) 등으로 나눌 수 있다.

'가기'란 가정에서 양성한 기녀를 말한다. '가기'는 기녀의 시초로 그 탄생의 원인은 정치적 불안과 성문란이 가장 큰 이유였다. '관기'는 지방관청에 소속된 기녀를 말한다. '가기'가 점점 변하여 '관기'가 되었다. '사기'란 사사롭게 육체를 파는 기녀를 말한다. '시기'는 상기(商妓)라고도 하는데, 일정한 대가를 받고 공개적으로 색(色)을 파는 기녀를 말한다. '영기'는 군기(軍妓)라고도 하는데, 군영에 설치된 기녀로서 주로 병사들에게 성적 즐거움을 제공하였다.

중국의 기녀제도는 통치자들의 음란한 기풍과 밀접한 관련이 있다. 하기야 문란하기 짝이 없었던 로마의 황제 칼라쿨라 때부터 '공창'이 생긴 것이라든지, 고려시대 음탕하기 그지없었던 충렬왕이 만들었던 '남장별대'나, 조선조 연산군 때 있었던 '채홍사' 등을 보면 그 황음무도함을 확실히 알 수 있다. 통치자나 사회가 문란하면 그 나라는 쇠잔하여 반드시 망했다는 사실을 역사를 통해 확인할 수 있다. 우리는 이를 명심해야 할 것이다.

우리나라의 경우 고려시대부터 기녀가 출현한 것으로 보고 있다. 사실 이때부터 기녀들이나 유녀들이 본격적으로 활동한 시기로 보기도 한다. 한편, 조선시대에도 기녀가 있었지만 중국처럼 그 종류가 다양하지는 않았던 것 같다. 이능화의 『조선해어화사(朝鮮解語花史)』는 기녀의 역사를 다룬 책으로, <갈보종류총괄>장을 보면, 관아에 속한 기녀인 '관기', 은근하게 몸을 파는 '은군자(隱君子)', 매음하는 유녀인 '탑앙모리'·'화랑유녀', 유랑예인집단인 '여사당패'를 대표적으로 들고 있다.

어쨌든 『조선왕조실록』을 보면 기녀 한 사람을 두고 서로 다투어 마침내 틈이 벌어져 죽을 때까지 상종을 안 했다는 기록들을 흔하게 접할 수 있다. 『미암일기』에도 이러한 기록이 있어 소개한다.

"육조당상(六曹堂上)이 어제 계(啓)하기를 … '기녀 옥매향(玉梅香)이 애초에는 임백령(林百齡)의 사랑을 받았는데 갑자기 윤임(尹任)에게 빼앗겼습니다. 윤임과 임백령은 한 마을에 살며 평소 서로 왕래 하였는데, 임백령이 그 사랑하던 기녀를 빼앗기고 보니 임백령으로서는 윤임이 또 하나의 원수가 된 것입니다. 그러다가 윤임을 죽이고서는 옥매향을 자기 집 계집종으로 삼아 다시 데리고 잤으니, 그가 평일에 원한을 쌓아 왔다는 것을 이 한 가지 단서로도 알 수 있습니다.' …"

명종(明宗) 때 인종(仁宗)의 외삼촌이었던 윤임과 명종의 외삼촌이었던 윤원형 사이에 정권쟁탈전이 있었다. 이때 임백령은 윤원형의 편에 가담하여 을사사화를 일으킨다. 결국 문정왕후의 친정오빠였던 윤원형의 승리로 끝나게 된다. 승자가 있으면 패자도 있는 법, 윤임을 포함해 당시 사림파 출신 관리들 태반이 죽임을 당하거나 귀양을 가게 된다. 그런데 임백령이 윤임과 원수가 된 발단의 하나가 기녀 옥매향 때문이라고 하니 참으로 기가 찰 노릇이다. 그리고 임백령이 윤임을 죽이고 옥매향을 다시 취했다 하니 그 집념(?)과 욕심 또한 알아주어야겠다. 기녀가 뭐 길래…….

우리 인간에게 있어 성적욕망은 누구나 있기 마련이다. 그런데 성적욕망의 발산이 비정상적일 경우 개인적인 자제와 더불어 정부의 제도적 통제장치 등이 필요하다. 우리 모두 한순간의 실수로 신세망치는 일이 없도록 하자.

원수 외나무다리에서 만나다

우리가 세상을 살아가다 보면 다른 사람과 척(隻)지는 경우가 종종 있다. 물론 평생 다른 사람과 원수지지 않고 살아가는 사람도 있다. 이런 사람은 어진 사람이요, 존경받는 사람이다. 그래서 인자무적(仁者無敵)이라는 말도 있지 않은가? 그러나 대부분은 그렇지 않다. 여기에는 여러 가지 이유가 있을 것이다. 성격이나 자존심 때문이라든지 언행의 문제 때문이라든지 아무튼 그 나름대로 연유가 있을 것이다. 이유야 어찌되었든 그 근본적인 원인은 당사자에게 있다. 그러므로 항상 어질고 너그러운 마음, 포용력과 겸손한 자세가 필요하다. 그렇지만 이를 알면서도 행하기란 결코 쉽지 않다. 평상시 점잖고 군자인줄 알았던 사람이 알고 보니 속 좁기 짝이 없을 뿐 아니라 소인과 진배없는 위군자(僞君子)요, 항상 겸손했던 사람이 업그레이드되어 높은 직위에 오르자 거만하고 오만하기 그지없는 사람으로 변하는 것을 흔히 볼 수 있다. 이는 예나 지금이나 마찬가지이다. 어디 그 뿐인가? 갖은 고생을 하다가 뒤늦게 안정적인 직장을 얻고 나서는 180도로 변하는 사람이 있는가 하면, 아직 취업하지 못한 선배나 친구, 후배들에게 격려는커녕 별로 고생하지도 않은 자신의 고생 담을 뻥 튀겨 늘어놓는 사람도 우리 주변에서 쉽게 볼 수 있다. 한마디로 '개구리 올챙이 시절 모르는 격'이다. 결국 이런 사람이 다른 사람과 척지게 된다.

그러나 인생은 그 누구도 장담할 수 없는 것이다. 평생 양지에 사는 사람도 있지만, 태반은 양지에 살다가 음지로, 음지에 살다가 양지에서 살기도 한다. 우리네 인생이라는 것이 이런 것 아닌가? 오르막이 있으면 내리막도 있는 법이다. 그러므로 이를 알고 언제나 어질고 너그러운 마음, 포용력과 겸손한 자세로 사람을 대해야 한다. 특히 잘 나갈 때일수록 자기보다 어려운 사람들에게 관심과 애정을 갖고 신경 써줄 필요가 있다. 이것이 사람 살아가는 도리일 것이다. 그런데 현실에서는 그렇지 않으니 문제이다. 우리는 이로 인해 척지게 되는 경우를 흔하게 본다. 이와 관련하여 진(秦)나라의 재상을 지낸 범수(范雎)의 원수 갚은 이야기는 시사하는 바가 크다.

제(齊)나라 양왕(襄王)때, 위(魏)나라 대부(大夫) 수가(須賈)가 위나라 왕의 명령으로 가신(家臣)인 범수를 데리고 제나라에 간 적이 있었다. 그런데 성과도 없이 돌아오게 되자, 속 좁은 수가는 범수를 제나라와 내통했다고 재상 위제(魏齊)에게 고해 바쳤다. 이 때문에 범수는 위제에게 심한 고문과 온갖 모욕을 받았다. 그 후 범수는 정안평(鄭安平)의 도움을 받아 진나라로 도망가 재상이 되었다. 그때 진나라의 소왕(昭王)이 범수가 제안한 원교근공(遠交近攻 : 먼 나라와 우호 관계를 맺고 이웃 나라를 공략하는 것)의 책략을 시행하여 한(韓)나라와 위나라를 공격하려고 하자, 위나라 왕은 수가를 진나라에 보내 화친을 청하도록 하였다. 이때 범수는 남루한 차림으로 수가를 만나러 왔다. 수가는 불쌍한 생각이 들어 범수에게 밥과 술, 비단 두루마기를 주었다. 며칠 후 진나라 재상을 만나러 간 수가는 범수가 재상임을 알게 되자 사죄를 청하였다. 범수는 자신을 모함한 수가가 죽어 마땅하지만, 비단옷 준 것을 생각해 모욕만 주고 살려주었다. 그러나 위제는 절대로 용서할 수 없다고 하면서, 위나라 왕에게 속히 위제의 수급을 갖다 바치라고 하였다. 이 소식을 전해들은 위제는 화가 나서 자살하고 말았다. 그리고 그의 목은 범수에게 보내졌다. 이처럼 남에게 나쁘고 못된 짓을 하게 되면 언젠가는 그 보복을 받게 되는 것이다. 우리는 이를 재삼 명심할 필요가 있다.

『경행록(景行錄)』에 '남과 원한을 맺으면 재앙의 씨를 심는다.'는 구절이 있다. 맞는 말이다. 이와 관련된 내용이 『미암일기』에 있어 소개한다.

"이감(李戡)이 경기감사로 있을 때에 항상 시기하고 포악하여, 파주 목사 변협(邊協)을 곤장으로 때린 일이 있었다. 그 후 이감은 경원으로 귀양 가고, 변협이 지금 북도병사가 되었으니, 이것은 이른바 '약봉뇌주구사호 인생하처불상봉(若逢雷州寇司戶 人生何處不相逢 : 만약 뇌주에서 사호의 구준<寇準>을 보면, 인생이 어느 곳인들 서로 만나지 않으랴)' 격이다."

변협이 이감을 어찌 하였는지는 알 수 없다. 그러나 변협과 이감의 이야기에서 보는 것처럼, 인생은 아무도 속단할 수 없는 것이다.

사람은 언제 어디서 어떻게 만날지 모른다. '원수는 외나무 다리에서 만난다.'는 속담이 있듯이, 평소에 남에게 원한을 사는 일을 하지 않는 것이 좋다. 원한을 사게 되면 반드시 보복을 받게 되는 법이다. 그러므로 우리는 이를 잊지 말자. 척지면 자신만 손해다. 우리 모두 척지지 않고 살도록 노력하자.

귀양 간 왕에게 충성을 다한 신하

우리는 수많은 현군(賢君)과 폭군(暴君), 충신(忠臣)과 간신(奸臣)들이 어떠한 공과(功過)를 남기고 어떻게 삶을 살다가 갔는지 역사를 통해 알 수 있다. 그런데 이들이 현군과 폭군, 충신과 간신의 평가를 받게 된 근본적인 요인은 품성과 자질에 있다. 품성과 자질이 없는 자가 임금이나 신하를 하게 되면 결국 폭군과 간신이 되기 십상이다.

『논어(論語)』에 보면, ‘임금은 임금다워야 하고 신하는 신하다워야 한다.’라는 구절이 있다. 공자(孔子)가 제(齊)나라 경공(景公)의 질문에 대답한 말의 일부로, 임금이나 신하 노릇을 제대로 하기가 결코 쉬운 일이 아니라는 것을 알 수 있다. 특히 임금의 경우는 더욱 그렇다. 임금이 시원찮으면 간신들은 득실거리기 마련이다. 백제의 의자왕이 그러하지 않았는가? 의자왕은 충신 성충·흥수의 충언을 듣지 않고 제 한

몸의 부귀영화만 추구하는 간신 상영과 그 무리들의 말만을 들었다가 끝내 나라를 망하게 하고 말았다. 그리고 그는 당나라에 끌려가 갖은 고생을 하다가 비참하게 죽었다. 그런데 백제가 멸망할 때 간신 상영은 어디로 자취를 감추었는지 아무도 알지 못했다고 한다. 항상 이러한 간신배들이 문제인 것이다. 원래 큰 간신은 충신처럼 보이는 법이다. 그런데도 역대의 황제나 왕 태반은 이를 제대로 파악하지 못했으니 나라가 잘될 리 없다.

반면, 중국에서 명군(明君)으로 평가받고 있는 당태종(唐太宗) 이세민(李世民)을 보자. 이세민은 누구보다 신하들의 충언을 받아들인 황제였다. 그러니 국가 경영이 잘될 수밖에 없다. 그래서 그의 재위(在位)기간을 중국 사람들은 정관(貞觀)의 치(治)라고 하였다. 제왕학(帝王學)의 지침서로 평가받고 있는 『정관정요(貞觀政要)』에 이런 내용이 있다. 이세민이 신하들에게 말하기를 '아무리 명군이라도 간신을 등용하면 훌륭한 정치를 행할 수 없다. 또한 아무리 현명한 신하라도 어질지 못한 군주(君主)에게 종사하면 훌륭한 정치를 행할 수 없다. 군주와 신하의 만남은 물과 고기와 같은 것, 양자의 호흡이 잘 맞으면 나라를 평온하게 다스린다. 나는 생긴 것처럼 우둔한 사람이지만, 다행히도 그대들이 나의 잘못을 바로잡아

준다. 이후에도 천하의 태평을 실현하기 위해서 염려 말고 직언하기 바란다.'라고 하였다. 진실로 옳은 말이다. 지금의 위정자·관리·기업가 등 지도층 인사들이 가슴에 새겨둘 말이다.

이처럼 군주도 품성과 자질을 갖춘 현명한 군주이어야 하듯이, 신하 또한 마찬가지이다. 특히 신하는 충성스러워야 한다. 충신이 되려면 임금과의 충돌을 각오해야 한다. 신하 노릇을 몇십 년 동안 하면서 임금과 의견 대립이 한 번도 없었다고 치자. 이 경우 임금은 전횡을 한 어리석은 사람이고, 신하는 단지 아부나 하면서 녹봉(祿俸)이나 축낸 사람이었을 것이다.

당태종과 위징(魏徵)은 현군과 충신의 모범으로 평가되지만, 당태종마저도 직언을 하는 위징에게 살기(殺氣)를 품은 적이 있었다. 역사상 충신이 충성을 다한 것으로 보이는 까닭은, 그들 절대 다수가 임금에게 대들고 임금의 노여움을 산 이야기가 있었기 때문이다. 신하가 임금을 나무라는 일은 죽음을 각오하지 않으면 불가능한 일이다. 충신은 이를 알면서도 임금을 위해 충언을 서슴지 않았던 것이다.

한편, 불의(不義)한 일로 귀양 간 왕에게 충성을 다한 신하도 있다. 『미암일기』에 이와 관련된 내용이 있어 소개한다.

"내가 또 말씀드리기를 '고려조(高麗朝)의 충선왕(忠宣王)은 충렬왕(忠烈王)의 아들이요, 원(元)나라 세조(世祖)의 외손입니다. 일찍이 원나라 임금의 은총을 입어 오랫동안 연경(燕京)에 머물면서 의롭지 못한 행동을 많이 하다가 사람들에게 고발을 당하니, 원나라 임금이 명하여 토번(吐蕃)으로 귀양을 보냈습니다. 우리나라에서 토번의 귀양지까지는 거의 2만 리였습니다. 그런데도 그의 신하 이제현(李齊賢)이 그 먼 길을 달려가 위문하여 충분히 사람을 감동 시킬 만 하였고, 또 승상(丞相)에게 글월을 올려 마침내 모시고 돌아왔으니 이것도 또한 영유(甯兪)와 거의 같다고 하겠습니다.' 하였다."

충선왕은 본디 자질이 부족한 왕이었다. 그럼에도 이제현은 토번으로 귀양 간 왕을 구하기 위해 온갖 노력을 다하였다. 신하로서 왕에게 충성을 다했던 것이다. 『논어(論語)』에 보면, '위태로워도 붙잡지 않고, 엎어져도 일으키지 않는다면 그런 신하를 어디에 쓰겠는가?'라는 구절이 있다. 왕이 어려움에 처해 있는데도 신하된 자가 돕지 않는다면 어찌 신하라 할 수 있으며, 이런 신하가 무슨 필요가 있겠는가?

어쨌든 자기를 알아준 임금을 위해 목숨을 바친다는 말이 있다. 하지만 임금 개인보다는 나라와 백성이 우선시 되어야 한다. 이는 일찍이 맹자(孟子)가 왕도(王道)정치를 주장하면서 강조한 말이기도 하다.

지금은 옛날과 시대가 다르다. 만약 통치자나 오너 등 한 개인을 위해서 충성을 다한다면 그 사람은 '의리의 사나이 돌쇠(?)'일 뿐이다. 하기야 이런 사람도 때론 필요할지 모른다. 그러나 국가와 국민을 위해 충성을 다하는 사람이 되어야 한다. 그런데 아직도 갖은 방법을 동원하여 위정자나 오너의 비위를 맞추어 가면서 마치 자신이 충신인척하며 사리사욕을 채우는 사람들이 많다. 위정자나 오너 등 지도자들은 이런 자들을 하루빨리 내쳐야 한다. 그래야 자신도 살 수 있고 모든 것이 순조롭게 잘 돌아갈 수 있다. 이를 명심했으면 한다. 대통령은 제발 충언·직언하는 사람들을 가까이 하기 바란다.

훌륭한 목민관은 백성들이 버리지 않는다

요즈음 신문이나 TV 등 매스컴을 통해 일부 자치단체장들이 뇌물수뢰죄로 구속당했다는 소식을 흔히 접하게 된다. 국민의 공복으로서 모범을 보여야 할 사람들이 이 같은 짓을 한다는 것은 도저히 용서할 수 없다. 이들은 자신의 본분을 망각한 자들로 처벌받아 마땅하다. 그런데 유감스럽게도 이런 자들이 뻔뻔스럽게 자치단체장 노릇을 하고 있으니 기막힌 일이 아닐 수 없다. 국가적인 수치요, 창피스럽기 짝이 없다. 그리고 이런 인간들을 뽑아준 유권자들 또한 문제이다. 물론 미리 알았다면 뽑아주지 않았겠지만, 앞으로 선택 시 좀 더 냉정하고 신중을 기할 필요가 있다.

『맹자(孟子)』에 보면 '벼슬을 가진 자가 그 직책을 다하지 못하면 떠나야 한다.'라는 구절이 있다. 관직에 있는 자, 특히 목민관이 그 직책을 다하지 못하면 물러나는 것은 당연하다는 말이다. 그러나 자고로 무능한 목민관들은 대부분 자신이 무능하다는 것을 알지 못한다. 그러므로 자리에서 물러날 생각을 하지 않는다. 이러니 문제가 될 수밖에 없다. 이런 자들은 국가와 국민에게 해를 입히는 자들일 뿐이다.

『서경(書經)』에 '백성의 마음은 일정하지 않아 오직 사랑해 주는 사람을 따른다.'는 구절과, '사사로움을 버리고 공익을 위한다면 백성이 진심으로 따르게 된다.'는 구절이 있다. 백성은 은혜를 베푸는 사람이라면 누구에게나 마음을 주고 따르며, 공평한 마음으로 사사로움을 눌러 정사를 베푼다면 백성은 신뢰하고 따르게 된다는 의미이다. 지당한 말이다. 이와 관련된 내용이 『미암일기』에 있어 소개한다.

"황해감사가 서장(書狀)을 올렸는데 그 대략은 다음과 같다. '해주(海州)에 사는 백성 김응두(金應斗) 등 천여 명이 연명하여 올린 소장(訴狀)에, 본주 목사(牧使)·판관(判官)은 천성이 자상(慈詳)하여 도임한 첫머리에 폐단을 제거하는 정사를 시행하여, 부역이 지극히 균평하고 송사(訟事)가 지극히 간이(簡易)하여 간사하고 교활한 악풍(惡風)이 저절로 없어지고, 정사가 맑아지고 교화(敎化)가 행해져서 읍과 촌이 모두 기뻐하고 있사옵니다. 판관은 크고 작은 모든 일을 한결같이 상관의 명령에 의하여 위에서 하는 일을 아래서 본받으며, 과중한 세금을 부과하지 아니하되 국고(國庫)가 충실하고, 엄한 형벌을 시행하지 아니하되 사무가 다 잘 처리되며, 스스로 몸단속을 잘하고 성품이 본시 지극히 검소하고 결백하여 별로 명예를 구하는 일이 없으니, 비록 옛날의 순리(循吏)라도 이에 지나지는 못할 것입니다. 비록 임기가 다 되더라도 응당 유임되기를 원하였더니 천만 뜻밖에 애매한 일로 인하여 파직을 당하게 되니 주민(州民)이 두모(杜母)를 갑자기 잃게 되어 모두 민망해 하고 있습니다. 관청에 적치된 쌀·밀가루·어물 등의 물품은 요즘같이 풍부한 때가 없었는데 탕진했다는 말이 어디에서 나왔는지 민망해 하고 있습니다.' … 또 교생(校生) 홍정(洪汀) 등이 연명한 소장에, '판관이 도임한 처음부터 청백하고 백성을 불쌍히 여겨 온갖 폐단을 제거하고, 부역을 경감하며 수입을 계산하여 용도에 맞추어 관고(官庫)가 충실한데 애매하게 파직되었다.'고 하였다. … '신이 초도순시(初度巡視)할 때 해주 경내에 들어서니 고을 백성들이 가는 곳마다 모여서 목사·판관의 선정(善政)을 주상께 상주해 줄 것을 청하였습니다. 목사 이인(李遴)은 본시 목민(牧民)을 잘하기로 이름났거니와, 판관 최세해(催世瀣)는 본시 이름난 일이 없으므로 뜻을 두고서 그 소위를 관찰한바, 청렴하고 근신한 몸가짐을 조금도 함부로 하는 과실이 없으며, 과세하는 것은 경하고 용도(用度)를 절약하여 축적한 것이 진실로 주민이 올린 소장과 같았습니다. … 도내 수령 중 최세해 같은 자는 보기 드문 훌륭한 사람이온데 죄 없이 파직을 당하니 실로 애매하므로 본주의 주민들이 뜰에 가득히

몰려와 부르짖어 각기 그 정곡(情曲)을 다하며, 마을마다 서로 한탄하여 기상이 참담하오니 신이 그 상황을 눈으로 보고서 감히 아뢰지 아니할 수 없사옵니다.' … 주상 전하께서 비답을 내리기를 '대간(臺諫)이 된 자는 논사(論事)한 경우에는 십분 자상이 살펴서 무고한 자를 죄에 빠지게 하지 말라. 인심이 불복하면 배척하는 것도 가하다' 하였다. … 주상 전하께서 명하여 최세해를 그대로 유임하게 하였으니 상쾌하고 또 상쾌한 일이었다."

대간들이 뭇 사람의 참소하는 말을 잘못 듣고 목민관의 파직을 주청하여 파직시키자, 억울하게 파직당한 훌륭한 목민관을 백성들이 소장을 올려 다시 유임시켰다는 내용이다. 『서경』에 보면 '백성들을 가히 가까이할지언정 얕잡아 보아서는 안 된다.'는 구절이 있다. 나라의 주인은 백성이므로 위정자는 백성을 가까이 하려고 노력할지언정 얕잡아 보아서는 안 된다는 뜻이다. 자치단체장이나 관공서의 책임자는 국민 한 사람 한 사람을 자세히 보면, 모두가 나보다도 훌륭하다고 생각하고 국민을 위해 자신의 맡은바 직분에 충실해야 할 것이다.

연(燕)나라 소왕(昭王)이 황금대(黃金臺)를 높이 쌓아 놓고 천하의 인재를 구한 이야기도 있음을 잊지 말라. 독서의 계절인 이 가을에 자치단체장들에게 정약용(丁若鏞)의 『목민심서(牧民心書)』 일독(一讀)을 권하는 바이다.

사적인 일로 백성들을 수고롭게 할 수 없다

지금이야 그런 일이 없겠지만, 불과 20~30년 전만 해도 일부 몰지각한 고위 공무원이 자신의 사적인 일에 부하 직원들을 동원하였다가 물의를 일으켰던 적이 있었다. 하기야 필자도 군복무 시절 동료 병사들과 함께 부대장 관사에 가서 거의 온종일 잡일을 한 적이 두세 번 있었다. 당시에는 이런 일이 종종 있었던 것도 사실이다.

이처럼 똥오줌도 가릴 줄 모르는 위정자나 고위 공무원들이 있다면 이런 작자들은 국민들에게 해를 끼치는 해충과 같다고 해도 지나친 말이 아닐 것이다. 이러한 인간들은 자신의 사리사욕에만 급급할 뿐 국가와 국민을 위할 줄 모른다. 그리고 이런 부류의 인간들이 많으면 나라의 앞날은 뻔하다. 백성들을 가장 중시하라고 했던 성현(聖賢)들의 말씀은 이들에게는 한낱 '쇠귀에 경 읽기'일 뿐이다.

『서경(書經)』에 보면 ‘백성들을 가까이 할지언정 얕잡아 보아서는 안 된다.’, ‘백성은 나라의 근본이니, 근본이 굳어야만 나라가 편안하다.’라는 구절이 있다. 나라의 주인은 백성이므로 위정자는 백성을 가까이 하려고 노력할지언정 결코 얕잡아 보아서는 안 된다. 그리고 백성은 나라의 근본이므로 소중히 여겨야 한다는 뜻이다. 위정자나 고위 공무원들은 이 말을 가슴 깊이 새겨야 할 것이다. 민심(民心)은 천심(天心)임을 잊지 말라.

어쨌든 위정자나 고위 공무원이 사적인 일로 국민들을 수고스럽게 해서는 절대로 안 된다. 이런 몰상식한 인간이 있다면 즉시 퇴출시켜야 한다. 이는 학교나 기업체 등 그 어느 조직에서도 예외일 수 없다. 『미암일기』에 이와 연관된 유사한 내용이 있어 소개한다.

“민구(閔龜)와 정강옥(鄭岡玉)이 왔다. 민구는 나와 황원(黃原)의 화산(花山)에 제방을 쌓은 후 논을 만들 것을 의논했다. … 둘째 누님의 아들인 조카 오언상(吳彦祥)이 와서 말하기를 ‘향리(鄕吏) 차억세(車億世)가 입안(立案)을 하기를 독동음(禿冬音)에 있는 묵은 논에 둑을 막고 물을 대면 4·5석(石) 지기의 논을 만들 수 있다고 하는데, 이유수(李惟秀 : 큰 누님의 아들)도 그렇게 생각합니다.’라고 하였다. … 아침 일찍 밥을 먹은 뒤 의관을 갖추고 백련동(白蓮洞)으로 가서 사돈인 생원(生員) 윤항(尹衖)을 문병했다. 어느 정도 일어나 앉아 이야기를 하는 것으로 보아 소생할 가망이 보여 반갑다. 단술을 내놓으며 대접을 해 주었다. … 또 말하기를 '전일(前日)에 제가 영공(令公)에게 편지를 하여 바닷가의 둑을 막아 농장을 만들자며 진도(珍島) 한 군(郡)의 농민들을 내세워 만들자고 하자, 영공께서 농민들에게 근로를 끼치는 폐단이 있다고 반대하셨는데, 이는 영공께서 생각하시는 것이 저보다 훨씬 깊고 위이신지라 미칠 수가 없습니다.' 하였다."

원래 경제적 형편이 그리 좋지 않았던 유희춘은 21년간의 귀양살이로 인해 경제 사정이 유배 전보다 훨씬 못하였다. 비록 해배 복직되었지만, 빈궁한 생활을 할 수밖에 없었다. 그래서 녹봉(월급)만으로는 경제적 생활을 영위할 수 없음을 인식하고 가능한 한도 내에서 재산 증식에 신경을 쓴 것 같다. 그리하여 그는 매득(買得 : 싼 값으로 사는 것), 진전(陳田 : 묵정밭. 오래 버려 두어 거친 밭)의 개간, 관둔전(官屯田 : 지방 관청에 딸렸던 논밭)의 매점(買占) 등 가능한 방법을 동원하여 농지 소유 규모를 확장시켜 나갔다. 위의 내용도 그 일부로 친구와 조카, 사돈과 상의하여 이들과 함께 개간이나 간척사업 등을 통해 농지를 소유하려고 한 것이다. 이 과정에서 유희춘 자신이 조정의 관리로서 농민들을 동원하자는 사돈 윤항의 제안에 대하여 백성들에게 수고를 끼치는 일은 할 수 없다고 반대한 내용이 눈길을 끈다. 유희춘은 소유 농지 확장을 통해 재산을 증식코자 하였지만, 개인의 사적인 일에 백성들을 동원하여 수고를 끼쳐서는 안 된다는 것을 분명하게 밝히고 있다. 여기서 백성들에게 수고를 끼치게 하지 않으려는 유희춘의 관리·공인으로서의 면모를 엿볼 수 있다.

『좌전(左傳)』과 『역경(易經)』을 보면, '백성은 신에게 제사를 지내는 주체이다. 그러므로 훌륭한 임금은 먼저 백성들을 잘 살 수 있게 하고 나서 신(神)에게 정성을 드려야 한다.', '기쁜 마음으로 백성에게 먼저 베풀면, 백성은 수고로움을 잊고 일한다.'라는 구절이 있다. 위정자가 가장 중시해야 할 일은 백성들의 생활 안정이며, 자신이 먼저 솔선수범하면, 백성들은 수고로움을 잊고 앞장서서 일한다는 뜻이다. 위정자나 고위 공무원들이 이러한 자세로 임한다면 얼마나 좋을까?

가뜩이나 경제가 어려운 이 때, 국민들을 위해도 시원치 않을 판인데 국민들에게 피해를 주거나 해를 끼치는 위정자나 고위 공무원이 있어서는 안 되겠다. 이런 인간들이 있다면 국가와 국민을 위해 하루빨리 퇴출시켜야 한다.

소신을 굽히지 않으리라

우리는 직장생활을 하면서 중요한 업무에 대해 상사에게 자신의 의견을 제시할 때가 있다. 이때 자신의 의견을 객관적인 판단 하에 소신 있게 피력하는 사람이 있는가 하면, 자신의 의견은 제시하지 않고 상사의 잘못된 결정을 그대로 따르는 사람도 있다. 이 가운데 어떤 사람이 조직을 위하는 사람인지는 구태여 말할 필요가 없으리라.

『맹자(孟子)』에 보면 '임금 노릇을 하려면 임금의 도리를 다해야 하고, 신하 노릇을 하려면 신하의 도리를 다해야 한다.'라는 구절이 있다. 옳은 말이다. 직장에서 상사가 상사 노릇을 못하고, 부하가 부하 노릇을 제대로 못한다면 그 직장의 앞날은 뻔하다.

그런데 윗사람의 역할도 매우 중요하지만, 아랫사람 역할 또한 중요하다는 점을 인식할 필요가 있다. 특히 아랫사람의 경우 업무를 수행함에 있어 객관적인 판단을 통해 자신의 견해가 옳다고 생각되면 소신을 굽혀서는 안 된다. 물론 부하들의 의견을 수렴하여 합리적으로 일을 처리하는 상사인 경우에 가능한 일이지만, 어쨌든 냉정하고 신중하게 생각한 결과 자신의 견해가 옳다고 판단되면 상사를 설득해야 한다. 이때 아랫사람으로서 예를 갖추는 것은 기본이다. 이와 관련된 내용이 『미암일기』에 있어 소개한다.

"인심은 예측하기 어렵지만 천리(天理)는 아주 사라지지 않는 법입니다. 그래서 선왕(先王)은 말년에 이르러 쾌히 사정을 살피시고 귀양 간 사람들을 석방하여 적몰한 가산을 돌려주고 큰 은혜를 내려 원통하고 억울함을 다 씻어주려 하셨는데, 신민(臣民)이 복이 없어 갑자기 승하(昇遐)하시고 말았습니다. 그러나 당시의 이른바 죄인이라고 불린 자들은 이미 다 돌아왔고 당시의 소위 공훈(功勳)이란 모두 허위와 사기라는 것을 알게 되었습니다.

전하께서 즉위하시자 예전에 무고로 물러났던 사람을 다 등용하시고 무고하게 죽은 사람도 복작(復爵)시켜 주셨습니다. 따라서 그 간흉하고 무망(誣罔)한 심적(心迹)을 이미 꿰뚫어 보시어 조금도 의심이 없으실 것입니다. 그런데 어찌하여 그 허위와 기만을 아시면서 곧 그 관직과 작위를 제거하지 않으시고 온 세상이 그르다 하는 데도 그 간언(諫言)을 따르지 아니 하시나이까? 이는 어리석은 신하로서는 도저히 이해하지 못하는 바입니다. 옛사람은 선인의 뜻을 계승하고 선인의 사업을 잘 발전시키는 것을 효도로 삼았습니다. 그런데 전하는 이미 을사년 사람들을 발탁하였으니 수악(首惡)의 관작을 삭탈하는 거조도 굳이 조정의 공론이 일어나기를 기다리지 않고서 스스로 하실 터인데 어찌하여 오늘까지 기다리고만 계시나이까? 원컨대 전하께서 한가하실 때 평심으로 이치를 살피시어 위로 선왕의 마음과 아래로 신민의 분노를 생각하시고 편벽된 사정(私情)에 구애받지 마시고 자기 고집을 버리는 아량을 넓히시어 굽어 여론에 물으시고 옳다고 말씀을 하여 주시오면 족히 하늘에 계신 선왕의 영령을 위안하고 원통함을 품고 죽은 지하의 혼백을 거의 신원해 줄 수 있을 것입니다.

옛날에 한무제(漢武帝)가 여원(戾園)의 변을 만나자 부자의 윤기를 잊었었는데, 나중에 차천추(車千秋)의 말을 듣고서 확연히 깨닫고 회개하여 천리가 오붓하였습니다. 만약 전하께서 신을 비천하고 용렬하다고 해서 소신의 말마저 버리지 않으신다면, 신은 비록 만 번 죽어도 장차 지하의 차천추에게 부끄러울 것이 없겠습니다. 엎드려 바라옵건대 소신의 어리석은 말을 조금이라도 살펴주시옵소서 홍보(洪溥)의 이 말은 충성을 드렸다고 이를 만하다. … 여러 신하들이 아뢰는 말 가운데 김응남(金應南)이 '고려의 모든 왕릉을 두루 보니 모두 묵고 허물어져 초동목수(樵童牧豎)가

드나든다고 하면서 드디어 영월에 있는 노산군(魯山君 : 단종<端宗>)의 묘가 거칠고 잡초만 무성한데도 돌보지 않고 있었는데, 중종(中宗)께서 즉위하신 12년에 승지(承旨)를 보내어 치제(致祭)하고 수호군(守護軍)을 두었사오니 지금 역시 거듭 수호할 것을 밝혀주시기를 청하옵니다.' 하였다. … 가장 아름다운 말이로다."

유희춘은 선조(宣祖)가 조정 신하들의 상소에도 불구하고 을사사화를 일으킨 사람들의 관작을 삭탈시키지 않자, 홍보가 관작 삭탈을 강력하게 주장한 내용과 김응남이 단종의 묘를 보수하고 수호할 것을 건의한 내용을 『미암일기』에 기록하였다. 여기서 유희춘은 이들의 소신 있는 주장을 높이 평가하고 있다.

『서경(書經)』에 보면 '나무는 먹줄을 따르면 바르고, 임금은 간(諫)함을 따르면 성인이 된다.'는 구절이 있다. 나무가 목수의 먹줄에 맞추어 도끼나 자귀로 깎이어지면 바른 재목이 되고, 임금은 충신의 간언을 들어서 이를 좇아 행하면 허물이 없는 성인다운 훌륭한 인물이 될 것이라는 뜻이다.

상식과 기본이 통하지 않고 흑백논리의 2분법적 사고가 판치는 요즈음과 같은 세상에서는 소신 있는 사람이 절실하게 필요하다. 소위 잘나가는 정치인과 고위공직자에게 『논어(論語)』

에 '위태로워도 붙잡지 못하고, 엎어져도 일으키지 못한다면 그런 신하를 어디에 쓰겠는가?'라는 구절을 전하노니 부디 곰곰이 되새겨보기 바란다. 그리고 국민이 주인임을 잊지 마라.

말을 아끼되 필요할 때는 하라

요즈음 정치판을 보면 막말들이 너무 난무하는 것 같다. 마치 누가 더 막말 잘 하나를 시합하는 '막말 잘하기 경연대회'처럼 보인다. 하기야 정치판은 원래 말 많기로 소문났지만, 문제는 앞 뒤 생각 없이 막말을 한다는데 있다. 정치인들이 이처럼 막가파식(?) 말만 앞세우니 국민들은 한심스럽고 불안하게 생각할 수밖에 없다. 정치를 잘해서 경제를 살리는데 앞장서야 할 정치인들이 어찌하여 이 모양인지 모르겠다. 그리고 국민들은 왜 이런 자들을 국회의원으로 뽑아주었는지……. 국민의 한 사람으로서 부끄럽고 창피스럽기 짝이 없다. 이들에게 진정으로 국가와 국민을 위하는 마음이 있는지 묻고 싶다. 물론 말로는 그렇다고 하겠지만, 이런 자격미달의 인간들은 하루빨리 퇴출시켜야 한다.

정치판이 이렇다 보니 혹시 우리 사회도 정치판처럼 물드는 것은 아닌지 심히 우려된다. 특히 말만 앞세우는 풍조가 만연된다면 문제는 대단히 심각해진다. 만약 이렇게 될 경우 그 사회는 발전도 미래도 없다. 재삼 강조하지만 말보다는 실행이 중요한 것이다. 자고로 말 많은 사람, 말을 앞세우는 사람치고 실속 있는 사람은 거의 없다.

『맹자(孟子)』에 보면 '사람이 말을 쉽게 하는 것은 책임감이 없기 때문이다.'라는 구절이 있다. 사람들이 말을 쉽게 하는 것은 그 결과에 대한 책임을 생각하지 않기 때문이라는 뜻이다. 특히 정치인이나 고위공직자는 이 말을 깊이 명심해야 할 것이다.

국회의원이나 장관, 총리, 대통령 등 이런 높은 자리는 아무나 하는 것이 아니다. 다 재목, 그릇이 있는 법이다. 그런데 정치인이나 고위공직자 중에는 자기 직책을 제대로 수행하지도 못하면서 언행에 있어 문제를 일으키는 사람도 있으니 한심스럽기 그지없다. 일례로 말을 할 때도 그렇다. 신중하게 생각하고 말을 해야 함에도 불구하고 그렇지 않은 경우가 종종 있으니 도대체 뭐하는 짓들인지 모르겠다. 자신이 맡은 직책을 감당할 능력이 없다고 판단되면 자리에 연연하지 말고 즉시 물러나라. 사람은 출처진퇴를 분명히 해야 한다. 하물며 높은 자리에 있는 사람은 더 말할 나위가 없다. 부디

단 하루를 하다가 그만두더라도 자리에 맞게 소신껏 하라. 그리고 제발 말조심 좀 하기 바란다.

몇 년 전 당시 총리였던 모씨가 '전두환·노태우는 용서할 수 있어도 조선·동아일보는 용서할 수 없다.'고 말한 적이 있었다. 한 나라의 총리가 이런 말을 하면 되겠는가? 아무리 조선·동아일보가 잘못했고 밉다고 하더라도 총칼로 정권을 찬탈한 전두환·노태우를 조선·동아에 비교할 수 있으며, 또 이들을 용서할 수 있겠는가?

어쨌든 말꼬리를 잡거나 막말을 하는 여야 국회의원·고위공직자들은 자신의 직분을 망각하지 말기 바란다. 국민이 주시하고 있다는 것을 잊지 마라. 국민이 두렵지 않은가?

『명심보감(明心寶鑑)』에 '입과 혀는 화와 근심의 문이요, 몸을 망치게 하는 도끼다.'라는 구절이 있다. 함부로 말하거나 생각 없이 말을 하다가는 언젠가 큰 코 다칠 수 있다. 그러므로 말을 할 때와 하지 말아야 할 때를 구별하여 말을 할 때에는 신중히 생각한 후 필요한 말만 하자. 『미암일기』에 이와 관련된 내용이 있어 소개한다.

"임금이 근심에 잠겨 거상(居喪)하는 3년 동안 말을 않는 것을 공자(孔子)는 옛날 임금의 떳떳한 법이라고 하였습니다. 그러나

후세에 와서는 또 때에 따라 적절하게 대처하는 의(議)가 있사옵니다. 그러므로 송(宋)나라 영종(寧宗)이 효종(孝宗)의 상중(喪中)에 그 달이 넘자 곧 경연(經筵)을 열었습니다. 주자(朱子)도 역시 부지런히 경연에 참석하여 자주 유신(儒臣)을 불러서 치도(治道)를 갈고 닦도록 권면하고 가르쳤으니 대개 한 가지만 고집해서는 안 되는 것이기 때문입니다. … 사람이 당연히 말해서는 안 될 경우에 말하는 것이 불가한 줄만 알고 당연히 말해야 할 때 말하지 않는 것이 불가한 줄은 알지 못합니다. 만약 임금이 한결같이 침묵만 지키고 말하지 않는다면, 윗사람과 아랫사람 사이에 정이 서로 통하지 못할 것이니 이것이 바로 쇠란(衰亂)과 위망(危亡)의 실마리가 되는 것으로 경계하지 아니할 수 없사옵니다."

유희춘(柳希春)이 선조(宣祖)에게 거상기간 중이라도 침묵만 하지 말고 말을 해야 할 때에는 말할 것을 권하고 있다.

말은 많이 할수록 손해다. 말을 많이 하다 보면 나도 모르게 실수하는 때도 있다. 이로 인해 큰 낭패와 망신을 당하기도 한다. 또 말을 많이 하다 보면 경솔한 사람, 실없는 사람으로 보이기 십상이다. 그리고 말을 했으면 행동에 옮기고 책임을 져야 한다.

『논어(論語)』에 보면 '더불어 말할 수 있는 사람과 말을 하지 않으면 사람을 잃고, 더불어 말할 수 없는 사람과 말을 하면 말을 잃는다.'라는 구절과, '말할 때가 되어서 말하므로 남들이 그 말을 싫어하지 않는다.'라는 구절이 있다. 말할 수 있는 사람과 대화를 하지 않으면 그 사람을 잃을 수 있고, 말할 수 없는 사람과 대화를 하면 실언이나 실수를 할 수 있으며, 말해야 할 때를 가려서 말을 하면 그 말을 싫어하는 사람이 없다는 의미이다. 옳은 말이다. 우리 모두 말을 아끼되, 말을 할 때에는 신중히 생각한 연후에 필요한 말만 하자. 특히 정치인이나 고위공직자들은 이 말을 가슴에 새겨두기 바란다.

신의를 저버리지 마오

사람이 이 세상에 태어나 한평생 살아가면서 지켜야 할 것들이 많이 있겠지만, 그 가운데 첫 번째로 꼽아야 할 것이 무엇인가 묻는다면, 필자는 주저 없이 신의(信義)라 말할 것이다.

'신의'의 사전적 정의는 믿음과 의리이다. 이를 풀어 설명하면, '신'이란 사람(人)의 말(言)에는 반드시 믿음이 있어야 한다는 뜻이며, '의'는 사람으로서 지켜야 할 바른 길, 도리를 뜻하는 것으로, 의리·도의의 의미를 담고 있다.

그래서 공자(孔子)는 제자 자공에게 사람이 갖추어야 할 요체로 신의를 제일 중시하였던 것이다. 공자가 살았던 시대는 전쟁을 일삼던 난세인 춘추시대였음에도, 그는 무기나 식량보다 신의를 제일로 꼽았다. 공자는 신의 있는 사람을 신뢰하였으며, 이러한 사람들로 이루어진 이상적인 세상을 추구하려고 한 것이 아닐까? 이처럼 신의는 동양의 중요한 덕목의 하나였던 것이다.

그렇다면 오늘날은 어떠한가? 요즈음 신의가 실종되었다고 말하는 이도 있다. 신의 없는 자들이 부지기수이고, 이들이 판치는 세상이니 지나친 말은 아닐 것이다. 특히 정치판을 보면 더욱 그렇다. 입후보자들이 내거는 선거공약은 선거후 공약(公約)이 아니라 그야말로 헛된 약속·거짓 약속인 공약(空約)이 되기 일쑤이다. 어디 이 뿐인가? 정치도의는 팽개치고 거짓말을 밥 먹듯이 하거나 배신을 일삼는 정치꾼이 너무나도 많은 것을……. 이런 사람들이 국가와 국민을 위한다는 말은 한낱 사기에 불과할 뿐이다. 그들은 당리당략과 사리사욕에 눈먼 자들이다. 이는 비단 정치판만이 아니다. 우리 사회 각 분야 곳곳에는 신의 없는 자들이 비일비재하다.

예나 지금이나 신의 없는 사람들은 있기 마련이다. 그런데 이들이 물의를 일으켜 문제였다. 선조(宣祖) 때 이와 관련된 내용을 소개한다.

"우상 노수신공이 정승이 되어서는 현인을 천거하고 원통한 자를 풀어주려는 데에는 조금도 생각이 없고 도리어 간사하고 험악해 사림을 무함했던 자 4·5인을 서둘러 관직에 진출시키려는 생각을 했고, 또 무과 당상관 이의는 이량에게 아첨하고 빌붙어 불의를 많이 행한 사람인데도 경연석상에서 수용하기를 청했으며 … 집요하게 사사로운 것만 챙기는 버릇이 있고, 공평무사하지 않고 어진 사람을 좋아하고 악한 자를 미워하는 뜻이 없으니 사림들이 크게 실망하였다고 한다. 이이·정지연이 모두 탄식하며 '전일에 사림들이 그에게 속아서 잘못 알고 신의 있는 사람으로 여겼다'고 하였다."

노수신(盧守愼)은 당시 학덕과 문장으로 명망이 높았던 인물이었다. 그러나 정승이 되자, 동료·후배들에게 신의 없는 사람이라고 비난을 받았다. 유희춘은 친구지만 노수신에 대한 사림의 평을 사실 그대로 기록하였다. 이러한 사림의 비난에도 불구하고, 유희춘은 친구로서 신의를 저버리지 않았다.

유희춘은 교유관계에 있어 신의를 중시했다. 그러나 그가 해배·복직되어 조정에 돌아와 보니 실상은 그렇지 않았다. 그래서 그는 신의를 저버리지 말 것을 굳게 맹세하였다. 그 내용은 다음과 같다.

"내가 옛 친구들이 뜻을 이루면서 신의가 없음을 한탄했더니, 부인이 말하기를 '남이 당신을 배신할지언정 당신은 남을 배신해서는 안 되니, 우리는 그렇게 하지 맙시다.' 하였다."

신의라는 것은 거짓말을 하지 않고 약속을 반드시 지키는 것이다. 그러므로 공자는 '사람이 신의가 없으면 아무 짝에도 쓸모가 없다'고 단언하였던 것이다. 신의가 없다면 인간으로 취급할 수 없다는 말일 것이다. 대인관계에서 태연하게 거짓말을 하는 사람, 약속을 밥 먹듯이 어기는 사람, 아침에 한 말과 저녁에 한 말이 다른 마치 조변석개(朝變夕改)와 같은 사람들은 인간으로서 신뢰받을 수 없다.

신의는 남녀노소를 불문하고 누구나 있어야 한다. 그러나 이 세상에는 여러 부류의 사람들이 존재하기 때문에 신의 있는 사람도 없는 사람도 있기 마련이다. 그런데 신의 없는 사람 중에 나이 어린 사람보다 인생경험이 풍부한 나이 많은 사람, 특히 육·칠십이 되어서도 신의를 모르는 사람은 인생을 헛살은 사람이다.

우리 모두 신의를 생명처럼 여기고 신의 있는 사람이 되도록 하자.

출처진퇴(出處進退) 하리라

몇 년 전 정치권에서는 소장파들을 중심으로 세대교체를 요구하는 물갈이론이 대두된 적이 있었다. 이에 대해 중진의원들은 못 물러나겠다고 하고, 초·재선 의원들은 물러나라고 맞서는 등 갈등의 조짐을 보였다. 사실 정치권의 세대교체론은 3김(三金) 중 당시 야당에 몸담고 있던 양김이 그 원조라 할 수 있다. 이들은 70년대 초반 40대기수론을 주장했었다. 그러나 관심만 집중시켰을 뿐 세대교체를 이루지는 못하였다. 그 후 3김 시대 때에도 세대교체론이 제기되었지만, 그냥 스쳐가는 바람일 뿐이었다. 게다가 2003년 당시에도 3김 중 한 사람은 현역의원·당 총재로 정치판에서 노익장을 과시(?)하고 있었다. 본인은 때가 되면 물러나겠다고 하지만, 지금은 아니라고 말한 적이 있었다. 당시 그 시기가 언제일까 기다렸었는데, 결국 그 후 정계은퇴를 하였다. 이를 보더라도 출처진퇴(出處進退)한다는 것이 얼마나 어려운지 알 수 있다. 특히 물러날 때가 더 어렵다.

출처진퇴의 마무리는 물러날 때를 결정하는 것이다. 어떻게 물러나느냐는 바로 그 사람에 대한 평가를 결정하는 요점이 될 것이다. 그 누구든 일단은 깨끗이 물러나고 싶다는 생각을 한다. 하지만 자신이 막상 물러나야 할 입장에 서게 되면 결정하기가 매우 어렵다. 특히 어려운 것은 권력이 따르는 자리나 이익이 많은 지위에 있는 경우이다. 물러나면 권력과 단물마저 잃어버린다. 그것을 생각하면 자리에 계속 눌러앉고 싶어지는 것이 사람의 속성이다. 이런 욕심을 떨쳐버리고 물러나는 데에는 남다른 결의가 필요하다.

동서양의 역사를 보더라도 물러날 때를 그르친 인물들의 예는 압도적으로 많다. 이는 물러나는 문제의 어려움을 단적으로 말한 것이다. 그런데 유의할 것은, 물러난다고 모든 게 해결되는 것은 아니라는 점이다. 그만두기 전에 자신에게 부여된 책임을 확실히 정리하는 것이 전제가 된다. 책임을 다하지 않고 물러나는 것은 책임회피라고도 할 수 있다. 일이 끝나지도 않았는데 중간에 물러나면 성급한 사퇴가 될 수 있다. 반면 그만두지 않고 책임을 진다는 말은 물러나고 싶지 않을 때의 구실로서 이용되는 경우가 대부분이다. 이런 경우에는 미련 없이 물러나는 것이 책임을 지는 방법으로써 더 나을지도 모른다.

우리는 자리에 연연하지 말고 물러날 때라고 판단이 서면 깨끗이 물러날 줄 알아야 한다. 『미암일기』에 이와 관련된 내용이 있어 소개한다.

"신시에 명패가 와서 내가 즉시 승정원으로 들어가 주상께서 승지에게 내린 비망기를 보았다. 비망기에 쓰였기를, '경의 마음은 내가 본시 아는 바이니, 사퇴가 진심에서 나온 것이지 이름을 얻으려는 자들과는 비할 바가 아닌 줄을 아오. 나의 뜻은 전일 경연에서 말했고 대신들에게 묻기까지 했소. 그들의 말도 또한 이와 같으니 사퇴하지 말고 과인의 학문을 도와주시오.'라고 하셨다. 내가 엎드려 받들고 물러나와 다시 계하기를, '엎드려 주상의 전교를 받자오니 은총이 분수에 넘쳐 감읍을 금할 수 없습니다. 그러나 신은 본시 약하고 병든 몸으로 한랭한 바람을 많이 쐬어, 하체는 냉하고 상체는 갈증의 증세가 있는데 지금 증세가 매우 심합니다. 그러하오니 신의 직을 속히 체차해 주시기를 바라옵니다.' 하였다. … 하직의 단자가 들어가자 주상께서 승정원에 전교하시기를, '유희춘이 숙배한 뒤에 내가 인견을 하겠다.'고 하시어 승지 남언순(南彦純)과 함께 경연청으로 올라가 명을 기다렸더니, 한참 후에 주상께서 사정전으로 나와 앉으시고 신(臣) 희춘을 인견하셨다. … 내관이 붉은 보자기 두개를 들고 나왔는데, 붉은 명주속옷 한 벌, 하얀 무명에 명주 속을 넣은 바지 한 벌, 검은 가죽신 한 쌍을 싸서 내 앞에 갖다 놓았다. 주상께서 말씀하시기를, '이는 내가 입고 쓰던 물건이니 경은 사양치 말고 받으시오.' 하셨다. 내가 즉시 일어나 사례를 하니 주상께서 말씀하시기를, '후일에 경을 부르거든 경은 반드시 와야 하오.' 하셨다. 나는 말없이 주상께서 하사하신 어의복(御衣服)을 안고 물러나왔다."

핵심요직에 있던 유희춘은, 자신의 역할이 다했음을 알고 사직을 청하였다. 그러나 선조(宣祖)는 수차례나 이를 허락하지 않았으며, 대신들까지도 사직시키지 말 것을 주청하였다. 그럼에도 유희춘은 병을 이유로 계속하여 사직을 청하였다. 이에 선조는 할 수 없이 사직을 허락한다. 유희춘은 자신이 물러나야 할 때임을 알고 미련 없이 물러났던 것이다.

공자(孔子)는 '천하에 도가 행해지면 몸을 드러내고, 행해지지 않으면 몸을 숨겨라'는 말을 하였다. 이것이 원래 의미의 출처진퇴일 것이다. 그러나 우리의 경우 이 말을 그대로 적용한다면 당장 밥줄이 끊기고 만다. 오히려 조직 속에서 어떻게 살아남을지를 생각하는 쪽일 것이다. 더구나 IMF이후 기업체마다 구조조정으로 줄줄이 명퇴당하는 상황이니 더 말할 나위가 없다. 이처럼 출처진퇴란 현실적으로 매우 어려운 것이다. 그런데 철밥통(?) 직장(학교나 관공서 등)인들 중에는 하는 일도 없이 하루 종일 빈둥거리는 근무태만자도 있다. 이런 사람은 나이가 많거나 능력이 부족한 사람보다 더 문제 있는 사람으로 가차 없이 명퇴시켜야 한다.

중국의 역사를 보더라도 출처진퇴를 분명하게 보여준 인물은 한고조 유방의 책사였던 장량, 항우의 군사였던 범증, 월왕 구천의 군사였던 범여, 진나라의 재상이었던 범저 정도였다. 과연 오늘날 출처진퇴를 알고 제대로 행하는 사람은 몇이나 될까?

물러날 때가 되었으니 물러나게 해주소서

우리가 직장생활이나 사회생활을 하다 보면 출처진퇴(出處進退)를 해야 할 때가 있다. 이 같은 경우에 처했을 때 신중하고 냉정하게 생각한 다음 결정을 내려야 한다. 특히 물러날 때가 중요하다.

그러나 직장인들의 경우 ‘목구멍이 포도청’이라 물러나야 할 때가 되었는데도 할 수 없이 버티는 사람들이 대부분이다. 하기야 당장 그만 두면 먹고살 길이 막막한데 누가 이런 멍청한 짓을 하겠는가? 괴롭고 창피하고 비굴하지만 참고 끝까지 버티는 수밖에 없을 것이다. 이를 굳이 탓하지는 말자. 다만 자기가 조직에서 무능하고 일도 안 하고 빈둥거리며 월급만 축내는 불필요한 인간, 있으나 마나 한 인간으로 낙인 찍힌 것을 알았다면, 반성과 함께 자기 개발과 부단한 노력을 통해 자신을 쇄신시킬 필요가 있다. 그렇게 하지 않는다면 직장에서 퇴출당하는 것은 불을 보듯 뻔하다.

처음부터 잘하는 사람은 없다. 자신의 잘못과 부족함을 깨닫고 개선하려는 의지와 노력이 중요한 것이다. 우리는 자신의 능력과 분수를 망각한 채, 남이 내 실력과 능력을 알아주지 않음을 탓해서는 안 된다.

은(殷) 나라의 명재상이었던 이윤(伊尹)도 오랫동안 탕왕(湯王)에게 쓰이지 않았다. 그래서 그는 요리 솜씨를 익혀 훌륭한 요리사가 되어 접근한 결과, 탕왕은 그제야 이윤이 현자(賢者)임을 알고 등용했다. 탕왕과 이윤이 훌륭한 인물이었다는 것은 잘 알 것이다. 하물며 이런 현인들도 그랬다. 지금 같으면 이윤처럼 하기도 힘들겠지만, 최선을 다해 노력하는 이윤의 이러한 정신은 배울 필요가 있다. 그런데 이 같은 노력에도 불구하고 발전은커녕 답보 또는 퇴보상태라면 그때는 물러나라. 더 이상 추한 꼴을 보일 필요가 없지 않은가? 자기를 제일 잘 아는 사람은 바로 자기 자신이다. 이 점을 명심하자.

여기서 강조하고 싶은 것은 남이 알아주든 알아주지 않든 열과 성을 다했는데도 불구하고 더 이상 쓰일 기회가 없는 사람이나, 능력과 실력을 인정받고 열심히 일하다가 자신의 역할이 끝났거나 한계를 느꼈다고 판단한 사람들은 미련 없이 물러나라는 것이다. 그리고 힘들고 어렵겠지만 자기가 하고 싶은 다른 분야에 도전을 해보는 것이 나을지도 모른다. 사람은 항상 자신의 분수와 능력을 알고 사는 것이 좋다. 『미암일기』를 보면, 유희춘이 관직에서 물러날 때임을 알고는 선조(宣祖)와 선후배 동료 관리들의 간곡한 만류를 뿌리치고 떠나는 내용이 있다. 그 일부를 소개한다.

"'신(臣)은 본시 여위고 약한 몸으로 지난 정미년(丁未年 : 1547) 겨울에 제주(濟州) 적소(謫所)로부터 종성(鍾城)으로 귀양살이를 옮기게 되어 북으로 삼천리를 가는 동안에 매서운 겨울바람에 감촉되어 사람들이 모두 꼭 죽게 될 것이라고 하였습니다. 마침내 북쪽 사막(沙漠)에 도착하여 얼어붙은 땅에서 19년 동안이나 찬바람에 시달렸으며, 그 간에 세 번이나 열병(熱病)을 겪고서 겨우 잔명을 유지하였으므로, 지금 노쇠한 지경에 이르러 상체는 냉하고, 하체는 갈(竭)해서 해가 갈수록 점점 그 증세가 심해지고 있어 하룻밤에 물을 마시는 것이 6·7회에 달하므로 도저히 견딜 수 없는 지경에까지 이르게 되었사옵니다. 이것이 불가불 물러가야 할 이유의 하나입니다. 신은 어려서부터 발병(足疾)이 있어 잘 걷지를 못했었는데, 장년기에 조정에 있을 적에는 오히려 견딜 만하더니 지금 노쇠하고 보니 걸음을 걷기가 매우 곤란하옵니다. 억지로 걸으며 따라 다닌다는 것도 역시 염치없는 일이오니 이것이 부득불 물러가야 할 두 번째 이유입니다. 신은 노둔하고 용렬하여 본시 아무 장기가 없사옵고 다만 장구(章句)와 문의(文義)에 대한 천려일득(千慮一得)으로 성명(聖名)께 알려져서 사서(四書)의 석소(釋疏)와 『대학(大學)』·『근사록(近思錄)』 등의 부록을 만들라는 명을 이미 받자 왔고, 신이 『강목(綱目)』을 경연에서 상고해 본 나머지 역시 한 권의 책자를 만들어 올리려고 하옵는데, 책을 편수하는 공부는 벼슬살이하여 겨를이 없는 자로는 될 수 없는 일이오니 이것이 부득불 물러가야 할 세 번째 이유입니다. 엎드려 바라옵건대 성자(聖慈) 하신 전하께서 신의 노병이 위태함을 애련히 여기시어, 신의 분수에 맞게 살겠다는 심정을 헤아려주시기 바라옵나이다. … 신이 만약 책자를 만들고 목숨이 붙어 있다면 어찌 한 번 올라와서 천안(天顔)을 뵙고 돌아가지 아니하오리까. 신의 간청 하옵는 바는 다른 사람의 처지와는 같지 않사옵니다.' 주상께서 말씀하셨다. '경(卿)의 일은 확실히 다른 사람의 처지와 같지는 않소. 다만 한양에 있더라도 역시 노병(老病)을 간호할 수 있고, 비록 벼슬살이를 하더라도 한가하면 역시 책을 저술할 수 있는데 어찌 꼭 물러가야만 되겠소? 경연의 일이 매우 중하니 퇴직을 윤허할 수 없소.' 하셨다. … 마침내 주상께서 사직을 윤허하셨다."

이처럼 자신의 능력과 분수를 알았던 유희춘은, 물러날 때가 되었음을 간파하고 물러났던 것이다.

『역경(易經)』에 보면 '해는 하늘 가운데 오면 기울어지고,

달은 차면 이지러진다.'라는 구절이 있다. 해는 중천에 오르면 서쪽으로 기울고, 달은 만월이 되면 차차 이지러지듯이, 인간도 전성기가 있으면 쇠퇴기도 반드시 온다. 이를 가슴에 깊이 새기고 물러날 때가 되면 깨끗이 물러나자.

과욕은 절대 금물이다. 이를 어기면 치욕만 남길 뿐이다.